LÁGRIMAS DO SERTÃO

Coordenadora editorial: Tânia Lins
Coordenador de comunicação: Marcio Lipari
Capa e projeto gráfico: Equipe Vida & Consciência
Preparação: Janaina Calaça
Revisão: Equipe Vida & Consciência

1ª edição — 1ª impressão
2.000 exemplares — setembro 2022
Tiragem total: 2.000 exemplares

CIP-BRASIL — CATALOGAÇÃO NA PUBLICAÇÃO
(SINDICATO NACIONAL DOS EDITORES DE LIVROS, RJ)

C26L

Cardoso, Agnaldo
Lágrimas do sertão / Agnaldo Cardoso. - 1. ed. - São Paulo : Vida & Consciência, 2022.
224 p. ; 23 cm.

ISBN 978-6588599-51-8

1. Romance espírita. I. Título.

22-78328 CDD: 133.93
CDU: 133.9

Este livro adota as regras do novo acordo ortográfico (2009).

Vida & Consciência Editora e Distribuidora Ltda.
Rua das Oiticicas, 75 – Parque Jabaquara – São Paulo – SP – Brasil
CEP 04346-090
editora@vidaeconsciencia.com.br
www.vidaeconsciencia.com.br

AGNALDO CARDOSO

LÁGRIMAS DO SERTÃO

“[...] Mas, doutô, uma esmola
a um homem qui é são
Ou lhe mata de vergonha
ou vicia o cidadão [...]”

(“Vozes da Seca” de Luiz Gonzaga e Zé Dantas)

Preito de gratidão

Dedicamos este livro ao Núcleo Espírita Aristides Monteiro – NEAM, fundado em 11 de maio de 1996, sempre exercitando a caridade em todos os seus níveis, consciente de que a caridade é o amor em movimento.

Homenagens póstumas

Aos trabalhadores do NEAM: Antônio Mauro Guimarães, Geraldino de Souza, Geraldo José da Silva, Ísis Melo, Luiz Antônio Marques da Fonseca, Sebastião Cabral, Sílvia Regina Claudina da Silva e Warley Alves, que retornaram recentemente para a Pátria Espiritual e que, com certeza, agora estão sob a tutela do mestre Jesus, o amigo incondicional das horas amargas.

Aos meus colegas do Exército

Outrora, eu *num* aboiava sozinho, *apois* eu tinha minha turma. *Nóis era chamado* oitenta e cinco *cabra*. Seis desses *cabra afroxaram* e foram *imbora*, quando *suberam* que iam ter que aboiar na fazenda Santa Rosa e o pagamento era *butar* no pescoço a medalhinha de Branchu.

Ficou setenta e nove *cabra macho, qui era chamado* de a turma do **CFS** (a turma dos **C**abra **F**orte do **S**ertão).

Desses, sessenta e cinco *foi* indo *imbora* aos *pouco*, se *ispalhando* pelo mundo e só ficaram os meus *amigo* Everaldo, Batista, dos Anjos, Erasmo, Matias, Sebastião, Roosevelt, Lázaro, José, Hortêncio, Messias, Vidal, Silveira e Ribamar.

Mas, aos *pouquinho*, todos eles foram *simbora* aboiar no céu, na caatinga celestial, e eu fiquei sozinho *cum* a danada da solidão.

Sumário

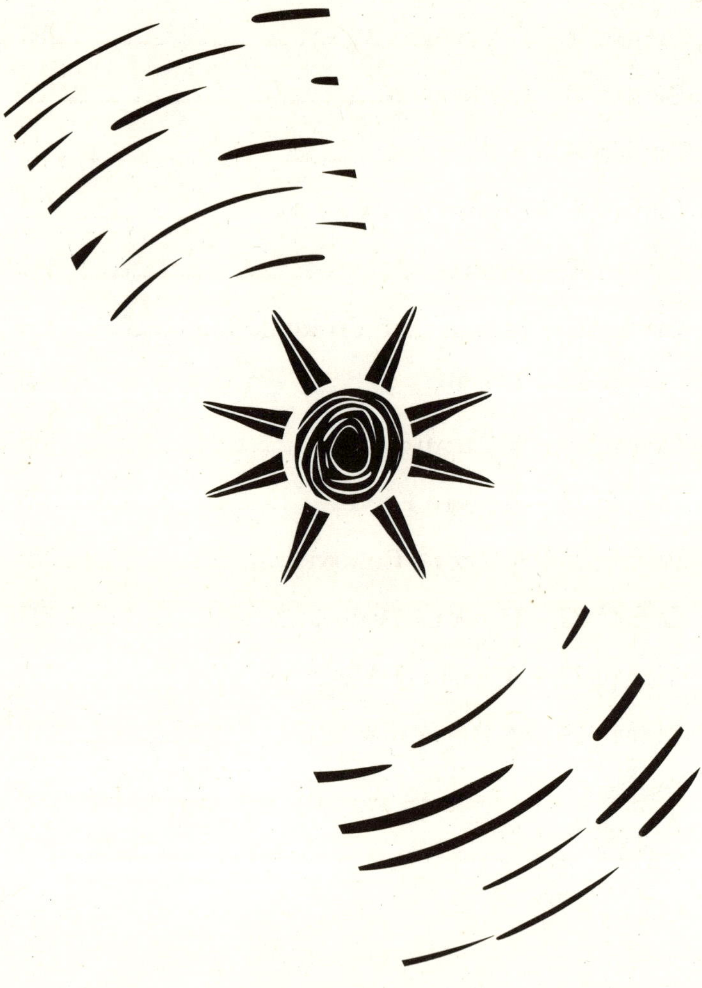

Capítulo 1

O Sertão

A universidade acordara. Era o primeiro dia de aula do ano letivo. O movimento intenso dos alunos dava nova vida e novas cores ao *campus* da universidade. No curso de sociologia, o professor Luiz Augusto de Santana, titular da cadeira de Regionalismos, apresentava-se à sua nova turma e iniciava sua aula.

— Bom dia! Meu nome é Luiz Augusto de Santana, e, ao longo deste ano, nós nos encontraremos sempre às quartas-feiras, quando conversaremos sobre regionalismos brasileiros.

"Em primeiro lugar, é oportuno esclarecer que, por regionalismo, se entende a literatura que focaliza uma determinada região do Brasil, visando a retratá-la de maneira mais ou menos profunda. Vocês entenderam?"

Alguns alunos, ainda intimidados com a presença do sisudo professor, responderam apenas com a cabeça, confirmando que haviam entendido. Ele continuou:

— Tenho enfatizado em minhas aulas e até nas palestras que faço em outros lugares que chegou o momento de investirmos pesado e mais frequentemente em cultura geral, principalmente na cultura da nossa terra. E eu estou pensando seriamente em começarmos a nossa aula hoje com um assunto absolutamente fantástico, sedutor, envolvente e preocupante: o sertão! O sertão e o sertanejo! O que acham?

— É uma boa ideia, professor! — disse um aluno.

— Muito bom! Legal! — disseram outros.

As exclamações de aprovação sucederam-se de forma descontraída, entusiasmada e contagiante, mas não escapou ao experiente professor que um dos alunos, provavelmente o mais velho da turma, permanecera sério, calado, sem manifestar o que achara da ideia de começar a estudar o sertão.

Ele parecia extremamente atento ao que era dito. Por que agira daquela forma? Não gostara? Ou simplesmente era do tipo caladão? Talvez estivesse incomodado por ser o mais velho? Qual seria seu nome? Sabendo que depois descobriria de quem se tratava, Luiz Santana arquivou mentalmente sua curiosidade e prosseguiu:

— Ótimo! É muito bom que tenham gostado da minha sugestão. Mas, se alguém tiver outra ideia... não? Nada? Então, falaremos mesmo sobre o sertão e começaremos agora. Alguma pergunta inicial?

— O que significa a palavra sertão? — indagou um jovem estudante.

— Como é seu nome?

— Abelardo! Abelardo Viana Lima.

— Bem, Abelardo, nós vamos fazer o seguinte. Esta é a nossa primeira aula, e eu ainda não os conheço. Preciso saber seus nomes. Assim, sempre que alguém quiser falar, diga o nome e formule uma pergunta. Isso é para a gente se conhecer e interagir melhor, pois o conhecimento recíproco sempre se transforma em benefícios coletivos. Estamos acertados?

Como o silêncio fora a resposta tácita, própria de uma turma ainda inibida, Luiz Santana continuou:

— Sempre que menciono ou ouço a palavra sertão, lembro-me de um livro que li há alguns anos, cujo título era *Oásis Sertanejo*. Ele começava assim: "Ô terrinha! Chão rachado, sol escaldante, calango moribundo, urubu agourando, cascavel faminta. Será que ainda ia demorar para chover?".

"Um autêntico retrato do sertão hostil... Quanto à pergunta do Abelardo sobre o significado da palavra sertão, segundo o Dicionário Aurélio, de 2004, é definido como uma 'região agreste, longe de povoação ou de terras povoadas, em que domina o clima semiárido e a Caatinga'.

"Essa definição mecânica, fria, impessoal, é própria dos dicionários, mas o sertão, meus queridos alunos, é muito mais que isso, e ao longo da nossa aula vocês descobrirão a razão. Certo?"

Luiz Santana indagou, e, mais uma vez, em face do silêncio que indicava a aquiescência da turma, ele prosseguiu sua aula.

— Sou suspeito para falar sobre o sertão, pois, a despeito de ser baiano de Muritiba, uma cidade com 30 a 31 mil habitantes, no Recôncavo Baiano, sou absolutamente seduzido pelo povo e pela cultura sertaneja desde que lá estive a passeio. Então, vamos lá.

"De maneira geral, o sertão é considerado uma região inóspita, desértica, longe do litoral, de vegetação escassa, onde sobreviver é difícil, muito difícil, pelo menos para a maioria dos sertanejos.

"Seu tamanho corresponde, aproximadamente, à área do Polígono das Secas, com uma dimensão de 950 mil quilômetros quadrados. O Polígono foi criado em 1951 por uma lei federal e abrange total ou parcialmente todos os estados nordestinos, incluindo o norte de Minas Gerais, com exceção do Maranhão."

— Professor, é lá onde fica a caatinga?

— Seu nome?

— Ah, desculpe... Meu nome é Edna Abbehusen. Edinha! E sou solteira!

— Edinha? Solteira? Eu também sou! Depois da aula... talvez...

— Talvez... — respondeu a jovem.

— Ótimo! Edinha, a caatinga, ou Mata Branca, é a vegetação que melhor caracteriza o sertão nordestino. Ela ocupa 10 por cento do território nacional e é uma área de chuvas muito escassas e irregularmente distribuídas, mas, por incrível que possa parecer, a caatinga é uma vegetação muito rica em espécies frutíferas, mesmo sendo muito heterogênea e se apresentando como moitas isoladas ou matas fechadas. Respondi?

— Respondeu, mas, como tenho mais dúvidas, poderíamos conversar depois da aula?

O professor Luiz Santana, que ficara impressionado com a beleza da aluna, não pensou duas vezes e respondeu:

— Claro! Estou à sua disposição.

Ao se olharem, ambos perceberam de imediato que o velho Cupido os flechara de vez. Assim, mesmo sabendo que agia de forma inadequada, o professor fora definitivamente "flechado", e mesmo assumindo mentalmente seu erro, manteve o encontro com a aluna.

O professor foi trazido à realidade pela voz forte e impaciente de outro aluno.

— Professor Luiz Santana! Eu sou o Aldom Silveira e queria lhe fazer uma pergunta.

— Pois não?

— Eu tenho um irmão, Claudemiro, que é de Cajazeiras, sertão da Paraíba. Ele me disse, certa vez, que o sertão nordestino é tão azarado que lá existem arbustos e árvores que ficam nuazinhas. É verdade?

— Nuazinhas?

— Sem as folhas! Ele me disse que todas as folhas caem durante a seca. Isso é verdade?

— Parcialmente verdade. Mas não se trata de ser azarado ou não. A vegetação da caatinga tem uma particularidade interessante. Ela é constituída de arbustos espinhentos e árvores que realmente perdem as folhas na estação. Elas ficam... como foi que você disse? Ah! Nuazinhas! São as cactáceas.

— É mesmo muito azar...

— Silveira! É aqui que entra a parcialidade da afirmação do seu irmão. Ele está enganado quanto ao "azar". Na realidade, por causa do ambiente hostil, as plantas e os animais tiveram de se adaptar para sobreviver no sertão. Naquela esquecida região nordestina, a "nudez" das árvores e dos arbustos é, na realidade, uma belíssima estratégia e invulgar sagacidade da natureza.

— Estratégia? Como assim?

— Elas realmente perdem suas folhas, ficam "nuazinhas", mas isso acontece para evitar a perda de água, uma vez que, sem suas folhas, elas não transpiram e assim armazenam a água em seus caules grossos, conseguindo suportar longos períodos de seca.

— Muito interessante! — balbuciou Aldom Silveira.

O professor continuou:

— Os espinhos de plantas como os cactos são também folhas que se adaptaram ao clima do sertão. Com o formato de espinho, o sol as atinge bem menos, e com isso os cactos perdem menos água. Alguns exemplos são os xiquexiques e os mandacarus.

— Quer dizer, então, que a queda das folhas não mata a vegetação? Poderíamos chamar isso de um ardil da natureza? Meu nome é Alvamar Morais.

— Isso! Exatamente! Um ardil da natureza! Perfeito, Alvamar. Para quem não entende, quem a vê "nuazinha", acha que se trata de uma vegetação morta. Basta caírem as primeiras gotas de água das chuvas para que essa vegetação comece a mostrar suas folhas e a paisagem passe de um cinza triste para um maravilhoso, promissor e exuberante verde bem alegre!

— Eis aí a razão de a Denise, minha namoradinha, que é sertaneja, viver dizendo que ama o sertão, mesmo ele sendo tão enigmático! — completou Alvamar.

— E ela tem razão até certo ponto — acrescentou Luiz Santana.

— Com tanta secura e dificuldade, podemos realmente afirmar que, diferente do resto do Brasil, no sertão, "em se plantando, nada dá?"[1]. Meu nome é Amaury Feitosa.

— Não é bem assim... O problema, caro Amaury, é que os solos do sertão, na sua maior parte, são muito ricos em sais minerais, mas, por outro lado, são tremendamente pobres em matéria orgânica como o húmus.

— E por que isso acontece, professor? Meu nome é Cícero Carvalho.

— Boa pergunta, Cícero. Acontece, muito provavelmente, pelo fato de o sertão nordestino, incluindo o vale do São Francisco, apresentar os menores índices pluviométricos do país, isto é, 750 milímetros ao ano.

— O que é pluviométrico? Meu nome é José Pires Puty.

— Pluviométrico, Puty, diz respeito à quantidade de água que cai, que se precipita na terra. A média nacional dos índices pluviométricos é de mil milímetros anuais. Infelizmente, as chuvas no sertão nordestino são escassas e irregularmente distribuídas, pois 80 por cento destas só ocorrem no outono e inverno.

— Mas por que isso acontece? Será que é uma região esquecida por Deus? Meu nome é Paulo Eustáquio.

— Eustáquio, Deus não tem qualquer culpa nisso. As causas daquela dolorosa e torturante aridez são a elevada temperatura, que provoca intensa evaporação; os solos sertanejos, que são quase impermeáveis e retêm pouca água; e a presença de chapadas próximas ao litoral, como a Planalto da Borborema, que dificulta a passagem dos ventos úmidos oceânicos para o interior da região sertaneja.

— Professor, meu nome é Sinval Moreira Dias. Gostaria que o senhor falasse das consequências dessa secura, dessa aridez, na vida dos nossos irmãos sertanejos. É possível?

— Claro! As secas periódicas e prolongadas ainda hoje interferem decisivamente na vida do sertanejo, embora saibamos que, desde a colonização brasileira, numerosas técnicas de combate à seca vêm sendo desenvolvidas bravamente pelos sertanejos, como forma de enfrentarem e conviverem com o período da estiagem.

— Não vejo grandes resultados. Sou Sílvio Messias.

— Concordo, Messias. É mesmo uma luta meio inglória, pois as secas prejudicam muito a produção agrícola e a pecuária, que são as bases da economia local.

---

1 Nota do Autor: A expressão original é: "Em se plantando, tudo dá", de Pero Vaz de Caminha. O "nada dá" é minha e aspei para destacá-la.

— Meu nome é Dilson Pereira de Morais, e esta é Dilma, minha namorada. Podemos, então, afirmar que a região de caatinga, o nosso sertão, é uma terra absolutamente desolada?

— Não, meu caro Dilson. Prazer, Dilma! Na realidade, a caatinga até ajuda a regular o clima da Terra. O problema é que, no Brasil, quando se fala em meio ambiente ou em biodiversidade...

— Biodiversidade? Que diabo é isso? Meu nome é Antônio Ferreira Neto.

— Gostei do "diabo"... Biodiversidade, Ferreira, é o conjunto de todas as espécies de seres vivos de um determinado lugar. E, como eu ia dizendo, aqui no nosso país, quando se fala em biodiversidade, as pessoas só pensam nas florestas da Amazônia ou na Mata Atlântica.

— E qual é o problema? Está errado? Meu nome é Everaldo Matias Batista.

— O problema é que, infelizmente, quase ninguém se lembra da nossa velha caatinga, esquecida e desprezada por tantos. Eis o porquê, ainda hoje, a caatinga é vista como um lugar pobre em recursos naturais, cheio de árvores retorcidas e com chão arenoso. Alguns mitos foram criados em torno da biodiversidade da caatinga: que ela é homogênea, que sua biota...

— Biota? O que é biota? Sou Vidal. José Vidal.

— Biota, Vidal, é o conjunto de animais e vegetais de uma região pobre em espécies e que está ainda pouco alterada.

— E não é verdade que ela é homogênea? Sou o Caetano. Ivaldo Caetano de Farias.

— Na verdade, Caetano, a caatinga não é homogênea, mas extremamente heterogênea. É rica, pois inclui pelo menos uma centena de diferentes tipos de paisagens únicas. E, infelizmente, apesar de existir apenas no Brasil, nossa caatinga é o ambiente menos conhecido entre os brasileiros.

— E aquela história de que o sertão já foi um mar? É mesmo verdade? Eu sou Sílvio Gusmão de Holanda.

Capítulo 2

Dificuldades Sertanejas

— Sílvio, há cerca de 400 milhões de anos, o sertão estava coberto pelo oceano. A ação do mar pré-histórico deixou como herança belas formações rochosas. Agora, com a transposição do velho Chico...

— Velho Chico? Quem é o velho Chico? Sou a Marlene Valda.

— É o nosso rio São Francisco. Como dizia, agora, se tudo der certo com a transposição, o sertão pode até não virar mar, mas se tornará um belo pomar!

— No sertão ainda se come calangos? Sou o Genival Alves.

— Pelo sotaque, parece-me que você é gaúcho. Acertei?

— *Oxente*! Errou feio. Sou daqui do Nordeste.

— Desculpe-me, Genival! Respondendo à sua pergunta: se ainda comem calango, hoje bem menos, pois houve um relativo progresso nos Índices de Desenvolvimento Humano, que impedem que, durante a seca, os sertanejos precisem recorrer aos calangos e a outros alimentos pobres, como batatas de umbuzeiro.

— Ainda bem — disse Iovani Ribeiro.

— É, mas isso não significa que o desemprego, a desnutrição e a mortalidade infantil tenham sido definitivamente resolvidos. Não. Ainda encontramos quem precise comer calango para completar sua refeição.

— Lá falta água até para tomar banho? Sou o Ribamar. José de Ribamar Ferreira.

— Até para cozinhar e beber, que são um pouco mais importantes do que o banho higiênico. Apesar de esse problema ter diminuído consideravelmente, muitos ainda o enfrentam nas regiões rurais mais afastadas e de difícil acesso. Porém, já existe uma rede de poços artesianos, cisternas, chafarizes e açudes, que, se não são suficientes, pelo menos amenizam e muito o problema da falta d'água que os sertanejos mais antigos enfrentavam.

— É verdade que o sertanejo é mesmo um bronco, um matuto desinformado? Que nunca pensa em ser primeiro em nada? Meu nome é Nailton Alves da Gama.

— Como assim? Não entendi a afirmação "nunca pensa em ser primeiro em nada"?

— O sertanejo desiste fácil? Minha namorada, a Fannaz, quando me vê meio devagar, leva logo café quente para me acordar e grita: "Estuda!".

— Agora entendi. Nailton, é bom ter cuidado com o que falamos para não ofendermos nossos irmãos sertanejos. Um dos maiores problemas dos estereótipos é a tendência à generalização.

— Foi mal...

— Foi mesmo. Embora não exista no sertão a mesma disponibilidade de meios de informação que os habitantes das grandes capitais têm, a educação, mesmo acentuadamente deficiente, é atualmente mais bem difundida do que no passado. Você gosta de ser o primeiro?

— Depende, professor Luiz Augusto, mas é melhor deixar pra lá... — respondeu Nailton.

— Sou o Pestana. Osvaldo Pestana, professor. Ouvi dizer que do sertão só saem profissionais mais grosseiros, como domésticas, porteiros, lavradores ou pedreiros. Minha Sufia disse que São Paulo é cheio deles e que eles nunca ocupam trabalhos bons. Isso é verdade?

— Não, porque sai até presidente de lá! Veja bem. Embora todas essas profissões sejam ocupações nobres, dignas e necessárias à vida, infelizmente, é comum associarem de forma jocosa a figura de um pedreiro em São Paulo à de um retirante sertanejo. Ou também colocarem nas novelas um porteiro com sotaque nordestino, sempre chamado de Severino ou Raimundo. Isso é preconceituoso e absolutamente inaceitável. Vocês concordam?

O assentir com a cabeça, de forma decidida, foi a resposta que o professor obteve da maioria dos alunos.

— Sou Oliveira. Severino Oliveira. O Nordeste sempre foi atrasado?

— Não. Muita gente, por falta de conhecimento histórico, acha que o Nordeste sempre foi a região mais pobre e menos industrializada do Brasil, o que não é verdade. Ouçam este trecho em que a pesquisadora Cláudia Cavalcanti faz uma comparação interessante quando menciona:

> Quem nasceu há cem anos, em Recife, oriundo de uma família intelectualmente esclarecida e relativamente abastada, teve a sorte, como Gilberto de Mello Freyre, de ter sido educado nos moldes da típica aristocracia açucareira pernambucana.
> Enquanto os ditos tradicionais quatrocentões paulistas mal sabiam ler, muitos pernambucanos ricos eram alfabetizados em francês, tinham aulas de piano e roupas lavadas na corte, isto é, em Portugal [...].

— Professor, meu nome é José Sebastião! Falam muito bem da hospitalidade do sertanejo...

— José Sebastião, eu estive no sertão e falar sobre ele e os sertanejos é realmente muito emocionante... Talvez seja o azul infinito do céu aberto, sem uma única nuvem para acalentar a esperança imortal do sertanejo... ou seja a hospitalidade de um povo que oferece sua última xícara de café a um viajante desconhecido?

"Também sejam os pequenos e rápidos momentos do final da tarde, quando a terra esfria e a caatinga brilha com uma cor que jamais vi em qualquer outro lugar do mundo! E olhem que conheço inúmeros lugares! Não sei... só sei que, lembrando-me de tudo isso, dá uma vontade enorme de voltar lá!"

— E a tão falada fé do sertanejo? Meu nome é Morais. José Morais.

— Ah, a fé! Precisamos entender que o isolamento do sertanejo o aprisiona a certos valores religiosos, que parecem fazer crescer nele uma fé quase inabalável. Talvez seja consequência da rotina estressante e das vicissitudes do meio hostil, que parecem fortalecer esse tipo de religiosidade.

— Mas...

— A consequência, caro Morais, é que aí surgem os profetas, os beatos, os místicos, que, nas cidades do litoral, seriam considerados loucos, mas que no sertão, naquela civilização ainda meio engessada, perdida na história e esquecida por outros brasileiros, se tornam líderes naturais.

— Sim, mas...

— Meu querido aluno, perguntaram a um sertanejo se ele acreditava em Deus, e ele respondeu: "Oxente! Acredito na vida, e quem acredita na vida tem que acreditar em quem é o Pai da Vida! O nosso Deus!".

— Realmente...

— Meus queridos alunos, a fé do sertanejo não se limita ao culto e à adoração a Deus. Em muitos lugares do sertão, as pessoas acreditam que, se a mulher, ao se deparar com uma cobra peçonhenta, der um nó no cordão da saia, o animal não se moverá até que alguém venha matá-lo; um galho de pinhão-roxo deve sempre estar pendurado na primeira sala da casa para protegê-la de qualquer mal; chifre e caveira de boi devem ser enfiados num pau e colocados na roça para evitar mau-olhado na plantação; se evita mordida de cobra, mesmo que se pise nela, se a pessoa estiver usando uma medalha batizada de São Bento.

— Isso é sério, professor Luiz Santana? Meu nome é José Miranda.

— Seríssimo! Os rituais, os amuletos, as simpatias e uma série de crenças, lendas e tradições populares servem para enriquecer ainda mais o universo que envolve a fé no sertão, como forma de proteção contra as durezas da vida sertaneja.

— Mas isso é pura crendice! O principal, que é falar da Bíblia, o senhor ainda não fez! Ou o sertanejo não acredita na Bíblia? Meu nome é Adelson Lázaro dos Anjos.

— Pela sua veemência, acredito que você seja evangélico... Adelson, para o sertanejo, a proteção também é assegurada pela presença da velha Bíblia em cima da mobília rústica. Gostou de saber disso?

— Claro! Eu lhe perguntei porque minha noiva, a Fátima Maruska, é sertaneja e gosta muito da Bíblia — respondeu Adelson.

— Mas, além da Bíblia, a proteção é redobrada com a presença maciça de imagens de santos, velas acesas, quadro da Santa Ceia na parede e, quando a pessoa tem mais posses, sempre terá um oratório, colocado no quarto do casal ou na sala da frente, em cima de uma cômoda de madeira envernizada. No seu interior ficam crucifixos e imagens de santos.

— Em quanta tolice os católicos acreditam! Estão errados e deveriam... — interrompeu Erasmo Roosevelt, também evangélico.

— Não penso assim. Em que acreditam é uma questão cultural, e nós não temos o direito de lhes impor regras de conduta, principalmente porque nunca nos lembramos de fazer algo para ajudá-los. Apenas nos lembramos de cobrar conduta deles.

— Desculpe-me, professor. Não sabia que o senhor era católico e não pensei em atacar os católicos! — ironizou Erasmo.

— Mais uma vez, você me interpretou de forma errada. Não sou católico, mas acredito no respeito aos valores de cada um, principalmente porque Deus não anunciou Sua atenção exclusiva para nenhuma religião. Ele é Pai de todos e não apenas de alguns.

— O senhor não tem religião?

— Sou meio espírita, mas entendo ou procuro entender as diversas formas de cultuar a Deus. Para o sertanejo, ter um oratório em casa é como ter um templo próprio para suas orações e o faz sentir-se próximo de Deus. E, meus queridos alunos, sentir-se mais próximo de Deus, independentemente de qualquer credo, é um maravilhoso fortalecimento para o espírito.

— Espírita? Então está explicado.

— Está? Erasmo, o que você acha que seja o Espiritismo?

— Ah, professor, não sei nem quero saber.

— Se você não sabe do que se trata, então, não emita opinião. Falar do que não entende é pura leviandade. — Luiz Santana voltou-se para os demais alunos e continuou: — O que vimos foi apenas um esboço da fé e da religiosidade de um povo que não se cansa de acreditar. E com um detalhe importante: o sertanejo tem sua fé constantemente posta à prova!

"Quando falta comida, sobram espinhos na caatinga e só o mandacaru e os pés de juá emprestam verde à paisagem; quando o açude seca; quando o solo racha e o gado cai no chão, só pele e osso; nada disso abala o sertanejo. Sua fé é firme, sua esperança nunca seca, pois existe nele uma força que se reacende quando a primeira nuvem escurece um pouquinho, anunciando a possibilidade de a chuva chegar."

— Eles nunca desistem? Sou Otoniel Batista.

— Otoniel, o sertanejo tem um orgulho legítimo de trabalhar nas mesmas terras que foram dos seus bisavós, dos seus avós e dos seus pais. Por isso, o apego aos santos, o joelho no chão, as mãos para o céu e o rosto sem uma única lágrima de lamento, porque eles sabem e sentem que o primeiro pingo de chuva já será suficiente para lavar todas as suas dores. Isso só quem é do sertão pode entender. E sertanejo de verdade nunca desiste.

— Professor, meu nome é Raimundo Geraldo. Analisando o sertanejo como pessoa, moral e fisicamente falando, como ele é?

— A melhor definição, ou o melhor conceito, do sertanejo foi feita por Euclides da Cunha, que escreveu em *Os Sertões,* sua obra clássica, o seguinte:

> [...] O sertanejo é, antes de tudo, um forte. Não tem o raquitismo exaustivo dos mestiços neurastênicos do litoral. A sua aparência, entretanto, ao primeiro lance de vista, revela o contrário. Falta-lhe a plástica impecável, o desempenho, a estrutura corretíssima das organizações atléticas.
>
> É desgracioso, desengonçado, torto. Hércules-Quasímodo, reflete no aspecto a fealdade típica dos fracos. O andar sem firmeza, sem aprumo, quase gigante e sinuoso, aparenta a translação de membros desarticulados. Agrava-o a postura normalmente abatida,

> num manifestar de displicência que lhe dá um caráter de humildade deprimente. [...]
> É um homem permanentemente fatigado. Reflete a preguiça invencível, a atonia muscular perene, em tudo: na palavra remorada, no gesto contrafeito, no andar desaprumado, na cadência langorosa das modinhas, na tendência constante à imobilidade e à quietude.[2]

— Nossa! Esse tal de Euclides acabou com o nosso sertanejo! E eu não concordo, pois minha esposa, Isamar, é sertaneja e é uma mulher de mais fibra que muito homem! — gritou Wilson.

Gladys Abbehusen, outra aluna e irmã de Edna, concordou com a cabeça.

O professor Luiz Santana sorriu benevolente e, sem responder, continuou:

> Entretanto, toda esta aparência de cansaço ilude. Naquela organização combalida operam-se, em segundos, transmutações completas. Basta o aparecimento de qualquer incidente exigindo-lhe o desencadear das energias adormecidas.
> O homem transfigura-se. Empertiga-se [...] e corrigem-se-lhe, prestes, numa descarga nervosa instantânea, todos os efeitos do relaxamento habitual dos órgãos; e da figura vulgar do tabaréu canhestro, reponta, inesperadamente, o aspecto dominador de um titã acobreado e potente, num desdobramento surpreendente de força e agilidade extraordinárias.[3]

— Eis porque, meus queridos alunos, o sertanejo é mesmo, "antes de qualquer outra coisa, um forte!". E eu concordo plenamente com Euclides da Cunha. Bem, acredito que acabamos nossa aula de hoje. Na próxima aula, estou pensando em estudarmos os Carambolas. O que acham?

— Professor, meu nome é Francisca Verônica. O senhor não vai falar mais do sertão?

— Do sertão? Não. Talvez no fim do semestre... É um excelente assunto, mas nós passamos cinquenta minutos estudando o sertão e o bravo sertanejo. Não há assunto para mais uma aula e...

— Com licença! O senhor disse que não há mais assunto para falar sobre o sertão? Eu ouvi direito?

---

2 CUNHA, Euclides da. **Os Sertões**: Campanha de Canudos. São Paulo: Abril Cultural, 1982. p. 91.

3 Ibid., p. 102.

Era o aluno que no início chamara a atenção do professor por ser mais velho e por não se manifestar em nenhum momento da aula. Ele erguera-se, e agora Luiz Santana podia vê-lo por inteiro. Era alto, atlético, de olhos castanhos muito vivos e brilhantes. Parecia ter uns cinquenta anos. Os cabelos começavam a rarear, mas a ausência de fios não combinava com seu rosto ainda jovem, quase sem as inevitáveis rugas do tempo.

— O senhor ouviu corretamente. Realmente, não há mais o que falar sobre o sertão. Seu nome é...

— Não! Desculpe-me, mas o senhor está completamente enganado. Esgotou o assunto sobre o sertão? O senhor deve estar de brincadeira!

— É que...

— Professor! Sente-se aqui no meu lugar, porque agora vou contar uma história sobre o sertão e não gosto de falar sentado.

— Mas isso é incomum!

— O incomum significa proibido? — ele indagou.

— Não...

— Não? Então, o que o impede de sentar-se aqui e prestar atenção ao que irei falar? Se não concordar, o senhor poderá me corrigir depois. Certo?

Um pouco desnorteado pela situação inusitada, mas sem conter a curiosidade de cientista, o professor Luiz Santana sentou-se e, com um menear de cabeça, mandou que ele começasse. O estranho aluno começou a falar:

— Vou lhes contar a história, a saga, de uma família tipicamente sertaneja. Mas, antes, deixem-me fazer um rápido resumo do que vocês ouvirão a partir de agora, pois quero que saibam que uma família sertaneja, que é unida por inabaláveis alicerces morais, faz da sobrevivência uma profissão, sem ceder ou renunciar à honra e dignidade, apanágios maiores da índole sertaneja.

“O sertanejo sobrevive porque é incontestavelmente forte. Assim como o cacto mais resistente, o sertanejo foi feito para o sertão, pois ele tem o corpo e o modo de encarar a vida próprios para suportar o infindável suplício da seca.

“Na sua infinita luta pela sobrevivência e com certo masoquismo inconsciente, ele ama, enfrenta, sofre, mas ama o sertão. O sertão que o destrói, mas que também o hipnotiza.

“O sertanejo é naturalmente rude e naturalmente gentil, talvez pelo fato de estar acostumado com a morte desde muito novo. Sob tais influências, ele vai da extrema brutalidade ao máximo de devotamento e gentileza.

“Os acontecimentos funestos que acompanham a família Marinho, longe de desestruturá-la, parecem unir cada vez mais seus remanescentes. Surge, então, a necessidade de a honra da família ser resgatada, porque ‘sertanejo que não vinga uma afronta, não vale nada’. E é em consequência dessa mentalidade que há um confronto mortal entre sertanejos simples e um grande latifundiário da região.

“Na tentativa desse resgate, mais mortes ocorrem, e o velho patriarca, prestes a sucumbir à dor pela perda de tantos entes queridos, reergue-se como uma aroeira adulta para o último grande confronto. Hora da vingança!

“Contudo, para tentar frear aquela onda de violência que se anuncia surge a doutrina dos espíritos. E então? A vingança acontecerá? Talvez... há muitos valores em jogo...

“E então, professor Luiz Augusto Santana? Alunos? Posso começar a contar essa história? Uma história real?”

Ninguém respondeu, pois já haviam sido hipnotizados pelo carisma do colega bem mais velho. Ele continuou:

— A história começa com o doutor Francisco Camilo. Ele estava perdido no Raso da Catarina...

Capítulo 3

A Hospitalidade

Francisco Camilo estava ficando desesperado. Sua motocicleta quebrara, e ele estava totalmente perdido. Sabia que poderia pagar um preço muito caro pela ousadia, porque, afinal, não estava em um lugar qualquer. Ali era o famigerado Raso da Catarina, o lugar mais inóspito do sertão nordestino e, em consequência, do Brasil e um dos piores do mundo.

Calor asfixiante de dia e frio cortante à noite. A água de Francisco Camilo acabara havia horas, e ele começara a ter miragens. Via os oásis fugindo dele, cascavéis a fitá-lo, escorpiões a persegui-lo, uma garrafa com água gelada, mas, quando se aproximava, tudo sumia da sua vista como em um passe de mágica.

"Vou morrer aqui! Não deveria ter vindo!", pensava angustiado, já imaginando que teria de enfrentar o sol escaldante no dia seguinte. No momento, quatro horas da madrugada, o que mais o incomodavam eram a sede, a fome e o frio.

Olhou para o alto e fitou as estrelas silenciosas e absolutamente indiferentes à sua situação. Não havia nuvens que pudessem lhe oferecer um pouco de esperança de que iria chover. Tudo levava a crer que era mesmo o fim...

Para sentir-se vivo ou pelo menos enganar a si mesmo, começou a falar em voz alta, como se existisse alguém a ouvi-lo:

— Eu estou com medo! Muito medo! E... medo? Que espírita sou eu? Sei perfeitamente que a morte física é inevitável e que ocorrerá com todos! Mas... eu estou preparado para encarar a dona morte? Para olhar de frente a dura realidade? Na teoria, sempre achei que seria fácil... mas agora, no indesejável momento do "vamos ver", mesmo tendo confiança na vida futura, não há como não temer a transição, a passagem da "vida" para a "morte". Acho que não me preparei adequadamente para este momento, ainda mais se acontecer de forma tão dolorosa! Sede, frio, fome, calor e solidão!

Ele já estava meio delirante.

— Finalmente, sofre-se ou não se sofre na "travessia"? Na última viagem? Como acontece realmente a separação da alma e do corpo? Quanto tempo durará esse processo? Receberei ajuda espiritual ou não? O Espiritismo, que mudou minha vida, não conseguiu me preparar para morrer? O Espiritismo ou eu, que sempre fugi da ideia da morte física, achando que viveria para sempre?

Francisco Camilo continuou falando em voz alta, quase com sofreguidão:

— Qual será minha situação? Estou preparado? Não sei... Acho que poderia ter feito muito mais! Ter investido mais na minha reforma íntima... é sempre assim. A ficha só cai na "hora H".

"Meu Deus! Eu sabia disso tudo e não me preparei adequadamente... eu falhei, pois o espírita sério trabalha constantemente sua reforma íntima, reprimindo suas más tendências, lutando contra as más paixões, aprimorando seu conhecimento, praticando a caridade e, essencialmente, se esforçando para ser bom, indulgente e perdoando as ofensas, conforme ensina a questão 886 de *O Livro dos Espíritos*.

"E eu não tenho nem a velha desculpa: 'Ah, se eu soubesse!'. Eu sabia. Sabia, sim, da mesma forma que sei que não tenho o direito de desistir."

Movido apenas pelo instinto de sobrevivência, Francisco Camilo continuou andando. Andou muito e, quando estava prestes a desistir, a entregar definitivamente os pontos, julgou ver algo ao longe, bem longe. Seria uma luz? Parecia uma luz.

"Luz? Será que já morri e aquela luz é de uma colônia? E se a colônia estiver em pleno Umbral, e, para chegar lá, eu tiver de encontrar um caminho por ele?"

Pensou em sentar-se no chão, fechar os olhos, que ardiam como se dentro houvesse duas brasas, e esperar o fim. Olhou em volta, e a escuridão e o silêncio que o atordoavam o impulsionaram. A luzinha ao longe o hipnotizava.

"Será que algum maluco pode morar aqui? Ou será mais uma miragem? Não. Não vou cair nessa. Se é para morrer, morrerei aqui mesmo."

Mas, de repente, uma voz interior sussurrou no seu ouvido: "Um homem de verdade, um sertanejo, nunca entrega os pontos".

— Homem de verdade? Acho que sou... Ou era! Mas um sertanejo? Não sou, mas... estou no sertão! Então, preciso agir como sertanejo! E se o sertanejo é mesmo o que dizem, ele jamais se sentaria para esperar a morte. Não repetem à exaustão que "o sertanejo é, antes de tudo, um forte?". — Então, eu serei forte! — disse Francisco Camilo em voz alta depois de levantar-se.

Encheu-se de coragem e rumou em direção à luz, que parecia aumentar à medida que ele avançava. Uma hora depois, ele chegou.

Não era miragem! Era mesmo uma casa de taipa. Havia luz, que provinha de um candeeiro, e parecia haver gente dentro do local. Aproximou-se lentamente e, à porta, após respirar para recuperar um pouco o fôlego, gritou com o resto de forças que tinha:

— Tem alguém em casa?

O silêncio foi a única resposta que Francisco Camilo obteve. Repetiu o grito desesperado:

— Tem alguém em casa? Não precisa ter medo! Sou apenas um viajante perdido que precisa de ajuda. Não tenha medo! Por favor! Eu...

— Qual é seu *pobrema*, moço?

Francisco Camilo virou-se com o susto, ao ouvir uma voz às suas costas. Era um homem, mas, como ainda estava escuro, não pôde ver suas feições ou se estava armado ou não. Tentou se explicar:

— Não tenha medo, pois...

— Medo? Quem disse ao moço *qui* tô *cum* medo?

— É que sou um estranho e...

— E o *qui* é que tem *sê* estranho? Moço, aqui no Raso só mora quem desconhece esse tal medo!

— Eu sei! Desculpe-me, mas você não me conhece e...

— Seu moço, sou sertanejo! *Num* tenho nem posso ter medo de nada. E, pra entrar na minha casa, até alma penada, assombração, vai ter que pedir licença *a eu*! Agora o moço quer me dizer sua graça e o que deseja? — perguntou o homem que carregava um facão na mão.

— Esse facão aí...

— Agora, quem parece que sente medo é o moço sem nome... qual é sua graça?

— Desculpe-me. Meu nome é Francisco Camilo, mas pode me chamar de Camilo. Sou um estudioso, um pesquisador das coisas do sertão. Meu transporte quebrou e estou perdido. Preciso de repouso e água. O senhor pode me ajudar?

Depois de examinar umas duas vezes o estranho dos pés à cabeça, o homem cuspiu fora o fumo que mascava e disse:

— O nome do moço é Francisco Camilo? O meu é Joanilson Marinho. Pode entrar que a casa é sua.

Para Joanilson, o homem que chegara à sua casa e se apresentara como Francisco Camilo parecia um doutor. Joanilson sabia que sua mulher, Maria da Guia Marinho, iria morrer de vergonha porque não podia oferecer uma boa hospitalidade. Em casa só havia um punhado de farinha seca, que é a farinha de mandioca mal moída, que, quando mastigada, parece feita de pedrinhas de terra seca.

Para Joanilson, contudo, o mais importante era atender e oferecer o que tivesse de melhor em casa. Se o melhor era pouco ou não prestava, o que haveria de fazer? Foi oferecido ao viajante perdido um pouco de farinha e água de quartinha. Quando colocou o alimento na boca, o doutor Francisco Camilo, que viajava para estudar o sertão, perguntou:

— Como é que se mastiga isso?

— A gente aqui não mastiga, não, seu *dotô*. Engole direto — respondeu Joanilson.

— Está certo... Seu Joanilson, de que é composta sua feira? Quais os itens a completam? — indagou o viajante, que, mesmo cansado, não esquecia seu trabalho de pesquisa.

Guia Marinho, a prendada mulher de Joanilson, analfabeta como o marido e exímia cozinheira de nada, atendendo a um sinal do marido, respondeu:

— Se item quer dizer o *mêrmo* que artigo... Quando tem apenas um artigo já é um bom negócio, porque o alimento aqui é escasso, principalmente na seca. Mas o *dotô num* deve saber como é, pois *num* me parece *qui* é pobre...

— Bem...

Dona Guia não lhe deu tempo para responder e emendou:

— *Nóis* aqui *somo* pobre, e pobre come de tudo, *dotô*. Quando a gente pega *im* dinheiro, faz feira. Mas nem chega a ser uma feira... porque gente pobre *num* faz feira... Compra cinco *quilo* de açúcar e cinco de feijão. O carioquinha é o que rende mais. Eu cozinho o feijão de manhã, e no almoço a gente come só os *caroço*. O caldo do feijão fica pra noite, temperado com *cibola* e alho. De manhã, é só café com açúcar, quando tem, porque café tá muito caro. É assim que a gente *veve*.

— Meu Deus! Como se pode viver uma vida de tanta miséria? Como vocês conseguem viver assim? Sem momentos de alegria? Só tristeza? Só dor? — lamentou com sinceridade o doutor Francisco Camilo.

— *Oxente*! Tá enganado, seu *dotô*. Existe o sertão sofrido, sim, onde o sertanejo faminto e sedento tem que ir embora *pras* terras *distante* em busca da sobrevivência, deixando pra trás o sertão, o pedaço de chão onde nasceu e que a seca *marvada* botou pra correr. Mas *num* é só tristeza, não — disse Joanilson.

— Não pensei em dizer que era só tristeza!

— Mas disse, seu *dotô*! Por outro lado, existe o sertão festeiro de um povo alegre e hospitaleiro, que gosta de um arrasta-pé e de um *rela-bucho*, que divide um pedaço de rapadura e um copo com água de barreiro com qualquer visitante que apareça na sua casa de taipa e depois lhe oferece uma boa dormida numa esteira de palha de bananeira, estirada no piso de chão batido. Tudo é pobre, seu *dotô*, mas tudo é oferecido com a maior sinceridade e pureza de coração.

— Isso é muito bonito — disse Francisco Camilo.

— *Bunito*? É lindeza pura!

— O que é "lindeza pura"? A pobreza?

— Não! O sertão! Eu falei *qui* o meu sertão é lindeza pura!

— Ah, este nosso Brasil! Como é difícil entendê-lo... O Nordeste enfrenta a seca, o Sul as enchentes... Em alguns momentos, acontece o inverso... Quem será que sofre mais?

— E interessa saber quem sofre mais? *Num* é tudo brasileiro? O *qui* eu *seio*, seu *dotô*, é que as *enchente*, quando mata, faz isso de uma vez, rapidinho. Deve doer muito, mas deve ser uma dor muito ligeira, enquanto a danada da seca vai matando aos *pouco*, de mansinho, de *tiquinho*, secando, afinando a gente, como se diz por aqui.

— Seu Joanilson, o senhor recebe alguma ajuda do governo? É bom?

— Sobre a sua pergunta, a resposta é que eu *num* recebo nada, pois aqui é o Raso da Catarina. Nem pra ganhar voto os *home* se *aventura* por aqui. Assim, não *seio* dizer se é bom. Mas, na *budega* do *cumpade* Paulo, ouvi dizer que ajuda muita gente, mas que também tem muita gente que *num* faz mais nada porque recebe alguma ajuda.

— Sempre há os dois lados e...

— Mas sabe o que eu acho pior, seu *dotô*? É que ainda tem a criançada, que tá crescendo sem sentir a necessidade de aprender um ofício. Sabe o resultado? O sertanejo tá ficando um povo sem rumo, *buchudo*, amarelado, preguiçoso e dependente do governo.

— Mas o senhor há de convir que ajuda!

— Convir? Eu *num seio* o que quer dizer essa palavrinha... convir? Palavrinha esquisita... Mas posso responder que até pode ajudar — e em alguns casos ajuda *mêrmo* —, mas eu trocaria qualquer ajuda do governo por um pedaço de chão onde tivesse água brotando. Seu Luís Gonzaga tava muito do certo quando, na sua música "Vozes da Seca", ele disse: "Se você dá uma esmola a um homem *qui* é são, ou lhe mata de vergonha ou vicia o cidadão".

— Desculpe-me, seu Joanilson, pela pergunta indiscreta que vou fazer. Sua família come calango?

— Meu filho mais velho, o Paulo Esdras, que sonha em viver na cidade grande, disse que saiu no jornal uma palavra de um menino, que, quando soube que isso acontecia no sertão, ficou triste e disse: "Ainda bem que eu não tenho de comer calango". Fiquei matutando nessa palavra... e descobri que talvez seja por esse motivo que as *autoridade* não *tome* nenhuma providência para acabar de vez com a seca...

— Confesso que não entendi...

— *Num intendeu* por que as *autoridade* não *toma* nenhuma providência? Só pode ser porque nenhuma autoridade precisa comer calango...

— É possível, é bem possível, que o senhor esteja certo... Não dá vontade de se revoltar?

— Revoltar? *Dotô*, pobre *num* se revolta! Quando muito, arranja uma arengazinha besta. Mas tá tudo certo, seu *dotô*. Pior se eu *num* tivesse saúde e *corage* pra caçar calango, preá ou comer palma. Aqui não dá pra escolher muito, pois não tem mais o que comer. Acabou até o rato. Só resta casca de umbu cozida com água e sal pra dar de comer aos meus *filho*, que há mais de uma semana não comem nem farinha.

— Farinha? Mas, seu Joanilson, eu não comi farinha?

— Comeu sim, senhor.

— Então, havia farinha! Por que seus filhos não comeram?

— *Oxente*! *Nóis* tinha guardado pra hoje, mas o *sinhô* chegou! Aqui no sertão visita tem *preferênça*, e a gente não pode ter o desleixo de deixar visita sair dizendo que sertanejo *num* sabe receber!

— Fiquei sem graça agora, seu Joanilson. Eu comi a comida que pertencia às crianças!

— Elas *tão acostumada*.

Francisco Camilo respirou fundo, espantado com a impensável aula de civilidade que estava recebendo de pessoas paupérrimas e analfabetas. Encantado, ele continuou:

— E quando não dá para arranjar comida pra todo mundo?

— A gente faz rodízio. Enquanto um come o que tiver, o outro fica apenas olhando. No outro dia, a gente inverte.

— E emprego? Não tem emprego em nenhum lugar?

— *Imprego*? Só se for pra ser coveiro ou vendedor na farmácia. Ou seja, pra quem cuida dos *vivo doente* ou para aqueles que *veve* da morte *dos outro*.

— Mas...

— Seu *dotô*, do *mêrmo* jeitinho que o *vaquêro* carece de boi pra aboiar, o lavrador carece de terra boa pra plantar. A gente até *veve* sem emprego, mas o que dá medo é a danada da fome, porque ela ataca em qualquer idade, até quem ainda tá na barriga — completou o calejado vaqueiro, transformado à força em lavrador de terra seca e infértil, escondendo um soluço doído.

— Meu amigo Joanilson, não chore! Se você chorar, vou chorar junto! — disse Francisco Camilo.

Joanilson olhou rapidamente para a mulher, dona Guia. Ela não podia ver fraqueza nele. "Ele era um homem, e homem que se preza não chora!", pensou antes de responder ao visitante.

— Chorar? E eu lá sou homem de viver chorando? Nem que eu quisesse! O sertanejo *num* tem mais lágrima. O sertão *num* tem mais lágrima, a *num* ser as *lágrima* das *nuvem*, as *lágrima* do céu, as *lágrima* de esperança que o povo chama de chuva. Se as *nuvem* resolver chorar, vai ser bom! Vai molhar minha terra e deixá-la de novo bem verdinha!

— Ainda bem que estamos no início do inverno. Quem sabe se, em breve, "as nuvens não irão chorar" copiosamente? — disse emocionado o doutor Francisco Camilo.

— O que é copiosamente?

A conversa continuou. Joanilson Marinho fez questão de dizer que dos seus nove filhos, seis homens e três mulheres, dois homens haviam morrido e três homens queriam ser vaqueiros, "seguir o ofício do pai". Disse orgulhoso e depois lamentou que o mais velho, Paulo Esdras, só pensasse em estudar. E acrescentou de forma pesarosa:

— Estudar pra quê? Aqui no sertão isso não tem valia!

— Mas, seu Joanilson, estudar é sempre bom!

— Eu *seio*, mas o melhor *mêrmo* é *num* morrer de fome. Meu segundo mais velho, o Barreto Marinho, mas que gosta de ser chamado de Vaquêro, já montava em jumento com quatro anos. Ele nunca pensou em ler muito. Todos eles tão aprendendo as *letra*, mas só pra ler um pouquinho.

— Isso é muito bom...

— Ôxe! Novinho ainda, Barreto Vaquêro inventava que tava doente pra *num* ir pra escola. Quando os outros saíam, ele pegava meu gibão, que dava três dele, montava em um cavalo de pau e entrava na caatinga *rebanhando* as *galinha*.

— E o mais velho vai embora pra cidade? O Paulo Esdras? Eu pensava que quem nasce aqui tinha que ser vaqueiro!

— Pensou errado, pois ser *vaquêro num* é pra todo mundo. É por isso que tem o batismo de fogo. O cabra tem de dar uma carreira no mato pra pegar o bicho. E só é *vaquêro* se trouxer o animal, senão, ele num passa de um veste-couro.

— Veste-couro?

— Veste o gibão, mas *num* é *vaquêro. Vaquêro* que se preze tem de entrar em mato tão fechado que às vezes nem o cavalo vai. Isso sem falar nas *queda* que acontece o tempo todo. No sertão, a gente costuma dizer que é preciso pegar o bicho a pulso. É preciso puxar o animal pelo rabo, como na vaquejada, pra colocar a máscara, que é um artigo de couro que cobre a cara da vaca quando ela é *braba*.

— Deve ser muito difícil!

— É nada! *Dotô* Camilo, eu *tô* falando de *vaquêro*! E *vaquêro* tem que ter várias *qualidade*. Uma delas é ter ouvido bom para identificar o chocalho e saber a localização do animal.

— Não seria mais simples botar chocalho em todas as vacas para não perder nenhuma?

— Não. Colocar chocalho em todas elas seria burrice. É a *mêrma* coisa que um bocado de menino *arengando* um com o outro. A gente nunca sabe quem começou ou quem tá falando. O negócio é colocar o chocalho no pescoço dos bichos mais *manso*, que vão servir de guia para os mais *brabo*. Um *vaquêro* experiente conhece o tom do chocalho de cada animal, porque o tom já tá gravado na sua cabeça. E o Barreto Vaquêro já tá fazendo isso — completou Joanilson, sem esconder o orgulho da bravura do filho.

— E parece que seu outro filho, o Paulo Esdras, não leva jeito para vaqueiro? É isso?

— *Oxente*! E *num* é por isso que fico mais chateado? Ele poderia ser o melhor *vaquêro* daqui, mas, entre um boi e um livro, ele prefere o tal livro. Deve tá *ruim da bola*.

— *Ruim da bola*? Não entendi...

— Meio adoidado! Amalucado! Quem já viu trocar um boi por um livro? Trocar essa lindeza que é nosso sertão pela correria da cidade?

— Mas lá tem a beleza do mar!

— O mar... Paulo Esdras fala muito dele... É uma das poucas *coisa* que *num* entendo da oficina de Deus.

— Oficina de Deus? O que o senhor não entende?

— Por que Ele fabricou na sua oficina celeste um mar tão grande, tão *bunito*, mas tão salgado? Se aquele mundão de água fosse doce, eu *inté intendia*. Mas tanta água sem utilidade... enquanto aqui a gente tá morrendo por falta de uma gotinha... E o abestalhado do Esdras só fala disso!

— Falando nele, onde seu filho está? Queria conversar um pouco com ele.

— Para tirar a maluquice dele de ir embora?

— Não, seu Joanilson. É sobre religião...

— Religião? *Oxente*! O Barreto Vaquêro é quem vive *num* tal de terreiro de Pai Rene Marques. Mas acho que o Paulo Esdras *num* tem muito gosto por nenhuma crença. Mesmo assim, vou mandar chamá-lo.

Algum tempo depois, Paulo Esdras chegou. Ainda era um garoto, mas tinha um olhar vivo, maduro, como se estivesse sempre analisando tudo. A conversa desenrolou-se facilmente.

— Esdras, seu Joanilson me disse que seu irmão, o Barreto Vaqueiro, costuma ir ao terreiro do Pai Rene Marques. É isso?

— É sim, senhor.

— E por que você não vai?

Ele olhou de modo respeitoso para o pai e indagou:

— Pai, posso responder?

— Pode falar.

— Não gosto de terreiro nem de igreja.

— Não? Por quê?

— Porque não acredito que Deus esteja lá.

— Não? E onde Ele estaria?

— Quando eu encontrar, digo ao senhor.

— E se eu o ajudar a encontrar Deus?

— O senhor sabe onde Ele tá?

— Posso tentar. Concorda?

— Se o pai deixar...

— *Ôxe*! Isso é *pobrema* teu!

— Então, o senhor pode falar — concordou Esdras.

Capítulo 4

Deus

— Acredito que a primeira coisa a fazer é entender o que é Deus.

— *Oxente*! O que é Deus? Ou quem é Deus? E Deus é uma coisa? Se Ele é uma pessoa, o senhor não deveria perguntar quem é Deus? — indagou Esdras.

— Como você imagina Deus?

— Acho que é um homem já velho, de cara enrugada, barba branca e grande, com cara de aposentado, sentado em um trono dourado, sempre cochilando, decidindo a vida de todo mundo, castigando ou dando prêmio aos homens. Tô certo?

— É assim que você O imagina? E como Ele castiga ou premia?

— Mandando *pro* inferno os cabras *ruim* ou levando os *bom* pra se *sentar* perto Dele, lá no paraíso. Acho meio estranho, mas é assim que as pessoas falam.

— Estranho?

— É, e sabe por quê? Porque não gosto que pensem por mim. Tudo o que sei de Deus foi alguém que me disse, e acho errado esse alguém não deixar nenhuma brechinha para o outro pensar um pouco e decidir do seu jeito. E, por falar nisso, por que o senhor quer saber o que penso? Pra me converter a alguma religião?

— Não. Minha religião não vive atrás de seguidores, embora aceite todos que a procuram.

— É aí que tá o perigo. Seu doutor, o sertão acolhe bem todo mundo, e é por isso que aqui chega um monte de gente inventando religião nova pra se aproveitar do sertanejo. Qual é sua religião?

— Eu sou espírita.

— Ah, igual ao Pai Rene Marques!

— Não. Ele segue uma religião espiritualista.

— E não é a mesma coisa?

— Não. São bem diferentes. Espiritismo é uma coisa e espiritualismo é outra.

— Espere aí! Ouvi falar que seu Inaldo Nery e a dona Cristiana Stamford, que são marido e mulher, fazem umas reuniões religiosas em uma casinha e que lá não tem batida de tambor, barulho, vela, imagem. Acho que só leem um livrinho de um francês. Eles chamam o livro de *Evangelho* alguma coisa, e...

— E?

— Nem sei se posso falar...

— Claro que pode. Está com medo? — indagou Francisco Camilo.

— Medo? Paulo Esdras *cum* medo? Duvido! — disse Joanilson Marinho, que até então estivera calado.

— Se não tem medo, por que não fala?

— Porque não sei se é verdade. Acho que é invenção do povo.

— O que é invenção do povo?

— Vou falar... o pessoal fala que, depois da leitura do livrinho do francês, eles apagam a luz e começam a se manifestar.

— Manifestar?

— É assim que falam. As almas dos finados entram no corpo dos vivos que estiverem por lá e...

— *Vige* Maria! Isso parece coisa do diabo! — gritou Joanilson, enquanto fazia e repetia o sinal da cruz e beijava a foto de São José que ficava presa na parede.

— Calma, seu Joanilson.

— Calma? E se as almas resolverem procurar outras *casa*?

— Mas o senhor não disse, assim que nos conhecemos, que até assombração tem que lhe pedir permissão para entrar na sua casa?

— Disse...

— Então? Fique tranquilo, pois isso não vai acontecer.

Encorajado pelas palavras de Francisco Camilo, Joanilson Marinho recuperou a coragem e, batendo no cabo do seu facão, exclamou:

— Assombração, alma penada, qualquer coisa! Aqui, o macho sou eu! E ai de quem me enfrentar!

— Ninguém teria essa coragem, seu Joanilson. Mas vamos voltar a conversar sobre o Espiritismo?

— Converse com o *minino*. Eu *num* gosto dessas *coisa*.

— Está certo.

— Por que o senhor não começa explicando o que é o Espiritismo? Talvez fique melhor pra entender o **que** é Deus — pediu Esdras.

— Você é um garoto inteligente, e vamos fazer do seu jeito.

— Certo. Então, doutor Francisco Camilo, o **que** é Deus?

— Explicar Deus, dentro da doutrina dos espíritos, tem duas dificuldades. A primeira se refere às nossas crenças pessoais. Será que realmente penso e sinto Deus como um espírita deva pensar e sentir? Ou ainda mantenho ideias trazidas de outras religiões?

— Não entendi...

— Esdras, é comum encontrarmos muitos espíritas estudando a doutrina dos espíritos com olhos católicos. É quando encontram um Deus disciplinador, juiz implacável, que premia e castiga. Os espíritas que acreditam nesse Deus não mudaram realmente sua forma de pensar. Na realidade, apenas adotaram novos nomes para as mesmas ideias.

— Não entendi. Por que não é correto perguntar **quem** é Deus?

— Porque, para o Espiritismo, Deus não é uma pessoa ou um espírito, como nós. Quando Kardec, na questão 1 de *O Livro dos Espíritos*, perguntou "que é Deus?", os espíritos superiores responderam que "Deus é a inteligência suprema, causa primária de todas as coisas".

— Não entendi nada!

— Sei que essa resposta não explica a natureza íntima de Deus, pois está muito além dos nossos limitados conhecimentos, mas permite entender Deus como o poder criador do universo.

— Mas assim é aceitar por aceitar!

— Não, não é bem assim. Sabemos de alguns dos seus atributos.

— Atributos?

— Atributos são qualidades atribuídas a Ele pelos espíritos superiores, que nos permitem ter uma ideia de como Deus dirige o universo. Ele é eterno (não teve início nem terá fim). É único, onipotente, onisciente, justo e bom, e todas as suas qualidades estão num grau máximo.

— O que quer dizer onipotente e onisciente?

— Onipotente é o que tudo pode; onisciente é o que tudo compreende. A capacidade de saber tudo infinitamente, incluindo pensamentos, sentimentos, vida, passado, presente, futuro, todo universo etc.

— É... imagino que Deus, para ser Deus, precise mesmo ser tudo isso que o senhor disse.

— Esdras, há um sentimento instintivo nos seres humanos a respeito de uma força superior, um poder sobre-humano que costumamos chamar de Deus. As formas de pensar e compreender que Deus é este, o que Ele faz e como governa a vida dos seres são inúmeras e foi o que deu origem às diferentes religiões.

— Mais atrás, o senhor falou que Deus não castiga. A gente, então, pode pecar à vontade? Ele não vai nos castigar?

— Garoto, ao longo do tempo, muitas ideias fantasiosas adquiriram importância como se fossem verdades, e, a partir daí, desenvolveu-se um tipo de relacionamento com Deus baseado no medo, nas trocas de favores, na necessidade de haver sacerdotes ou pastores para intermediar nosso contato com Ele.

— E não é assim?

— Não. E a despeito da ciência mostrar uma realidade diferente, em que muitas crenças religiosas não se enquadram, muitas pessoas continuam com suas antigas crenças, agindo como se Deus fosse uma pessoa que devemos agradar para servir aos nossos propósitos, que nos pune de algum modo quando efetuamos escolhas ruins, que intervém em nossos destinos, que diz o que podemos ou não fazer.

— Mas Ele castiga?

— Não. Quem peca ou erra julga a si mesmo e um dia se condenará para reparar o mal que tenha feito. Deus não fez ou faz leis individuais. Suas leis são universais.

— Mas um Deus não precisa ser assim mesmo? Pegar pesado com quem erra? Se não, como acreditar Nele?

— Não. Sabe por quê? Porque, para o Espiritismo, o conhecimento da existência de Deus não ocorre pela fé cega, mas pela análise, observação e constatação do funcionamento harmonioso da natureza, que revela uma força inteligente e uma precisão que só poderiam resultar da criação de uma inteligência superior a qualquer outra que possamos imaginar. O acaso não poderia produzir esses efeitos.

— O senhor me desculpe, mas ainda não entendi direito ou o senhor não respondeu. Se a gente pode pecar à vontade...

— Já respondi, mas vou explicar melhor. Deus não precisa ser temido. Ele não existe para nos julgar nem se entristece com nosso comportamento. Como os homens ainda não conseguem chegar até Deus, teimam em trazê-Lo para perto deles. Ao fazerem isso, dão a Deus emoções, sentimentos e atitudes humanas que negariam seus atributos como qualidades máximas.

— Os pecados...

— Você me parece ansioso para pecar, mas pense que, para Deus, por ser superiormente sábio e conhecer profundamente o ser humano, não haveria sentido em nos julgar ou se entristecer por cometermos erros — que você chama de pecados — naturais ao nosso atual estágio evolutivo. Os erros que cometemos devem, sim, ser reparados, e isso ocorrerá um dia por conta de quem, exercendo seu livre-arbítrio, errou, e não porque Deus vai empunhar um chicote.

— Então, se eu errar, chegará um dia em que desejarei reparar aquilo que fiz de errado. É isso?

— É. E, quando demoramos muito, existe uma coisinha chamada "causa e efeito", que aparece para nos dar uma boa sacudida e nos fazer lembrar que estamos em débito e precisamos corrigir o que fizemos de errado.

— Não entendi muita coisa, mas até que tô gostando da sua religião.

— A religião não é minha, Paulo Esdras. Deus é tão bom que, quando não conseguimos corrigir um erro cometido ainda nesta existência, Ele providencia para nós uma nova vida, que chamamos de reencarnação. É uma nova oportunidade para pagarmos o que devemos e evitarmos nos tornar eternos devedores.

— É, falando assim, parece mesmo a cara de Deus! E aquela coisa de a gente dispensar os padres e os pastores?

— Não se trata de dispensar. Dentro de suas religiões, eles são importantes quando ensinam o evangelho de Jesus. O que estou dizendo é que a relação do homem com Deus poder ser feita sem intermediários, por meio da prece. Esdras, qualquer ser humano, em qualquer hora ou local, pode ligar-se a Deus, e isso é feito por meio da prece saída do coração.

— Doutor Francisco Camilo, ainda sou um garoto e não consigo entender muita coisa do que o senhor disse, pois é muito diferente do que eu havia ouvido até agora. Nunca dei muita importância a essas coisas, até porque acho que Deus não tá muito preocupado com a gente do sertão.

— Você nem imagina como está errado. E quanto àquilo que falei sobre erros não corrigidos na vida passada? E se Deus deu aos sertanejos uma nova oportunidade para repará-los?

— Mas tinha que ser com fome e sede?

— E se, em sua vida anterior, você tiver negado água e comida a quem tinha fome e sede e agora está passando pelo mesmo problema para entender melhor?

— Isso é possível?

— Possível e até provável.

— E, passando sede e fome, eu estaria reparando meu erro?

— Depende de como você enfrenta isso. Aceita numa boa, com resignação, ou reclama de Deus?

— Às vezes, eu reclamo...

— Quando reclama, você se afasta de Deus. Mas, quando aceita tudo com resignação, como sertanejo forte que é, você se aproxima Dele.

— Então, acho que ando mais longe do que perto Dele. Ainda sou novo; posso mudar. Mas isso só depois, pois agora vou embora estudar. Quero até lhe agradecer.

— Agradecer?

— É, nunca dei muita importância a essas coisas de religião e Deus, mas agora estou muito curioso. Vou estudar mais sobre isso na cidade grande.

— Então, nossa conversa foi boa?

— Muito boa, mas ainda tô cheio de dúvidas.

— E quem não as tem?

— Certeza mesmo eu só tenho de que vou embora. Até logo, doutor.

— Até, meu caro amiguinho Esdras...

— Como o *sinhô* ouviu, esse *minino* só pensa em ir *imbora* pra cidade grande.

— Ah! E, mesmo assim, ele poderia ser o melhor vaqueiro da área? Por quê, seu Joanilson?

— Pela frieza, pelo destemor. Paulo Esdras nunca fica nervoso e, se fica, esconde lá dentro da alma! Além do mais, se tem peito pra me encarar, que sou pai dele e sou macho pra dar e vender, pode apostar que ele tem *corage* até pra mamar em onça.

— E a justiça no sertão? Aqui ainda tem aquela coisa de coronel?

— Se tem, *dotô*? Hoje já tá um pouco diferente, mas ainda existe, sim, *sinhô*. Ouça essa pequena historinha. Quem me contou foi meu pai.

“Certa vez, um humilde vaqueiro de nome Gilson Kiko Souza procurou o coronel Wilson Wornicow para denunciar seu patrão, um fazendeiro abastado e mau-caráter que atendia pelo nome de Amaro Bié — que já começou errado, pois Amaro Bié é nome de sertanejo? Ele alegava que o fazendeiro havia deflorado sua filha Maria José, de apenas treze anos.

“— Traga sua filha aqui. Vou intimar seu patrão para a gente fazer o casamento! — determinou o coronel Wornicow.

“— Mas *coroné* Wornicow, *o home* já é casado! — retrucou o vaqueiro Kiko Souza.

"Sem se abalar, o coronel chamou quatro dos seus *cabras* de confiança: Caio Oliveira, Antônio França, Hortêncio e Torquato Ferreira, a quem deu ordem para trazer o conquistador de donzelas à sua presença.

"O deflorador apresentou-se logo, pois sabia da autoridade que o coronel exercia.

"Depois de ouvir uma bruta lição de moral e um monte de reprimendas pela atitude mesquinha praticada contra a menor, o coronel Wornicow, na presença do deflorador Amaro Bié e do pai da deflorada, o vaqueiro Kiko Souza, proferiu sua sentença:

"— *Matutei, matutei* e cheguei a uma decisão. O fato em si não tem como ser remendado, porque não há como remendar uma virgindade quebrada!

"— Mas *coroné*! — gritou Kiko Souza.

"— Tenha calma, seu Souza, que ainda não cheguei aos finalmentes. É o seguinte... Argumentado em cima das leis, considerando Amaro Bié, aqui, na qualidade de réu, um homem já preso às teias inseparáveis do sagrado casamento, portanto, impedido de contrair núpcias com a desonrada; considerando a necessidade de se prover e garantir o sustento do rebento, que fatalmente irá arrebentar daqui a nove meses, fruto da incoerência desse deflorador de criança donzela; e considerando ainda a necessidade de uma compensação para fazer face à perda da honra da suplicante desvirginada, eu condeno o tratante deflorador Amaro Bié ao pagamento de dez arrobas de algodão; três cargas de rapadura; cinco cuias de feijão; seis quartas de arroz; duas tranças de alho; uma junta de bois domesticados para serviços agrários; cinquenta tarefas de terra produtivas; um ano provendo o pai da deflorada de fumo de rolo e trinta dias de adjutório na roça do pai da ofendida. Cumpra-se! — definiu o coronel Wornicow.

"— *Coroné*? — chamou Kiko Souza.

"— O que é, seu Souza?

"— Se eu aparecer aqui com minha outra filha, Lúcia Maria, alegando novo desvirginamento, a sentença vai ser a *mêrma*?

"O coronel, homem experimentado, logo entendeu o que o suplicante Kiko Souza pretendia e, sem hesitar, respondeu:

"— Bem, se for provado novo desvirginamento, eu repetirei a sentença para o deflorador, mas criarei uma nova sentença para um pai de família que quer viver à custa da virgindade das filhas. O senhor ainda pretende trazer mais filhas?

"— Não! De jeito *manêra*!

"— Não? Então, cumpra-se!"

— Mas isso é hilário! — disse Francisco Camilo.

— *Num seio* o que é essa palavra... hilário?

O atônito e atento pesquisador Francisco Camilo quase não conseguia parar de rir. Joanilson Marinho, enfim, concluiu:

— Hoje, quase *num* tem mais coronel. Ainda tem uns dois ou três, e um deles não é boa bisca. Dois *vive* longe daqui. Hoje, seu *dotô*, quem vive no fim do mundo, como nós do Raso da Catarina, só conta com uma delegacia que vive fechada, cujo delegado, de nome Gadelha, é um cabo quase analfabeto como eu, e com dois soldados, Oliveira e Morais, que tão sempre *cheio* de cana. Assim, seu *dotô*, a gente tá entregue às *traça*, como diz o ditado. Aqui no sertão, ficaria melhor dizer: entregue aos calangos, preás e às cobras.

— Seu Joanilson, diz o ditado popular que o vaqueiro é um homem rústico, corajoso e forte como a baraúna. Um valente! Que é um grande trabalhador da caatinga e que vive a enfrentar seus perigos para cuidar do gado. E a famosa indumentária do vaqueiro sertanejo?

— O que é indumentária?

— A roupa típica do vaqueiro sertanejo.

Joanilson baixou os olhos, como se tentasse esconder a vergonha de ter sido obrigado a vender seu gibão e se transformar em um agricultor de terra seca. Respirou fundo, segurou um soluço insolente e, olhando para o chão, respondeu:

— *Num carece* ser valente, seu *dotô*. Basta ser *home* de verdade que a valentia vem junto. Durante a seca, o *vaquêro* enfrenta os *espinho* do xiquexique e do mandacaru, corta o caule, queima pra amolecer os espinhos e serve aos animais.

— Sim, mas a roupa...

— O *dotô* tá apressado? Pra enfrentar o perigo dos *espinho* e das *ponta* de pau da caatinga, ele veste o gibão, que é sua armadura. Pra *vaquêro* de vergonha na cara, o gibão *num* é só proteção; é seu maior motivo de orgulho. A roupa do *vaquêro* é feita de guarda-peito, luva, perneira, alpercata ou botina, chapéu e o gibão, que é o casacão de couro que também dá nome a todo o traje.

— E onde está seu gibão? Posso ver? — perguntou Francisco Camilo.

Joanilson Marinho tossiu, olhou para o chão, depois para o céu e tornou a olhar para o chão. Estava envergonhado por estar trajando uma calça jeans e um tênis. Sem coragem para encarar o doutor Francisco Camilo, levantou-se e apenas disse:

— O dia tá acordando... vou lhe dar guarida. O senhor pode ficar na minha casa descansando. Eu preciso encarar a lida do dia. À tardinha, volto, e a gente se encontra. Tenho uma boiada da dona Cida Lima pra tanger. Graças ao meu santo padroeiro, fui chamado pra conduzir o gado da fazenda Princesa da Laje até a Serra dos Palmares em busca de bom pasto e de água. Até mais ver.

— Posso acompanhá-lo? — perguntou Francisco Camilo.

— Só se for montado no jumento, pois sua bicicleta de motor tá quebrada e, se estivesse boa, iria assustar os *bicho* — disse Joanilson, referindo-se à motocicleta de Francisco Camilo.

— Então, fica pra outra vez. Boa sorte, seu Joanilson.

Francisco Camilo observou o vaqueiro montar no seu cavalo, tirar o chapéu de couro da cabeça, fechar os olhos, aspirar profundamente o ar até sentir que suas narinas se dilatavam com o cheiro inconfundível da terra e, depois de se benzer, partir em disparada.

Pelo que Francisco Camilo já lera e aprendera sobre o sertão, em breve Joanilson estaria entre gravatás, unhas-de-gato, juremas, angicos e macambiras. E, naquela poeirada brava e inóspita, iria tanger a boiada em busca de sombra, pasto e água. Era mesmo muito difícil, pois, como dizia um ditado popular, se "Deus dava um punhado de farinha, o diabo escondia o saco com o resto!".

Na terra que não tem carne, espinha de peixe é filé de primeira, pois o temido fantasma da fome sobrevoa a cabeça sertaneja como um carcará faminto à espera da queda fatal.

A fome! Silenciosa, covarde e sorrateira. Como um bicho que se enfia pelo mato, a danada da fome sai corroendo os casebres pobres do sertão nordestino, e o estrago que ela faz é lento, devagar, sem pressa, matando aos poucos, de forma muda e continuada, os invencíveis sertanejos famintos. Matava, mas não os vencia!

E Joanilson Marinho, que não era homem de desistir, levava — quando tinha — farinha, rapadura, charque e uma cabaça com água durante as duras travessias, tudo ensebado de suor, seguindo sem medo, tendo o tempo como agasalho e a presença da morte como companheira.

"Por que a terra não se derrete de suor feito a gente? Só assim molhava o chão!", pensava Joanilson, enquanto olhava para suas mãos cheias de calos, que cobriam as marcas das linhas da sua sofrida existência. Ele, contudo, não lastimava a pele ardida nem a subnutrição.

O que mais lhe doía é que trocara o gibão de couro por farinha para suas crias. Agora, sua vergonha era ainda maior, porque, além de não usar mais gibão na caatinga brava, usava jeans e tênis de marcas falsificadas.

Entoando um monte de preces decoradas, misturadas com seus aboios, ele buscava esquecer a falta do gibão, a panela vazia e a falta de água! Em casa, de novo, a cesta estava vazia, o bolso estava furado e as lágrimas, tão bem escondidas, insistiam em inundar seus olhos cansados para envergonhá-lo diante de dona Guia!

Mas Joanilson Marinho era feliz, pois tinha fé, e se a "fé não mata a fome, com certeza engana e enche de esperança a pança!". A fé! A fé que se espalha como a poeira que o vento varre da seca!

Joanilson mergulhava numa fé cega, que cega e esconde a realidade! Pode até não ser uma fé raciocinada, como a dos espíritas, mas a fé no santo da sua devoção dispensa inteligência, pois basta senti-la com muita força no seu já cansado coração!

E Joanilson Marinho, sessenta anos, sem perder o fôlego, saía treinando seu aboio, o tradicional "Ah, boi", que, misturado ao barulho dos chocalhos, se tornava ora um lamento, um grito de dor ou um canto poético que hipnotizava o gado. Mas ali, naquele momento, seus gritos eram como lágrimas sofridas pela dolorosa falta do seu gibão!

Quem conhecia Joanilson Marinho sabia que, naquele dia, seu aboio estava mais triste do que de costume. E se o aboio é o canto que caracteriza o vaqueiro quando ele conduz o gado, transmitindo seus sentimentos, o vaqueiro Joanilson chorava agora suas palavras!

Capítulo 5

A Coragem

— Professor Luiz Augusto, devo continuar? — indagou o estranho aluno.

— Vá em frente.

— Certo... Quando voltou, Joanilson encontrou Francisco Camilo, que, bem mais descansado, parecia ansioso em retomar a conversa. Papo vai, papo vem, terminaram falando sobre a valentia do sertanejo.

— O senhor não conhece nenhum caso de verdade, em que se destaque a valentia do sertanejo?

— Conhecer como verdade eu conheço... mas se for mentira? Não quero passar por mentiroso...

— Que é isso, seu Joanilson?! Já conheço o senhor o suficiente pra saber que jamais faria isso.

— Tá bom... tá bom. Eu soube que um cidadão de nome Júnior Gonçalves presenciou e depois contou pra quem quisesse ouvir que há alguns anos, viveu por essas bandas o homem mais valente de que já se ouviu falar. Seu nome era Júlio Pereira Castro ou, como ficara conhecido na sua juventude, Júlio Conversador, um respeitado frequentador da conceituada bodega de dona Heliane Barros.

"Apesar de sua valentia, Júlio não era um homem mau. Era um trabalhador honesto e dedicado, que contava causos de assombração àqueles que paravam para escutá-lo. Nas noites quentes e enluaradas, todos ficavam sentados na varanda da bodega para ouvir os causos de Conversador, entrecortados por fartas lapadas de cachaça de cabeça, que só era servida para os clientes mais ilustres.

"Também morava nessas bandas um tal de Pedro Nascimento, o Pedrão, um cabra de *pêia* metido a esperto, que vivia a roubar galinhas, que ele levava para vender na cidade vizinha. Era assim que ele sustentava seu vício na boa cachaça de dona Heliane. Ainda por cima, era ateu de carteirinha. Quando lhe perguntavam por que ele era ateu, sua resposta invariavelmente era: 'Se Deus existisse, não teria inventado um sertão tão seco, com tão pouca mulher e cachaça menos ainda! E com certeza teria criado muito mais bodegas como a da dona Heliane!', dizia o ladrão-filósofo.

"Em uma daquelas noites de inverno, quando o frio já doía nas ventas e a lua estava toda arregalada no céu, clareando tudo, sem que nenhuma nuvenzinha atrapalhasse seu brilho ostentoso, aconteceu o encontro dos dois. O encontro do valente e do ladrão!

"Júlio chegou lá pelas oito e assentou-se perto do fogão, onde era fervido um cheiroso pirão de pé de porco, engrossado com farinha de mandioca. Num canto mais distante, o espalhafatoso Pedrão contava vantagem dos seus feitos de pilantra, com aquela prosa abestalhada que cansava até seus amigos íntimos, companheiros inseparáveis de homéricos pileques.

"Pedrão bebera tanto que perdera o bom senso e a razão e falava abertamente que roubara a galinha!

"— Vendi a última galinha ainda ontem — referiu-se às galinhas que roubara na fazenda da dona Sílvia Valois, uma incansável crente convertedora.

"Os outros pinguços, na esperança de descolar mais um copo da branquinha, dobravam-se de tanto rir das safadezas de Pedrão, que, como gostava de ter plateia, sempre pagava mais uma lapada, até porque o dinheiro não era dele. Ele continuou:

"— Foram dezoito penosas, seis por noite! E ela achando que eu queria escutar o culto e me converter.

"— E ela acreditava mesmo que podia te mudar? — indagou Dimas Luna, um dos pinguços presentes.

"— *Oxente!* Ela acreditava, porque eu fazia uma cara de fazer dó. Até consegui chorar quando ela contou a história de Jesus, o filho do carpinteiro que morreu na cruz — disse Pedrão, soltando uma gargalhada sonora.

"— Você não fica chateado por enganar quem quer te ajudar? — insistiu Dimas.

"— O que você tá dizendo? Logo você? Dimas não é o nome do bom ladrão que estava com o tal carpinteiro na hora de sua morte? Ou seja, você tem nome de ladrão famoso e, se não rouba galinha, no mínimo rouba a paz de espírito da sua família, de tanto encarar a branquinha em tudo que é bodega! E ainda vem me dar lição de moral?

"Como era um trabalhador, um homem direito, Júlio Conversador não se abeirava do Pedrão porque o considerava desonesto. Mas, naquela noite, a mesa onde o safado se sentara estava muito perto da dele, e Júlio não pôde deixar de ouvir os absurdos que o pilantra contava em pormenores e que divertiam seus amigos de mesma laia.

"Júlio não se segurou mais e disse em voz alta para que todos ouvissem:

"— Dona Heliane, a senhora deveria selecionar melhor as pessoas que aceita na sua bodega.

"— Como assim, seu Conversador? — perguntou Heliane, que tinha um *pé quebrado* pelo valente.

"— A senhora aceita até ladrão de galinha! Qualquer dia, ele vai roubar a senhora — falou Júlio, olhando para Pedrão com nojo e desdém.

"Pedrão tomou outra lapada, cuspiu de lado e levantou-se. Apontou o dedo em direção a Júlio e indagou:

"— Por acaso, o amigo está se referindo a mim? — perguntou Pedrão, já exaltado pelo excesso de álcool no sangue.

"— Não sou seu amigo e me refiro a quem a carapuça se enterrar na cabeça.

"Dimas ainda tentou demover Pedrão da ideia, da má ideia.

"— Pedrão! Tome cuidado que esse aí é o Júlio Conversador, ele...

"— Não me interessa quem ele é. Tá me chamando de ladrão de galinha? Então, o senhor vai ter de provar o que está insinuando! — desafiou Pedrão, já empunhando um enorme facão que trazia a tiracolo e se encaminhando lentamente em direção a quem afrontara sua honra tão agredida!

"Júlio levantou-se vagarosamente e tirou da bainha um pequeno canivete que usava para picar fumo, enquanto dona Heliane, apavorada, já ia chamar os filhos para ajudarem a conter a tragédia iminente.

"O calor da ira que consumia o safado contador de vantagens e o excesso de cachaça fizeram-no se precipitar afobado em direção a Júlio com o facão levantado, como quem arma um golpe que nunca foi dado.

"Júlio, calmo e lúcido, acostumado com a valentia dos bebuns, aproveitou a vantagem que seus reflexos lhe conferiam e, num movimento ligeiro, girou, tirando o corpo da mira da lâmina do facão. Logo em seguida, deixou o pé na frente do adversário.

"Quando o bico de sua botina ficou preso no calcanhar de seu adversário, Pedrão sentiu o corpo pender desequilibrado para frente, e, antes que o salafrário caísse no chão, Júlio, com extrema destreza e agilidade, cortou-lhe o cinto com o canivete de picar fumo que trazia na mão.

"Minutos depois, Pedrão, todo desengonçado, tentou levantar-se do chão frio, sem notar que Júlio havia cortado seu cinto. Quando ele finalmente conseguiu ficar de pé, suas calças frouxas caíram no chão, mostrando suas pernas, que não passavam de um par de *cambitos*, e as ceroulas remendadas com trapo de chitão, além de oito bananas anãs, duas laranjas do céu e um metro de linguiça seca, tudo roubado da despensa de dona Heliane.

"As gargalhadas se sucediam, vindo até dos seus companheiros de bico. Pedrão, envergonhado, segurando as calças para não caírem, sumiu na noite e, depois daquele dia, nunca mais se ouviu falar nessas paragens do ladrão de galinhas de nome Pedrão.

"Enquanto Pedrão corria, Júlio Conversador já havia voltado ao seu prato de pirão, sentado da mesma forma que tinha estado desde o início da noite, comendo tranquilamente como se nada tivesse acontecido.

"A única notícia que se teve de Pedrão foi a de que, na noite em que levou uma lição de Júlio, noite de lua cheia, de quinta para sexta-feira, ele pode ter sido atacado pela mula sem cabeça. Era essa a história..."

Francisco Camilo interrompeu Joanilson:

— Mula sem cabeça? Mas isso não é apenas uma lenda? Folclore? O senhor acredita nisso, seu Joanilson?

— *Oxente*, seu Francisco Camilo. Que diabo é folclore?

— Folclore é o conjunto ou o estudo das tradições, dos conhecimentos ou das crenças de um povo, expressos por meio de lendas, canções ou costumes. O senhor não me respondeu se acredita na...

— Seu Francisco Camilo, eu *num seio* se é lenda, mas conheço a história todinha da mula. Quer ouvir?

— Claro! Pode contar.

— Dizem que, há muito tempo, existia um fazendeiro de nome Paulo, cuja mãe, Zefinha, tinha o estranho hábito de passear à noite pelo cemitério. Paulo ficou desconfiado desse passeio misterioso e, certa noite, resolveu seguir a mãe. Chegando ao cemitério, deparou-se com uma cena horrorosa.

"A Zefinha estava comendo o cadáver de uma criancinha que tinha morrido na véspera. O fazendeiro não se conteve e soltou um grito de espanto. Vendo-se descoberta, Zefinha deu um grito ainda maior e transformou-se, no mesmo instante, em uma mula sem cabeça.

"Os cascos afiados da mula sem cabeça dão coices que cortam como navalhas. Os homens e os animais que ela encontra pela frente são mortos a patadas. De longe, pode-se ouvir o estrondo do seu galope forte e misterioso, enquanto ecoam pelo espaço aberto seus relinchos furiosos e o ruído de suas dentadas no freio de aço que leva na boca. Mas ninguém ainda conseguiu ver sua cabeça. Deve ser invisível aos olhos do homem.

"Pela madrugada, ao cantar do galo, a mula sem cabeça recolhe-se cansada, cheia de manchas de pancadas e volta à forma humana. Da quinta pra sexta-feira seguinte, recomeça sua jornada macabra. Se nessa ocasião, um homem conseguir feri-la de modo que seu sangue corra, quebra-se o encantamento. Mas, para que isso aconteça, é preciso muita coragem e valentia."

— É mesmo impressionante! — disse Francisco Camilo.

Seu Joanilson estava com a corda toda e continuou falando:

— Dizem, mas ele nunca confirmou. E, quando alguém perguntava, ele apenas sorria discretamente... Bem, dizem que Júlio Conversador...

— Espere! O mesmo Júlio...

— Isso! O *mêrmo* que botou o malandro Pedrão pra correr. Dizem que ele, como a gente já sabe, era destemido e esbarrou certa vez com uma mula sem cabeça. Ele *num* arredou pé. *Num* recuou. Enfrentou o monstro numa luta furiosa e, afinal, conseguiu feri-la com seu velho e afiado canivete.

— Com aquele canivetinho *mixuruquinha*? E o que aconteceu? — perguntou Francisco Camilo.

— Quebrou-se o encantamento e reapareceu a figura humana. Era uma mulher linda. Ela ofereceu muito dinheiro ao valente Júlio para que ele não contasse o caso a ninguém. Ele recebeu o dinheiro e prometeu ficar calado.

"Depois de algum tempo, como ele acabara com o encantamento de mais umas quatro ou cinco mulas sem cabeça, principalmente quando precisava de dinheiro, agora eram as mulas sem cabeça quem o perseguiam para pegá-lo. Sabendo do perigo e sendo valente, mas não tolo, ele terminou indo morar bem longe daqui e levou dona Heliane com ele."

— Seu Joanilson, ainda não entendi o que levou essas moças a se transformarem em mulas sem cabeça. O senhor sabe?

Joanilson Marinho olhou para todos os lados e, quando estava certo de que estavam sozinhos, baixou a voz e respondeu quase num sussurro:

— Reza a tradição que esse é o castigo divino para as mulheres, solteiras ou casadas, que *chamegaram* com padres.

— *Chamegaram*?

— Ôxe! O *sinhô num* sabe o que é chamego?

— Seria o que estou pensando?

— *Num seio* se o *sinhô* tá pensando certo, mais *seio* que é *dos chamego* que *nasce* os *filho*!

— Ah! Entendi. E qual é o castigo dos padres? Afinal, eles também pecaram, pois são proibidos de fazer sexo por terem assumido voto de castidade. O senhor sabe qual é o castigo?

— *Num seio*. Mas fiquei *matutando* nisso e acho que eles apenas foram *infeitiçado* pelas moças. Acho que eles, por serem emissários de Deus, nem queriam *chamegar*. Foram as moças que abusaram da fraqueza da carne.

— Ah, então elas pagam a penitência, transformando-se em mulas sem cabeça, e eles escapam numa boa! Interessante...

— Eu acho que é isso aí.

— Então, caro amigo Joanilson, podemos dizer que o senhor acredita em mula sem cabeça!

— Não, seu Francisco Camilo. Eu não acredito em mula sem cabeça! Nunca acreditei, mas que elas existem, existem!

— Mas...

— E é bom a gente mudar de assunto, pois hoje é sexta-feira, e elas podem nos ouvir!

— Está certo. Quero agradecer por sua hospitalidade, pois amanhã cedinho vou embora para continuar meu trabalho de pesquisa.

— Não há de quê! Receber bem é obrigação.

— Seu Joanilson, tenho uma curiosidade religiosa a seu respeito...

— Fale, homem de Deus!

— Durante a história de Júlio Conversador e Pedrão Nascimento, o senhor falou em "ateu de carteirinha" e em "crente convertedora", não foi?

— Foi sim.

— Qual é sua religião?

— Qual é a religião do meu *Padim Pade* Ciço?

— Ele era um padre da Igreja Católica.

— Então, eu *num seio* qual é sua curiosidade. Eu só posso ser católico, até porque São José, o santo que é responsável pelas chuvas do sertão, só tem valia para os católicos.

— Não é bem assim, mas...

— Seu Camilo, o ateu vai arder na fornalha do inferno a vida inteirinha, e os *crente num* aceitam que a gente tenha a imagem dos nossos santos *padroeiro* em casa e vivem dizendo que só eles *tão salvo*! Dá pra imaginar eu olhando *pras parede* da minha casa e *num* vendo a imagem de São José? Como eu poderia ser outra coisa? Um convertido evangélico?

Num dá! Sem ser católico, quem iria perdoar meus *pecado*? *Num* é só os padres que podem fazer isso?

— O senhor não estava presente quando eu e Esdras falávamos sobre o Espiritismo?

— Tava. Tava, mas *num* tava. Tapei os *ouvido*, pois *num* gosto de muita *converseira* sobre alma do outro mundo.

— Não ouviu quando falei da doutrina dos espíritos?

— Doutrina dos espíritos? O que é isso?

— E sobre o Espiritismo, que é a mesma coisa?

— Espere aí... acho que *seio* do que o senhor tá falando. É um negócio que mexe com vela, farinha, galinha preta... mas seu Camilo, o senhor tá falando de macumba?

— Não, não tem nada a ver. Na realidade, eu...

— Tava sim. Eu me *alembrei* da conversa que lá no povoado tem um negócio desse, e o chefe lá é um tal de Pai Rene Marques. O pessoal fala que lá é mesa branca e *num* faz tanto medo. Tá uma misturada danada... é disso que o senhor tá falando?

— Não. Eu estou falando de Espiritismo, fundado por uma pessoa chamada Allan Kardec.

— Eu *num* lhe disse que meu filho Barreto Vaquêro vive metido nessas coisas e que meu *cumpade* Manoel Andrade disse que Espiritismo é coisa do diabo?

— O Barreto Vaqueiro? Ah! O que vai embora para a cidade grande?

— Não. Quem vai embora é o Paulo Esdras.

— Eu gostaria muito de conversar com o Barreto Vaqueiro...

— Mais tarde ele encosta aqui. Acho bom *mêrmo* o *sinhô* falar com ele, pois *num* gosto dessa coisa de ficar mexendo com as almas dos que já se foram. De uma toca dessa *num* pode sair calango gordo.

— Seu Joanilson, os que não conhecem a doutrina espírita acham que "o Espiritismo é coisa do diabo", mas isso jamais poderia ser verdade, até porque, para os espíritas, o diabo não existe.

— Não existe? O diabo? O capeta? (Joanilson fez o sinal da cruz). O *sinhô* tá de miolo mole? E quem é o chefão do inferno? Ou o inferno também não existe?

— Exatamente. Não existe diabo, e o inferno, como o senhor ouviu falar, também não. É apenas uma forma de amedrontar as pessoas.

— Então, os *padre* e os *pastor* tão mentindo?

— Eu diria que estão enganados, porque muitos acreditam realmente que céu e inferno existam, tanto quanto o senhor.

— Danou-se. O céu também não existe? E, quando *nóis* morrer, pra *donde nóis vai*?

— O céu não existe da forma como o senhor conhece. Quer ver? Para o senhor, quando a gente morre, quem é mau é eternamente torrado no inferno, nas fornalhas quentes, cheias de azeite; e quem é bom fica ao lado do Deus, a vida inteira na ociosidade, eternamente feliz. Concorda?

— O que é ociosidade?

— Sem fazer nadinha da vida.

— *Oxente*! Mas *num* é pra isso que a gente se esforça, trabalhando a vida toda?

— E o senhor seria eternamente feliz, se seus filhos não conseguissem ser bons e fossem parar nas fornalhas do diabo? Seria, seu Joanilson? Sabendo o quanto eles estariam sofrendo?

— Aí tá danado! Vendo minhas crias sofrendo? Assim vai doer em mim também!

— Exatamente. E Deus, que tudo pode, nos criou e é nosso Pai, deixaria seus filhos sofrendo?

— Se Ele deixasse, eu pararia de acreditar Nele.

— Não, seu Joanilson. Ele não permite que isso aconteça.

— Não? E esse bando de gente ruim que mata as *pessoa*, pega as *filha* dos outros pra fazer *mardade*? Nem eles vão *pras fornalha*? Porque eles também têm pais e filhos!

— Eu já lhe disse que não existem fornalhas...

— Então, tanta *mardade* fica de graça?

— De jeito nenhum. Ninguém fica devendo nada à justiça divina. Eles pagarão, sim, e isso acontece a partir do momento que a consciência dessas pessoas começa a acusá-las.

— E, quando começar essa acusação, o que acontece?

— Após a morte, depois de sofrerem no mundo espiritual em um lugar chamado Umbral, meio parecido com o inferno, eles reencarnam geralmente em situações de dor e sofrimento. É a justiça divina cobrando!

— Depois que morrem? Essa tal reencarnação... o senhor tá falando do dia do Juízo Final?

— Não. Todos nós morremos e depois voltamos a viver novamente.

— Como Lázaro, de quem o padre fala?

— Não. A história de Lázaro foi mal relatada e mal compreendida. Todos nós vivemos várias vezes.

— *Num* entendi...

— Todas as pessoas morrem, vão para o mundo espiritual e, depois de algum tempo, renascem. O nome disso é reencarnação.

— O padre sabe disso?

— Alguns sabem, mas têm medo de dizer a verdade.

— É? E é pra isso que serve esse espiritismo? Pra dizer essas *verdade*? É isso, seu Camilo?

— Entre outras coisas. O Espiritismo, ao matar a morte, prova que os mortos estão vivos e...

— Como é que é? Matar a morte? Os mortos *tão tudo vivo*? Como o senhor sabe disso? Já viu algum morto voltar? O senhor tá me dando um nó na cabeça...

— Constantemente. Até já falei com eles várias vezes e...

— Falou com quem já morreu? Seu Camilo... com todo respeito... seu juízo tá bom?

— Seu Joanilson! Padres, pastores e outras pessoas dizem que "comunicação com os mortos é pecado"; que "espírita não acredita em Deus, muito menos em Jesus Cristo"; que "espírita faz macumba, sacrifica animais"; que, "se alguém entrar nessa coisa de Espiritismo, jamais poderá sair", mas não é verdade.

— E é tudo mentira?

— Mentira ou eles também não sabem a verdade e acham que sabem.

— E *adonde* foi que o *sinhô* falou com os mortos?

— Em um lugar ideal para isso: em um centro espírita sério e...

— Como o do Pai Rene Marques?

— Se ele é chamado de Pai, pode até ser uma instituição religiosa séria, mas não é uma casa espírita norteada pelos ensinamentos de Kardec e dos espíritos superiores.

— E na casa desse *Cadeque*, o padre de lá, como é chamado?

— Kardec! Pelo seu nome de batismo. E não há chefes; há apenas pessoas um pouco mais experientes que dividem o que sabem com quem está chegando.

— E funciona direitinho?

— Funciona, e isso acontece, meu querido amigo Joanilson, porque no Espiritismo não há hierarquia. Os espíritas sabem que, para conversar com Deus e aproximar-se Dele, não há necessidade de intermediários.

— Intermediários? Como assim?

— O que posso dizer não é uma crítica às demais religiões, mas uma demonstração da forma diferente como trabalhamos. O senhor quer mesmo saber?

— É que o *sinhô* tá me deixando curioso. O *sinhô* me parece uma pessoa de bem, às direitas, então deve ter alguma razão nessa sua ladainha...

— Gostei do "ladainha", mas entendi. Meus pais são do interior. Ladainha é uma conversa exageradamente comprida, não é isso?

— Ladainha? É quem fala muito.

— Está certo. Seu Joanilson, um centro espírita, cuja base são os livros de Allan Kardec, é um pronto-socorro aos necessitados de amparo e esclarecimento através da evangelização, das preces, dos tratamentos espirituais e das orientações morais.

— E é lá que os *morto* que não morreram aparecem e até ficam de prosa com os *vivo*?

— Desculpe-me... tudo o que eu disse se refere aos dois.

— Dois?

— Aos mortos e aos vivos.

— *Vige* Maria! E os mortos chegam de branco, arrastando correntes?

— Seu Joanilson, o que existe aqui na Terra também existe no mundo espiritual. São cópias e...

— Seu Camilo, tenho muito respeito pelo *sinhô*, mas essa prosa tá me arrepiando os cabelos, e eu *num* tô gostando. Mas *num* diga a ninguém. Eu sou sertanejo, macho e *num* tenho medo de nada. O que falei, falei na confiança. Ainda tem mais novidade? Como é que funciona a tal ajuda que o *sinhô* falou?

— A casa espírita oferece o passe, que é uma forma eficiente de transmitir fluidos magnéticos e espirituais por meio das mãos dos médiuns àqueles que se encontram, moral e fisicamente, descompensados, para lhes fortalecer o corpo físico e o perispírito.

— Espere aí... O *sinhô* falou um monte de coisas que eu *num seio*. "Fluidos magnéticos", um tal de "descompensados" e "perispírito". Dá pra explicar?

— Em outras palavras, fluidos magnéticos são as energias boas que vão ajudar quem as receber. O médium transmite energia por meio das mãos. Entendeu?

— O que é médium?

— É a pessoa que serve de intermediário entre dois mundos: o material e o espiritual. Já o "descompensado" é aquele cujo organismo está incapacitado de restabelecer o equilíbrio físico ou mental, alterado por algum problema.

— *Intendi* mais ou menos. E qual foi a outra palavrinha que eu *num seio*?

— Perispírito é o que une, o que liga o espírito ao corpo. E aproveitando, seu Joanilson, para o senhor entender melhor, quando falamos que o Espiritismo "matou a morte", isso significa que o corpo de um homem é como uma roupa para o espírito. Quando acontece a morte do corpo, ele é enterrado, mas o espírito continua vivo. Depois de uma série de acontecimentos, quando pegar outro corpo para usar, ele nascerá de novo. Deu para entender?

— Acho que agora eu *seio*... pelo que o *sinhô* disse, o mais importante *num* é o corpo, mas o tal espírito. O corpo se acaba, porém, o espírito continua e terá um monte de corpo pra voltar pra cá depois. E isso acontece várias vezes. Certo?

— Eu não poderia explicar melhor.

— Então, seu Camilo, se eu *num tiver* satisfeito com meu corpo, posso dispensá-lo e pegar outro mais novo?

— De jeito nenhum. Só Deus, o Senhor da Vida, pode fazer isso.

— Mas...

— Quando não respeitamos nosso corpo e fazemos coisas para enfraquecê-lo, batemos de frente com Deus e, por conta disso, teremos de reparar o mal feito. Pra isso acontecer, sofremos um bocado, não como punição ou castigo, mas para aprendermos a respeitar nosso corpo. E sabe qual é o maior problema? É que o próximo corpo que recebermos, provavelmente, estará meio capenga!

— Capenga? É a mesma coisa de bichado?

— Pode apostar.

— Tá certo... o *sinhô* vai ter que ir *mêrmo*?

— Tenho... por quê?

— Eu gostaria que o *sinhô* ficasse pra conhecer minha família toda, falar da sua religião, que parece difícil e fácil, e talvez até botar um pouco de juízo no Paulo Esdras... Pra conversar com Barreto Vaquêro, que vive abestalhado com o Pai Rene Marques... talvez até trocar o Pai Rene Marques pelo Cadeque...

— Kardec! Allan Kardec!

— É, é esse aí. Dá pra ficar? *Mêrmo* comendo só farinha e bebendo água?

— Alguns dias? Acho que dá. Como tenho algum dinheiro, gostaria que o senhor me permitisse comprar alguns mantimentos para dona Guia cozinhar. O senhor permite?

— *Num* é muito certo, mas vou deixar. Então, tá combinado?

— Está, mas não quero interferir em nada na sua família. Vou ficar quietinho ouvindo e aprendendo. Se alguém me perguntar alguma coisa, eu falo. Caso contrário, ficarei calado. Está bom assim?

— Tá! Até porque, *mêrmo* o *sinhô* sendo de confiança e meu amigo, na minha família mando eu e eu resolvo quem fala. *Vamo* tomar um café?

Capítulo 6

A Família

Enquanto Francisco Camilo ia à cidade comprar mantimentos e providenciar o conserto de sua motocicleta, Joanilson Marinho acocorou-se perto do fogão de lenha, acendeu seu cigarro de palha e conversou com sua mulher, dona Guia. Como precisavam tocar em um assunto delicado e não queriam que a criançada ouvisse, Joanilson chamou pelo filho mais velho:

— Paulo Esdras?

— Diga, pai.

— Vá lá pra fora e leve seus *irmão*. Vou dar um presente pra quem conseguir um calango gordo. Seu Camilo nunca comeu calango e vai gostar se ele *tiver* gordo. Vão!

Paulo Esdras, já do lado de fora da pequena e velha casa de taipa, único bem da família, gritou:

— Pai! Vai ser difícil achar qualquer calango, imagine um gordo!

— Por quê?

— É que a secura aqui fora tá tanta que até os calangos tão querendo sair debaixo dessa *solêra* danada e tão procurando uma sombra!

— Se fosse fácil, eu *num* daria prêmio. *Vamo* vê quem consegue achar um pra poder ganhar o presente. Agora, quero sossego, pois vou conversar umas *coisa* com sua mãe.

E, virando-se para a mulher, depois de mudar um pouco a posição de cócoras em que se encontrava há mais de uma hora, Joanilson perguntou:

— De que se trata?

— Tá danado de ruim, Joanilson. Eu tô ficando *disisperada*, porque a comida tá *mêrmo* no fim — disse dona Guia.

— Dê aquele seu jeitinho... seu Camilo tá de visita e *num* pode passar fome!

— Jeitinho? *Num* dá... seu Camilo vai *intender*. Joanilson, só quem tá na cozinha é quem sente o tamanho da dor de cabeça vendo o povo chegar pra comer e a comida *num* dando pra todo mundo. É muito difícil fazer uma sopa com menos de um punhado de macarrão pra dividir com um monte de gente. Eu afino a sopa, mas *num* tem jeito. Já tentei até abrir o macarrão no meio!

— O que tu *quer* que eu faça? Eu já tô devendo até a alma na bodega do seu Paulo. Vou *roubá*?

— *Num seio*. O *home* da casa é *tu*, e é *tu qui tem* que dá um jeito. Como eu posso repartir uma comida que não *ixiste*? A criançada não quer saber de onde sai. Quer é comer três *vez* por dia.

— Mas, Guia, minha nêga, a gente só faz o que pode. Eles vão aprender com o tempo...

— Isso se não morrerem antes. Esqueceu que a gente já enterrou dois? A *dotôra* Carol Katrina Laureano Soares...

— Katrina? Carol Carina! *Qui* mulher *ingnorante* eu fui *arrumá*!

— Arrumou, porque *ingnorante* tinha muita, mas doida do juízo pra *te incará* só tinha eu! Ou era eu ou tu *num arrumava* nenhuma! Pois foi essa *dotôra* que falou que eles morreram de inanição, que é o apelido da fome, da falta de comida. Tu *fica* assim sossegado, porque não é com *tu* que eles reclamam!

— *Mulé*! Pobre come o que tiver. Quando tem pouco, todo mundo come pouco e se conforma com o que tem. Como na mesa de pobre nunca tem nada, é por isso que tem dia que a gente faz de conta que tem. E há vez que nem isso dá pra fazer! É isso que deixa o sertanejo forte! Disposto! Macho! Um *home* de verdade! — Joanilson abafou um soluço no peito, pois a mulher não poderia vê-lo chorar.

Mas o que Joanilson Marinho disse não era bem a realidade. O homem sertanejo se enfraquece e muito quando enfrenta a falta de comida da sua família, principalmente no período da seca. Ele assume calado sua fraqueza, sente-se incompetente e fica nervoso, deprimido, frágil, acovardado!

Do outro lado, a mulher sertaneja procura dar vazão a seus impulsos, dividindo seu desespero com todos da família. Mas, diferentemente do homem, ela encara o problema com mais determinação, segurança, esperança, cobrança e consegue, inclusive, levantar o ânimo dos seus familiares.

É interessante observar que o grau de depressão do homem cresce na proporção direta em que sua mulher, diante da falta de comida para servir aos filhos, cobra de forma contundente sua obrigação de dono de casa e, portanto, de mantenedor da família.

Essa exigência o faz sentir-se menos homem, e ele, então, externa um triste sentimento de impotência e tenta se justificar dizendo: "Não tenho de onde tirar" ou "não encontro pra quem trabalhar".

É evidente que uma situação assim é mesmo capaz de deixar qualquer homem desmoralizado diante de sua família e com a autoestima baixa, mas nem todos são derrotados tão facilmente. Alguns caem, sofrem, choram escondidos, mas reagem, levantam-se e gritam desafiadores, como seu Joanilson Marinho:

— *Mulé*, eu sou Joanilson Marinho! Sou sertanejo! Um *vaquêro* nordestino! Sou do sertão e desafio o Raso da Catarina! O Beto da dona Rossana disse que, quando me visto de couro da cabeça aos pés, fico parecendo um tal de Dom Pixote de La Pança[4]. Minha roupa de couro *isquenta* como se fosse o caldeirão do inferno, fede feito bode velho, pesa uma tonelada, me derrete de suor que desce do *toitiço* pelo espinhaço abaixo, até chegar no osso do mucumbu; mas, como ainda não inventaram nada melhor para encarar os *espinho* da caatinga, eu aguento o fardo da roupa de couro com muita honra!

— Só se for a honra da barriga na miséria! — esbravejou Guia, que não se intimidava com os gritos de Joanilson.

— *Mulé*! Eu sou cabra macho, pois aguento um peso de 25 a 30 *quilo* de comida, arma, água, munição, outros *apetrecho*, e tudo isso debaixo de um sol de 40 *grau*! *Num* tenho medo de nada, pois sou um *vaquêro* nordestino, sou Joanilson Marinho! E, quando visto meu gibão, sou respeitado por todo mundo! Portanto, exijo respeito!

Mas Guia, como uma autêntica mulher sertaneja, não se acovardava tão facilmente e respondeu na bucha:

— *Vistia*! Pois nem gibão tu *tem* mais! É, Joanilson Marinho, tu *é* um *vaquêro*, um cabra macho, um Dom Sertanejo Pixote, mas *num* tá trazendo comida pra casa, *mêrmo* vendo os filhos secando que nem graveto debaixo do sol!

— *Mulé*! Jogue um boi *brabo* na minha cara pra eu amansar, me mande espetar umas *dez cascavel* com punhal, me faça atravessar

---

4 Dom Quixote de La Mancha, personagem que dá título ao romance do escritor espanhol Miguel de Cervantes.

a caatinga sem água, me largue nuzinho no Raso da Catarina, me ponha num abraço com um tamanduá faminto, mas *num* me mostre os pratos de comida *vazio* dos meus *filho*. Isso é com você!

— *Oxente*! E eu virei *home* agora? Na caatinga tem um tipo de bromélia que guarda sempre água nas suas *folha*. Por que tu *num vai* buscar? Dos *ramo* do cacto facheiro pode se comer o miolo, que tem uma carne molhada e sem gosto, mais que se come.

— É porque...

— Em casa não tem nada! Ou seja, é melhor tu *tá* na caatinga catando comida do que em casa, porque aqui tu *prefere* se acocorar perto do fogão a ir buscar sustento pra seus *filho*!

— Você tá *disfazendo* do meu trabalho?

— Trabalho? Até parece que tem um... É trabalho tanger quatro ou cinco *vaquinha* que *tão* só couro e osso? Ou tá falando do trabalho de ficar de *coca*[5] *pitando fumo?*

— *Mulé*, tua tarefa é difícil, mas a minha *num* fica atrás. A dificuldade começa em arranjar trabalho, e, quando arranjo, enfrento o calor que amolece e derrete o juízo. É impossível entrar no Raso e sair inteirinho com essa calça de pano *fulêro*, tênis e, principalmente, sem gibão. É o espinho que fura, o galho que corta o rosto, sem falar na sede e no calor que *num* têm pena de *nóis*.

— Eu sei de tudo isso, mas o *home* da casa é *tu*! Quem mandou *nascê home*? Resolva! Ou *vai* deixar tuas crias *cum* fome? Vai deixar morrer mais?

Joanilson foi desafiado e, como impulsionado por uma mola, ergueu-se disposto a fechar a boca de reclamação da sua mulher. Antes de sair, ele ainda gritou:

— Maria da Guia Marinho, tu *tem corage* pra me encarar, porque botou o nome Marinho junto do *teu*, e isso foi perante o padre! — E Joanilson saiu desesperado.

Horas depois, ele voltou com dois quilos de farinha e meio quilo de carne seca, comprado fiado. Guia ficou satisfeita. Tão satisfeita que tirou os olhos da panela, olhou para o marido, que era dez anos mais velho que ela, e lhe disse:

— *Oxente*! Tu *tá* é mais novo do que eu!

Ele coçou a barba mal feita, sorriu satisfeito e disse:

---

5 Cócoras.

— Mais novo? Eu? Deve ser porque você se *aperreia* muito. Demais! Tá vendo? Hoje tem comida!

— É? E amanhã?

— Amanhã é outro dia! E tá bom de parar de mexer essa panela, se balançando toda, porque tá me dando uma vontade danada de *chamegar*.

— *Vige*! *Qui home* mais *inxirido*! Já vou, *home*!

No dia seguinte, após escovar os dentes com folhas de juazeiro, todos se reuniram para a única prece do dia, invariavelmente dirigida a São José e ao padre Cícero Romão Batista, o Padim Pade Ciço.

Quando acabaram a prece e de tomar um caldo sem cor definida — e que todos evitavam perguntar de que era feito, com medo de descobrir de onde vinha —, Esdras, o mais velho e o mais letrado dos nove irmãos, perguntou aos pais:

— Pai! Mãe! Eu queria contar um sonho...

— Pode contar, Paulo Esdras.

— Bem, eu sonhei que a gente tava rezando e pedindo chuva. O céu tava todo azul, sem nuvem e sem uma manchinha. De repente, foi um aguaceiro danado, e em pouco tempo o sertão ficou verde. As flores, que estavam escondidas com medo da *quentura*, apareceram, e até o chão ficou verde com o mato rasteiro.

— Chuva! Verde! Que saudade! — lamentou Joanilson.

— Pai! Eu fiquei sem acreditar, pois, quando a gente saiu do nosso barraco de taipa, o sertão tinha desaparecido. Os xiquexiques e os mandacarus haviam sido trocados por uma vegetação forte e esverdeada; apareceram vários filetes d'água, que depois cresceram, cresceram, cresceram tanto que viraram rios. Eu fiquei abestalhado! Cadê o mato franzino, raquítico, os bancos de macambira, as ossadas dos bichos?

— Ah, Esdras! Deve ter sido muito bonito!

— Mãe, eu fiquei confuso, *aperreado*, porque, no sonho, sonhei que tava sonhando! Como podemos sonhar que estamos sonhando? A água era muita e fazia muito barulho. Tinha um monte de pão do umbuzeiro, caroás, gravatás e cajuís. Aparecia o gado comendo, pastando de cabeça erguida, todo metido a besta...

— Ah, meu filho...

— Mãe, tinha um monte de sertanejo de olho arregalado, desacostumado com tanta fartura!

— Só mesmo em sonho! — zombou Barreto Vaqueiro, seu irmão.

— Cale essa boca, Vaqueiro! O sonho foi meu! A mãe tava assando duas penosas de uma vez pra fazer uma cabidela, e o pai tava cevando o bode Barbicha, que no futuro iria fartar nossa mesa. A gente esquecia a fome e, como dizia meu avô por parte de mãe: "Tá florescendo outra vez a alma do meu sertão!". Aí eu acordei todo suado, porque o calor já passava dos 40 graus.

— Tá bom, Paulo Esdras. Você animou a gente! Quem sabe se não foi Deus quem lhe mandou esse sonho pra você acalmar todo mundo? Mas, como *num* temos certeza, *precisamo* continuar a luta. Então, *vamo* caçar o que aparecer: pássaros, tatus, cobras, calangos, frutos... — incentivou Joanilson.

— Os novinhos também irão? — perguntou Paulo Esdras.

— Tá na hora de teus *irmão* começarem a aprender. *Vamo alembrar* que o xiquexique armazena água no interior, e o miolo, que é amargo, é muito bom pra enganar a fome. *Vamo*?

Todos saíram alegres, esperançosos... sonhando... sonhando o sonho sonhado por Esdras.

Todos os anos, a cena se repete nos sertões. As árvores desfolham-se por completo. O verde se vai, o tempo seca, a terra racha, a dor retorna. Mais que um prenúncio inquietante do que está para acontecer, é uma sentença terrível, muitas vezes de morte.

É frequente a seca chegar forte como nunca, frustrando a lavoura de subsistência do sertanejo nordestino, secando açudes e barreiros, acabando com a pastagem nos campos e cerrados. E ainda hoje, em pleno século 21, encontramos sertanejos que são obrigados a disputar com o gado a palma forrageira para não morrerem de fome.

Abatido, mas nunca derrotado, Joanilson Marinho tentava estimular sua família.

— Guia! *Mininos*! Eu *seio*, eu sinto que um dia, um grande e esperado grande dia, Deus, atendendo aos *apelo* do meu Padim Pade Ciço e do meu santo São José, vai dar uma olhadinha *pro* sertão e ouvir o canto triste do uirapuru. Sabem o que vai acontecer neste dia? *Num* sabem? Deus vai se emocionar e Seus olhos vão chorar tantas *lágrima* que essas *lágrima* vão inundar e salvar o nosso sertão! — disse Joanilson, com os olhos brilhando de esperança.

Dona Guia, pessimista por natureza, disse baixinho, entredentes, para não chatear o marido e desestimular os filhos:

— Isso se o uirapuru não estiver sedento, faminto e não morrer antes!

No dia seguinte, já era quase noite quando Joanilson e os filhos retornaram para casa. Como Guia estava ouvindo algumas risadas, sabia que eles haviam encontrado alguma coisa para comer. Sem pensar duas vezes, já tratou de acender o fogo. Joanilson não perdeu tempo e foi logo dizendo:

— *Mulé*, eu passei no barraco da comadre Adeilde.

— Naquele fim de mundo?

— Pois foi... e pensar que aquilo ali já foi um posto de gasolina. Tá lembrada? Posto Adeilde?

— Mas aquilo lá é muito longe!

— E eu *num seio*? Fica lá no *cafundó* do Judas, mas eu encarei e fui assim *mêrmo*.

— Foi fazer o quê?

— Fui lá pra ver se ela precisava de alguma coisa. O marido dela, seu Raimundo, um bom vaqueiro, mas já aposentado, tava meio adoentado.

— E se ela precisasse, tu *tinha* alguma coisa pra dar a eles?

— *Oxente*! A gente sempre tem alguma coisa pra dar. Pelo menos uma palavra amiga!

— Palavra *num* enche barriga!

— Guia, tu só *tem* amargura dentro do peito?

— Não! Tenho também um grande espaço no meu coração, cheio de desesperança! Tenho no peito uma grande falta de leite, pois sem comida todo peito fica murcho. Mas ainda me sobra, além de amargura e desesperança, muita tristeza e pouca fé. Porém, o que sobra mais na minha barriga e na barriga dos meus *filho* é fome! Muita fome!

— Pois fique menos triste, porque a comadre Adeilde é *mêrmo* uma boa alma. Quando cheguei lá, ela saiu de sua barraca, que é coberta de *prástico* preto furado, e, no meio daquele calor de lascar, veio me cumprimentar e aos *minino*. Quando lhe falei da nossa situação, ela entrou de novo no barraco e voltou com um prato raso na mão, contendo sete peixinhos *miudinho*, atolados na água com sal, mais cinco *biscoito* Mabel. Ela disse: "Compadre, leve esses peixinhos e cinco *biscoitinho* Mabel para a comadre Guia fazer um pirão caprichado".

"— Mas os *peixe* são tão *novinho*! — eu disse.

"— São velhos. Eles são atrofiados assim mesmo, por causa do calorão. O nome deles é chupa-pedra. Estavam agarradinhos em uma pequena pedra coberta por um filetinho de lama da lagoinha, que já tá no fim de vida."

— Santa *mulé*! — disse Guia.

— *Mas,* cumade, e a *sinhora*? — eu ainda perguntei.

"— Eu? Eu ainda tenho um pedacinho de bode! E, só em saber que a criançada vai comer um pirão com biscoito, já me sinto saciada."

— Santa mulher! Quando ela morrer, todo mundo irá pra sua missa. Agora, passe pra cá que vou providenciar a comida, pois seu Francisco Camilo vai voltar — disse Guia, sempre prática.

— É *mêrmo*. Se dona Adeilde morrer, vai dá até vontade de chorar. Mais como *home num* chora... — e de novo Joanilson segurou um suspiro de angústia.

Capítulo 7

Pai Rene Marques

Francisco Camilo retornou do povoado e, quando abriu os pacotes contendo os víveres, ninguém da família Marinho acreditou. Foi uma verdadeira festa. Café, feijão, arroz, açúcar, macarrão, carne seca, uma garrafa de cachaça de cabeça para seu Joanilson; um lenço de cabeça para dona Guia; uma bola de futebol para os meninos, além de bonecas para as meninas. A alegria era a tônica, quando Francisco Camilo observou que seu Joanilson, sentado em um velho tronco no oitão da casa, estava meio caladão, triste.

— Seu Joanilson! Algum problema?

Joanilson Marinho olhou para os lados e viu sua mulher "toda metida" arrumando o lenço na cabeça; os meninos disputavam a bola com tanta alegria que nem sentiam como o chão estava quente; e as meninas embalavam carinhosamente suas bonecas. Ele suspirou alto e respondeu:

— Tá errado. Muito errado.

— O que está errado, seu Joanilson?

— O *sinhô* é boa gente, *dotô*, mas quem tinha que *dá* presente pra minha *mulé* e meus *filho era* eu. O *sinhô* é um desconhecido da família! Nem do sertão é!

— Seu Joanilson!

— Não *leve eu* a mal, mas o sinhô me faltou com respeito e me chamou de incapaz.

— Por favor! Não tive a intenção. E eu perguntei ao senhor se podia, e o senhor me autorizou! Lembra?

— *Alembro* sim, e é só por isso que o *sinhô* ainda tá vivo. Meu facão tá agoniadinho, então, é melhor o *sinhô* ir embora da minha casa levando tudo o que comprou.

— Está certo. Vou embora, mas gostaria de esclarecer que nunca tive a intenção de desrespeitá-lo.

Guia, que estava ouvindo, interferiu:

— O que é isso, Joanilson?

— Volte pra dentro, pois a conversa aqui é coisa de *home*.

— Você mandou o *dotô* Camilo embora?

— Mandei.

— E o que o povo vai dizer? Quem já viu mandar visita embora? Tu *vai* pegar uma fama muito ruim.

— Eu *seio*...

— E o que foi que o *dotô* fez?

— Fez o que me cabia fazer: cuidar da minha família. Isso é falta de respeito!

— Eu não penso assim — disse Francisco Camilo.

— O quê? Tá me chamando de mentiroso?

— Não, mas o senhor está enganado em uma coisa.

— Qual é a coisa?

— Não lhe faltei com o respeito. Primeiro, porque o senhor é meu amigo. E, antes de ir, eu pedi sua autorização. Depois, e principalmente, porque eu faço parte da sua família.

— Não *somo* mais amigo e só deixei porque *num intendi* direito que o *sinhô* ia gastar um monte de dinheiro *cum nóis* e... o quê? Faz parte da minha família? Que disparate é esse?

— Seu Joanilson, todos nós somos filhos de um único Pai.

— Endoidou? Isso é medo do meu facão?

— Não, até porque sei que o senhor não gostaria de me matar.

— Isso é verdade. *Num* gostaria *mêrmo*, mas isso *num* vai me impedir. Como é essa história de *mêrma* família?

— Deus.

— Deus? O que Ele tem a ver com nossa desavença? Acho melhor deixar Ele fora dessa história...

— Impossível, pois Ele é o Pai de todos nós. Somos todos uma imensa família. Somos irmãos e filhos de Deus.

— Todos? Até aquele coronel encrenqueiro e o Pedrão? O Pedrão Nascimento, o ladrão de galinha?

— Todos.

— Então Deus errou a forma? Pois fazer filho daquela laia...

— Deus jamais erra. O senhor nunca errou?

— Já, mas o padre Irineu já me perdoou. Eu acho que eles nem foram pra igreja...

— Seu Joanilson, se o padre Irineu perdoa, imagine Deus, bom como Ele é! Não acha que Ele daria novas oportunidades aos Seus filhos?

— É... mas o *sinhô* tá mudando o rumo da nossa conversa.

— Não. Se somos da mesma família, qual é o problema de eu emprestar ao senhor algumas coisas?

— Emprestar? *Num intendi.*

— Uma parte de tudo o que eu trouxe foi para pagar sua hospitalidade, o que o senhor gastou comigo. Quanto ao resto, eu gostaria que o senhor considerasse um empréstimo! Quando puder, o senhor me paga. Está certo assim?

— Emprestado? E se eu *num* puder pagar antes de morrer?

— A dívida continuará em outras vidas... Lembra-se do que falamos sobre reencarnação? Sobre viver novamente? Aí o senhor me paga. E então? Aceita?

— Mas vai ter juro? Eu só aceito se tiver, senão o *sinhô* vai ter prejuízo.

— Claro que vai. Ou o senhor estava pensando que eu iria lhe dar alguma coisa de graça?

— Ah! É assim que se fala! E, desse jeito, *num* será preciso o *sinhô* ir *imbora* agora. O *sinhô num* queria conversar com o Barreto Vaquêro? Ali vem ele.

— Olá, garoto.

— Garoto? Meu nome é Barreto Vaquêro, e eu não sou garoto — respondeu o menino de dez anos.

— Desculpe-me! Eu estava distraído.

— Pode falar, seu moço.

— *Dotô*! Ele *num* é moço; é um *dotô* — disse Guia, feliz com os víveres trazidos por Francisco Camilo e por ter acabado bem a discussão entre o marido e aquele moço tão bom. "Um santo *home*!", pensou.

— Não se preocupe, dona Guia. Só assim eu me senti bem mocinho. — Brincou Francisco Camilo, tentando descontrair aquele garoto tão sério e precocemente adulto.

— Pode falar... doutor.

— Conversei com seu pai, e ele me disse que você frequenta a casa do Pai Rene Marques.

— Vou até lá de vez em quando.

— Por quê?

— Curiosidade...

— Aprende muita coisa?

— Um bocado... Deus mexe demais com minha cabeça, e eu quero *intender* direitinho como Ele faz pra tomar conta de tanta coisa.

— E o Pai Rene Marques ensina isso?

— Ensina, mas tem momento que ele diz que não sabe.

— E se eu quisesse conversar com ele, você me levaria lá?

— Levaria. Ele gosta muito de conversar e de fazer perguntas de resposta difícil.

— Não entendi...

— Nem eu. Ele fala umas palavras complicadas... diz que gosta de polêmica, de chocar as pessoas. Tem uma palavra feia que ele vive repetindo o tempo todo.

— Qual é a palavra?

— Ele diz: "Não sou pusilânime!". O que é isso, seu doutor?

— Pusilânime é a pessoa medrosa, covarde, fraca de ânimo, sem coragem para decidir.

— Pois é. Ele diz que fala sempre o que acha, pois só assim as pessoas acordam pra realidade. E o que é polêmica?

— É um assunto que gera discussão em torno de uma determinada questão. Que causa divergência, controvérsia.

— O senhor foi explicar e piorou as coisas. Que diabo é divergência e controvérsia?

— Desculpe-me, Barreto, mas vou explicar. São praticamente a mesma coisa. A divergência é uma diferença de opinião; um desentendimento. E controvérsia é uma discussão que gera polêmica referente a alguma questão. Entendeu?

— Não sei... posso dizer que polêmica é uma coisa que faz as pessoas se desentenderem? Não chegarem a um acordo?

— Isso! Você matou a charada. Podemos ir agora?

— Pra casa do Pai Rene Marques? Já tô indo.

— Seu Joanilson, o senhor não quer ir com a gente?

— Só se eu tivesse endoidado, seu Camilo. Aquilo lá deve ser perigoso! *Inté* mais vê!

Chegando ao terreiro do Pai Rene Marques, o pai de santo recebeu Francisco Camilo educadamente. Conversaram sobre alguns assuntos até que Francisco Camilo resolveu abrir o jogo:

— Rene Marques, sou espírita e gostaria de saber como funciona seu terreiro...

— Eu fico feliz, porque eu também sou espírita e...

— Desculpe-me, mas você não é espírita. Você é espiritualista.

— E qual é a diferença?

— Rene Marques, todas as religiões que acreditam existir no homem uma alma — quando o espírito está encarnado — ou um espírito que sobrevive à morte do corpo carnal são religiões espiritualistas, entretanto, nem todo espiritualista é espírita — começou explicando Francisco Camilo.

— E por quê não?

— O Espiritismo também acredita na sobrevivência do espírito e na sua comunicação com o mundo material, contudo, tem base científica, filosófica e religiosa ou moral pautada na Codificação de Allan Kardec e no Evangelho de Jesus Cristo. Portanto, ele tem um corpo doutrinário-filosófico organizado, utilizado por seus seguidores no seu dia a dia e também nas sociedades espíritas.

— Talvez você não saiba, mas aqui eu uso o *Evangelho Segundo o Espiritismo*!

— Isso é maravilhoso, mas esse fato não faz do seu terreiro, que respeito, uma casa espírita nem transforma a umbanda em Espiritismo. Rene Marques, o termo "Espiritismo" é sinônimo de doutrina espírita, porém, é utilizado erroneamente com frequência para designar qualquer prática que englobe a comunicação com os espíritos ou é confundido com cultos afro-brasileiros, como a umbanda, candomblé etc.

— Até aí tudo bem, mas qual é, então, a diferença entre a umbanda e o Espiritismo?

— São várias, mas acredito que mais importante é entender que o Espiritismo é uma doutrina que trata e estuda a natureza, a origem e o destino dos espíritos e de suas relações com a vida material. A umbanda não tem como uma das suas maiores preocupações o estudo, pois é muito mais ligada às coisas da natureza, à fitoterapia, por exemplo.

— E por esse motivo o Espiritismo é melhor do que a umbanda?

— Rene, a melhor religião é aquela em que seu seguidor se sinta melhor, mais confortável, e cujos ensinamentos correspondam mais aos seus anseios. É claro que estou falando das religiões em essência e não das deturpações que ocorrem por conta de pessoas inescrupulosas nem daquelas cujos dirigentes exploram as pessoas ou praticam coisas más.

— É isso que complica... aqui lemos o evangelho espírita, ajudamos as pessoas e nada fazemos de ruim pra quem quer que seja. E mesmo assim não somos espíritas?

— Não entendo a preocupação da maioria dos umbandistas de serem considerados espíritas, como se isso lhes conferisse mais status. Não é suficiente fazer sempre o bem e tentar ser uma pessoa melhor?

— Camilo, eu acho que é o contrário. Os espíritas é que se colocam em um pedestal e acham que as demais são inferiores.

— Realmente, há espíritas que pensam assim, mas estão errados. Até porque as religiões são criações humanas, e qualquer uma que respeite o ser humano e ensine valores morais consistentes merece todo o nosso respeito. Os espíritas, que agem como você disse, estão distorcendo nossos postulados básicos em todos os seus aspectos, inclusive práticos.

— Práticos?

— O Espiritismo se alicerça nas obras da codificação, que norteiam nosso trabalho na casa espírita.

— *O Evangelho Segundo o...*

— *O Evangelho Segundo o Espiritismo*, que você utiliza em seu terreiro e que engloba a parte religiosa e moral da doutrina espírita, ensinando a moral cristã através de comentários sobre as principais passagens da vida de Jesus Cristo.

— E os outros?

— *O Livro dos Espíritos*, que é uma obra de caráter filosófico, é considerado o alicerce basilar do Espiritismo, já que todas as outras obras partem de seus princípios. Temos também *O Livro dos Médiuns*, que mostra as consequências morais e filosóficas decorrentes das relações entre os dois mundos: material e espiritual. Depois, vem *O Céu e o Inferno*, que nos apresenta a verdadeira face do céu, do temido inferno e do chamado purgatório. Para mim, a maior importância desse livro é que ele acaba com o mito das penas eternas. E, finalmente, temos *A Gênese*, que mostra como o mundo foi criado, como surgiram as criaturas e como é o universo. É a parte científica da doutrina e tem como maior mérito o fato de colocar a ciência e a religião face a face.

— É, parece que há realmente alguma diferença. O Espiritismo que você pratica é de Mesa Branca.

— Rene, a doutrina espírita não comporta nenhuma ramificação e dispensa quaisquer tipos de rituais. Não existe Espiritismo de "Mesa Branca". Essa designação mais popular deve ter surgido do fato de que as reuniões mediúnicas espíritas ocorrem, para simples acomodação, com os participantes dispostos ao redor de uma mesa, que, algumas vezes, pode estar coberta com uma toalha branca. Então, o termo "Mesa Branca" é erroneamente utilizado como sinônimo de kardecista. Trata-se de um equívoco generalizado, uma vez que só há o termo "Espiritismo" criado pelo próprio Allan Kardec. Assim, nem mesa branca, alto ou baixo Espiritismo, são sinônimos de Espiritismo.

— Acho que entendi. Só existe um Espiritismo. O Espiritismo kardecista. É isso?

— Não. Quando se fala em Espiritismo, já estamos implicitamente falando que é kardecista, porque, se não for kardecista, não é Espiritismo!

— Vai levar um tempinho para eu aprender a separar as duas coisas...

— Rene, a umbanda é um culto religioso respeitado pelos espíritas como todos os outros o são, contudo, ela não é Espiritismo. Seus símbolos, objetos, instrumentos, suas práticas etc. não se ajustam de maneira alguma à doutrina espírita. A umbanda tem um culto material, rituais, vestimentas específicas, imagens, altares, pontos riscados, chamam seus médiuns de cavalos e os espíritos com denominações totalmente diferentes, como exus, pretos velhos, caboclos, pomba gira etc., que não existem no Espiritismo.

— Não vejo tanta diferença...

— Mas há. E a maior delas é que a umbanda não é regida pelas obras básicas, codificadas por Allan Kardec. Usar o evangelho espírita ainda é muito pouco.

— É possível... por acaso você teria os outros livros?

— Outros livros? Você quer dizer a codificação?

— Sim, os livros de Kardec...

— Tenho, mas estão na casa do seu Joanilson. Se Barreto quiser trazer, eu mando por ele.

— Eu trago, mas também quero ler — disse Barreto Vaqueiro, que até então se mantivera calado, "respeitando os mais velhos falando", conforme lhe ensinara Joanilson Marinho, seu pai.

— Então, está combinado!

— Espere. Camilo, eu quero ler os livros, mas isso não quer dizer que vou fechar meu terreiro e me tornar espírita.

— Sem problema. Mais importante do que ser desta ou daquela religião é ser um homem de bem, e isso você já é. Eu preciso, contudo, avisá-lo de uma coisa que pode acontecer...

— Do que se trata?

— Rene, quem lê as obras básicas do Espiritismo, normalmente, fica tão encantado com sua lógica, racionalidade e beleza que acaba se apaixonando pela doutrina dos espíritos e nunca mais a deixa. Está disposto a correr esse "risco"?

— Se fór tudo isso, pode apostar que sim. Talvez até eu goste de me apaixonar!

— Ótimo. Amigo Rene, estou indo e confesso que foi um grande prazer conhecer um belo "macumbeiro"!

— E eu conhecer um "fanático" seguidor de Kardec! Volte sempre.

— Fique com Deus, caro amigo.

Alguns dias depois, na casa do seu Joanilson Marinho, o momento era meio triste. O doutor Camilo, que se tornara amigo de todos da família, estava indo embora para concluir seus estudos na cidade grande. Antes de ir embora, Joanilson o fez prometer que voltaria ao Raso da Catarina quando houvesse oportunidade.

Capítulo 8

Barreto Vaqueiro

O estranho e sério aluno do professor Luiz Santana respirou fundo e continuou sua história, que tinha o condão de manter todos, até o professor, curiosos com o desfecho da história. Ele prosseguiu:

— Muitos anos depois, Francisco Camilo voltou e, depois da alegria do reencontro e dos presentes, foi sabendo o que havia acontecido ao longo daquele tempo.

— *Oxente*! O *sinhô* vai saber de tudinho o que aconteceu — disse Joanilson.

— Então, é melhor começar! — incentivou Francisco Camilo.

— Lembre, *dotô*, que já se passaram muitos anos. O Paulo Esdras veio me visitar umas vezes, mas vou falar de Barreto Vaquêro, que, desde que se entendia por gente, corria atrás de boi. Nem sabia quantos animais já havia arrastado pelo rabo, jogou no chão e pôs cambão. Quando as pessoas perguntavam, Barreto respondia: "Desde menino que estou na lida. Ser *vaquêro* sempre foi a minha sina. É bom demais enfrentar a mata fechada com um cavalo bem treinado. Quem fica de longe nem precisa ser bom de ouvido pra ouvir a caatinga chorar quando é quebrada. É muito difícil um boi escapar da minha investida".

Seu Joanilson, saudosista inveterado, ainda lamentava ter sido obrigado a vender o seu gibão pra alimentar as crianças, mas ficava orgulhoso quando Vaqueiro vestia o gibão, perneira, chapéu e proteção para ele e para o cavalo, seu parceiro inseparável de aventuras. E se alguém perguntava se Barreto Vaqueiro estava na escola, Joanilson respondia sem pensar:

— Pra quê? Na escola já tá o Paulo Esdras.

"Mas, seu Joanilson!, espantavam-se as pessoas, e ele tranquilamente retrucava:

— Barreto Vaquêro é *vaquêro*! Aprendeu a ler, mas o que ele gosta *mêrmo* é de correr atrás de uma rês, que é aventura pra homem. Só quem monta num cavalo bom e *desembesta* caatinga adentro, quebrando pau até derrubar a presa, sabe o que é viver! Essa é a maior das *emoção* que a gente pode sentir. Muito mais do que pagamento em dinheiro ou título de *dotô* que o Paulo Esdras anda atrás!

Joanilson enrolou seu cigarro, acendeu, acocorou-se e fitou o infinito, talvez tentando medir a intensidade da aridez do sertão. Mas não ficou triste, porque o sertão, com suas coisas boas e más, corria em suas veias, e o sertanejo não é nem se sente um pobre coitado. Muito longe disso.

É verdade que, quando as chuvas de inverno falham, a água escasseia e o trabalho some, aí sim, a vida fica complicada. Mas, se as nuvens resolvem chorar, tudo muda de novo. O sertanejo, principalmente o vaqueiro, ressurge! Renasce! Revive! Joanilson continua a explicação.

Ao som do aboio, Barreto Vaquêro avança caatinga adentro. Ele não vacila no caso de um novilho fujão escapar. Chispa pra dentro da caatinga e, se necessário for, se joga sobre uma cerca farpada de xiquexiques e mandacarus, dois arbustos espinhentos típicos da região, para recuperá-lo.

— Mas vale a pena tanto sacrifício? — perguntam a Joanilson Marinho.

— *Oxente*! Qualquer sacrifício vale, porque, quanto mais difícil a empreitada, quanto mais ferido o cabra voltar como resultado da captura, mais admirado será pelos *colega vaquêro*. É questão de honra, de *corage*, pois, sem honra, o *vaquêro num* vale nada!

A família de Joanilson Marinho tem uma longa tradição da qual só Paulo Esdras escapou. O pai, que sempre lutou para manter o estilo do vaqueiro de verdade, costumava dizer:

— Eu acho que é igual à polícia! Quando veste a farda, fica mais *home*, mais valente, mais macho e até faz besteira por conta disso. É a *mêrma* coisa com o *vaquêro* sertanejo. Quando se encoura com o gibão, parece que a *corage* aumenta. Mas nem todo dia é preciso se vestir de couro, pois, pra juntar gado manso, *num carece*. A finalidade da roupa de couro é proteger o *vaquêro* da caatinga, que é cheia de espinhos e galhos secos, pois boi manso não tem peito pra entrar lá.

Uma vez, seu Joanilson foi ao povoado mais próximo tentar arranjar uns trocados pra comprar farinha e deu de cara com um grupo de religiosos. Ia bater em retirada, quando ali mesmo, bem pertinho, viu um vaqueiro de caatinga, vaqueiro sertanejo como ele próprio, todo vestido de couro, segurando seu cavalo pelas rédeas, observando pensativo a grande movimentação, as músicas, os brados, o esvoaçar dos estandartes e a louvação dos religiosos.

Fazia gosto olhar para o homem! Suas botas eram de couro de verdade, com polainas altas, calça e jaqueta e chapéu de couro. Seu cavalo era também revestido de couro. Assim são os verdadeiros vaqueiros da caatinga, onde o trançado dos espinheiros exige tais couraças, sob pena de ficar dilacerado.

Ao ser abordado por uma das religiosas de nome Meicy Rodrigues, o vaqueiro de nome Saul Vieira respondeu com a segurança de quem entende do riscado:

— Sou vaqueiro, como a moça tá vendo! Vaqueiro Saul! Não fique *vexada* comigo, mas a moça sabia que a gente tem a mesma profissão? Eu sou guia de gado, e a senhora é guia de gente.

— É, faz sentido — respondeu a jovem religiosa. — Mas há muitas e grandes diferenças...

— Eu sei. Às vezes, fico só observando o gado, porque, quando estou por perto, ele pasta tranquilo, despreocupado, sem agitação. Quando dou sinal de partida e canto meu aboio, todo o rebanho se põe em movimento, na direção que eu indicar. Apenas um ou outro animal mais indisciplinado tenho que pôr no caminho certo, com a vara ou o ferrão. Mas é só eu me afastar que o rebanho se agita, se dispersa pela caatinga e invade as propriedades alheias. Os mais fracos são apanhados pelas onças, outros caem nas grotas ou são levados por qualquer aventureiro.

— Sim, mas...

— Enquanto via a movimentação de vocês, eu fazia a comparação entre o gado e o povo e pensei: "É por isso que nós somos comparados a um rebanho e Cristo é chamado de o Bom Pastor".

— Ah! Acho que agora entendi.

— Olhe aqui, moça, não é falta de respeito, não, mas a gente tem de verdade a mesma profissão: vocês são guias de gente, e eu sou guia de gado. E o contrário também serve, pois é de fazer pena, de dar dó, o coitado do rebanho sem pastor e o coitado do povo sem um guia! Até mais ver! — despediu-se o vaqueiro Saul.

Joanilson Marinho gostou da prosa do vaqueiro Saul Vieira. A fé, às vezes desenfreada e fanatizada, faz dos homens e das mulheres do sertão verdadeiros heróis sem rosto. Quando imaginamos que eles não conseguirão superar a perversidade da seca, lá vêm eles de volta, vencendo todas as dificuldades, em busca de um punhado de água e muitas vezes com um sorriso no rosto!

Essa força sobrenatural nada mais é do que sua confiança em Deus. Confiam Nele acima de tudo e estão sempre à espera da ajuda dos céus. Os sertanejos, contudo, têm consciência de suas obrigações para com Ele e estão sempre prontos pra rezar e fazer suas oferendas de respeito a Deus. E, apesar dessa fé exagerada, não ficam de braços cruzados. Ao primeiro chorinho das nuvens, correm para a terra dura e *estorricada* e a preparam, confiantes na vinda das chuvas.

O sertanejo nordestino é um cavaleiro da fé, disposto a testemunhar sua crença se necessário for. Em função da sua vida de incertezas, sua relação com o misticismo é meio exagerada, mas alimenta sua fé e o faz sempre esperar e acreditar que sua vida vai melhorar. Ainda por ter fé, ele crê que Deus enviará alguém, um beato ou um profeta, para guiá-lo no caminho da salvação.

Ah, se ele soubesse que sua fé é o próprio milagre da salvação do sertanejo! Que é a sua fé inquebrantável que desencadeia uma força que lhe permite viver, mesmo que penosa e dolorosamente, e dá algum sentido à sua vida!

O sertanejo vive entre o amor a Deus e a crença cristã, quase fanática, favorecida pela ingenuidade provocada pela distância dos centros urbanos.

Esse relacionamento exacerbado com a religiosidade é percebido na necessidade de encontrar quem os guie para a inalcançável "terra prometida" e na necessidade de recorrerem a promessas, milagres e milagreiros.

O povo sertanejo sempre cultuou a imagem de Deus, relacionando-o ao temor da Sua ira e ao pavor do inferno. É dessa forma que ele se identifica com a paixão de Cristo e aceita os males da natureza como punições divinas, principalmente quando se tem o azar de aprontar em um dia em que Ele está de mau humor e bota pra quebrar contra Suas criaturas!

A fim de aplacar o mau humor ou a ira de Deus, visando a alcançar a salvação eterna e Ele mandar as chuvas, o sertanejo se entrega a uma vida de flagelo, promessas e procissões intermináveis.

Essa forma de viver fora da realidade, dedicada com frequência ao sobrenatural, deixa o sertanejo à mercê de profetas populares, beatos e eremitas, nem sempre muito escrupulosos. É que, quando a resposta às suas atitudes penitenciais não aparece, ele se sente culpado, e sua existência é invadida por um sentimento apocalíptico, de fim de mundo.

Por essa e outras razões, a crédula gente sertaneja se deixa guiar por todos que anunciarem a salvação. O beato ou profeta é uma pessoa carismática, que se apropria da imagem de Deus, colocando-O próximo do povo.

Assim, Deus fica próximo, como o pai e protetor dos pobres, como um bom Jesus, advogado e justiceiro dos pobres. Dessa forma, o sertanejo torna-se mais crédulo do que nunca e põe na conta do sobrenatural tudo aquilo que não entende ou que se recusa a entender.

Aliás, por falar em crendices, contam, como se verdade fosse, que:

— Havia um sertanejo de nome Ranilson Mesquita, que pegara a estrada rumo à feira um pouco antes do amanhecer, lembrando a conversa que ouvira na noite anterior na bodega da dona Nildete Bandeira. Entre um gole e outro de pinga, o famoso vaqueiro Admar Ferreira tinha anunciado pra todo mundo ouvir que no dia seguinte se embrenharia na caatinga para pegar o touro Fortaleza, do coronel Caldas.

"O touro fora criado no meio do mato, *brabo* que nem cascavel desafiada, e até então nenhum vaqueiro conseguira se aproximar dele. O bicho esticava as orelhas para frente, encarava o intruso por uns momentos, balançava a cabeça com violência e disparava entre a galharia seca da caatinga, desaparecendo no oco do mundo, sem que ninguém tivesse coragem suficiente para segui-lo.

"Até o momento fora inútil persegui-lo. Valdir Holanda fora o único vaqueiro valente que se empenhara mais a fundo nessa empreitada, mas, depois de correr por mais de uma hora atrás do animal, acabou estrepado na garganta por um galho de umbuzeiro e ali mesmo deu o suspiro final.

"O coronel Caldas, que queria pegar o touro a qualquer custo, mandou chamar Admar Ferreira, vaqueiro afamado que colecionava um monte de vitórias nas pegas de boi da região, sempre agarrando o bicho à unha para fazer a festa da matutada.

"Começaram as apostas, pois ninguém sabia quem era pior ou mais valente: o touro Fortaleza ou o vaqueiro Admar! Sua técnica era cantada em prosa e verso pelo violeiro Alvamar como uma técnica suicida, pois o homem acuava o bicho num canto qualquer da caatinga, desmontava e esperava o boi arrematar contra ele. Na hora da arremetida bovina, Admar se metia entre seus chifres e deixava o animal balançá-lo no ar à vontade, rompendo a galharia seca do matagal, protegido que era pelo gibão de couro.

"Em seguida, Admar cravava as mãos, que pareciam de aço, nas ventas do dito cujo para lhe minar as forças e, quando sentia o enfraquecimento do animal, buscava uma das suas patas dianteiras para arrastá-lo com força e deitá-lo no chão. Aí, era só puxar-lhe a cabeça para trás e botar-lhe o cambão. Quando Admar reaparecia, voltava triunfante, com o touro dominado.

"Por isso ninguém duvidou, na bodega da dona Nildete, da promessa de Admar Ferreira:

"— Vocês me conhecem! Não faço promessa que não possa cumprir. Vou sair amanhã cedinho e, antes do meio-dia, trarei o touro Fortaleza do coronel Caldas. Não preciso de ninguém me acompanhando! Basta meu cavalo Nervoso, meu cachorro Cascudo e Nosso Senhor Jesus Cristo, como minha sentinela.

"Ranilson seguiu rumo à feira, pensando sempre na aventura que seria o encontro de Admar com o touro Fortaleza. Imaginava que Admar, naquele momento, já estivesse a caminho da Serra da Vitória, onde o touro tinha sido visto dois dias antes.

"Era perto de meio-dia quando, após tomar uma lapada em uma bodega e comprar os mantimentos, montou de novo no seu burrico e fez o caminho de volta para casa. Já havia percorrido vários quilômetros, quando ouviu a distância os gritos de um vaqueiro e o latido de um cachorro.

"Já dava até para ouvir o tropel alucinado do touro e de um cavalo, sem falar no estalar de galhos que se quebravam com a carreira desabalada dos dois no meio da caatinga agredida.

"— *Vôte!* Será, Admar? O home tá *virado!* Eu não queria tá na pele daquele touro — questionou-se Ranilson, com um brilho lhe iluminando o rosto. De repente, bem à sua frente, cruzou na estrada um touro perigoso, imponente, com seus quinze palmos de altura.

"— É o Fortaleza! Aquele é o touro do coronel Caldas! — quase gritou Ranilson.

"Depois, passou um cachorro malhado.

"— Aquele é o cachorro Cascudo do vaqueiro Admar!

"E, finalmente, atravessou o caminho de Ranilson o próprio Admar, todo encourado, gritando feito louco em cima do cavalo Nervoso. O touro Fortaleza, o vaqueiro Admar, o cachorro Cascudo e o cavalo Nervoso todos pareciam voar!

"— Aquele é o vaqueiro Admar! — E, não se contendo, com legítima admiração, Ranilson gritou: — *Arrocha*, Admar! Bota pra lascar em cima do Fortaleza! Cabra como tu não existe igual no sertão! Vai, *home*! Vai pegar o desgraçado do touro!

"Ainda ouvindo a gritaria de Admar na perseguição desembestada ao touro do coronel Caldas no centro da caatinga e animado com a perspectiva de farra na fazenda, Ranilson esporeou seu burrinho e seguiu em frente, doido pra contar a cena que presenciara havia pouco.

"Quinze minutos depois, ao chegar ao alto da ladeira, de onde já se podia avistar as duas fileiras de casas em torno da pequena e única praça do povoado, viu que havia um monte de gente em frente à bodega da dona Nildete. E, no meio do povo, amarradinho em um poste, estava Nervoso, o cavalo do vaqueiro Admar.

"— *Oxente*! Como é que pode? Aquele, com certeza, é o cavalo de Admar, o Nervoso. Será possível que ele pegou o boi e já tá comemorando? Mas o Nervoso nem tá suado! Tem alguma coisa errada...

"Ranilson foi se aproximando, desceu do burrinho e, sem falar com ninguém, abriu caminho entre as pessoas até chegar à porta da bodega. Lá, não acreditou no que viu. "Estendido sobre a mesa de sinuca estava o corpo do vaqueiro Admar, só aguardando uma rede para a viagem final. O cachorro Cascudo estava enfiado embaixo da mesa, observando com um olhar de incompreensão o movimento em torno do seu dono.

"Ranilson perguntou ao vaqueiro Cristino o que havia acontecido.

"— Ele teve um ataque do coração ontem à noitinha, enquanto tomava cachaça e planejava a *pega* do boi.

"— Ontem à noite? Ele morreu ontem? Tem certeza?

"— Tenho. Eu vi, pois tava aqui. Não houve jeito de salvar o homem. Ele caiu de repente. Acho que foi por causa de tanta pancada no peito que ele recebeu brigando com os bois no meio do mato.

"Ranilson fez o sinal da cruz e disse baixinho para si mesmo:

"— Não vou contar nadinha pra ninguém, pois vão me chamar de doido, mas é uma coisa que eu jamais vou esquecer. Não. Não vou! Não vou nem quero esquecer que eu vi, *mêrmo* já sendo do outro mundo, o vaqueiro Admar Ferreira montado em Nervoso, seguido pelo cachorro Cascudo, correndo atrás do touro Fortaleza.

"E ainda aconteceu outra coisa muito esquisita. Depois daquele dia, nunca mais o touro Fortaleza do coronel Caldas foi visto em toda a região, embora Barreto Vaqueiro tenha andado uns dois anos atrás dele por conta dos comentários de alguns vaqueiros, que diziam que ele fora visto, sempre à noite, correndo como se estivesse fugindo de assombração!"

— Que bela história, seu Joanilson!

Capítulo 9

Bastos Trovão

O professor Luiz Santana tentou interromper o aluno que falava com tanta propriedade sobre o sertão e os sertanejos, mas ele não demonstrava a menor intenção de parar sua história.

— Ainda não concluí — ele disse e continuou como se não tivesse sido interrompido.

O professor, na realidade, não se esforçou muito para isso, pois o fato é que a história estava fascinando a todos os presentes, e isso ficara claro uma vez que nenhum aluno fora ao banheiro ou tentara se levantar para ir embora, a despeito do horário da aula ter acabado havia bastante tempo. A verdade é que o aluno que falava passava uma emoção e uma veracidade que encantavam a todos. Ele continuou sua narrativa.

***

De volta ao Raso da Catarina depois de dez anos, Francisco Camilo foi aos poucos tomando conhecimento de tudo o que acontecera com a família Marinho durante sua ausência. A esses fatos ele associou tudo o que estudara na capital sobre o fantástico, enigmático e apaixonante sertão, que ele aprendera a amar desde sua primeira visita, quando conheceu Joanilson e sua maravilhosa família.

Entre tantas coisas, ele aprendera que o vaqueiro do sertão trabalha com o boi, vive em função do boi, veste roupa feita com o couro do boi e, inúmeras vezes, morre por causa do boi.

O cavalo é seu fiel e imprescindível companheiro de trabalho, que o leva para a lida ao amanhecer e o traz de volta para casa de tardezinha, tão logo o sol descambe e ele termine sua labuta diária. No outro dia, os dois, homem e cavalo, acordam cedo e saem para mais um dia de trabalho, muitas vezes apenas chupando um pedaço de rapadura como refeição matinal.

Seu Joanilson Marinho tinha, sim, motivos para ser um pai orgulhoso. Além de Barreto Vaqueiro ser um dos melhores vaqueiros do sertão, ainda havia o Fernando Bastos, o terceiro filho homem, mais novo apenas do que Paulo Esdras e Barreto Vaqueiro. Bastos ficara conhecido depois como Bastos Trovão.

Bastos Trovão era tão grande no espírito quanto na coragem e, em pouco tempo, muito novo ainda, já fora considerado o rei dos vaqueiros novatos. Pelo que ainda hoje se fala naquelas bandas, ele foi o melhor vaqueiro que já existiu no sertão e um dos maiores da história do Nordeste.

Desde criança, ele gostava de aprontar. Não gostava de ficar sentado nem calado, pois era muito inquieto. Sua brincadeira preferida, sem que seu Joanilson soubesse, era montar em burro, jumento ou cavalo *brabo*, o que lhe rendeu quedas, arranhões, fraturas, acidentes, mas ele se gabava de dizer que nunca montara em um animal, cavalo, burro, boi ou jumento que o derrubasse no chão.

Junto com Barreto Vaqueiro, seu irmão mais novo, também arrojado, mas com menos talento, ele parecia dormir de dia para aprontar à noite. Era a única forma de escapar da vigilância severa de dona Guia, sua mãe.

Ele esperava todos dormirem e, à noite, em meio à escuridão infinita, montava na burra Melancolia, colocava Barreto Vaqueiro na garupa, e, escondidos, iam pra Cacimba Velha, perto de onde morava o avô paterno, só pra correr atrás de éguas *brabas* que vinham procurar água.

Quem passava por perto só ouvia as pedras chiando, o tropel agoniado da burra, a vegetação violentada estralar e o barulho do tombo das éguas. Elas não lhe escapavam, e ele derrubava uma por uma e era muito metido.

— Sou vaqueiro! Uma carreira, um tombo! Não perco nenhuma carreira — gabava-se.

Barreto Vaqueiro ainda ponderava:

— Bastos Trovão, é melhor a gente parar e voltar pra casa.

E ele, invariavelmente, respondia:

— Espera um pouco, mano Vaqueiro, que só vou mais uma vez.

O danado era tão bom que, montado em qualquer animal, fosse cavalo, burro ou até jumento, desde que aguentasse o tranco, ele pegava tudo que passasse à sua frente. Tinha olho de coruja, pois pegava de dia ou de noite, sem sentir qualquer diferença.

Era mesmo extraordinário, impressionante. Corria atrás de éguas *brabas* com um cabresto na mão, pulava do cavalo em que estava montado para uma das éguas e botava nelas o cabresto, fazendo-as parar. Outras vezes, pendurava-se no pescoço de uma delas e a derrubava.

Barreto Vaqueiro, bem mais responsável, ficava muito preocupado e chamava o irmão para voltarem para casa:

— Bastos! Vamos embora senão o pai vai saber. Nós vamos levar uma surra.

Como começaram a aparecer muitos animais machucados dos tombos que levavam dele, dona Guia, desconfiada, chamou Joanilson e disse:

— Joanilson, é preciso ver o que os *minino* tão aprontando todo dia na cacimba! Eu ouço uma barulheira danada à noite, e depois *aparece* alguns animais machucado.

— Que *mininos*? — perguntou Joanilson.

— O Bastos Trovão e o Barreto Vaqueiro!

— Mas eles são frangotes ainda e ficam aqui com você!

— Eu tô falando é da noite! Acho que eles saem à noite e vão lá pras bandas da Cacimba.

— Pra Cacimba Velha? Então, eles têm *corage*! Nem todo *home* barbado tem peito pra ir lá à noite!

— *Oxente*! E é? É por conta daquela história do *papa-figo*?

— É sim, *sinhora*. Mas vou resolver isso. Chame todo mundo aqui e mande o Paulo Esdras trazer aquele papel que fala do *papa-figo*.

Quando todos se reuniram, Joanilson chamou Paulo Esdras e disse:

— Espero que sua leitura sirva pelo menos pra ler a história do *papa-figo*. Comece.

— O nome correto é papa-fígado!

— Qual é a diferença? Vai ler ou não? — pressionou Joanilson.

Paulo Esdras gostava de ver todos dependentes da sua leitura. Era sua desforra por *mangarem* dele, porque não queria ser vaqueiro e, sim, doutor. Tossiu, olhou todos os presentes um a um e começou:

— *Papa-figo,* na verdade, é a alcunha de "papa-fígado". Diz a lenda que o *papa-figo* não tem aparência extraordinária, aparecendo algumas vezes como uma pessoa comum. Conforme as circunstâncias do momento, pode adquirir a aparência de um velho maltrapilho, mas muito simpático, carregando um saco nas costas e procurando atrair crianças oferecendo-lhes doces, dinheiro, brinquedos e até mesmo comida.

"Outros dizem que o *papa-figo* possui orelhas grandes, enormes, que ele procura esconder a todo custo, e sofre de uma doença estranha que só é aliviada com a ingestão do fígado de crianças.

"Por isso ele procura fazê-las se interessar pelos presentes para que, assim, se aproximem dele. E, quando isso acontece, o falso mendigo as pega e procura imediatamente um local deserto para satisfazer sua necessidade.

"Todos dizem que o *papa-figo* é, na verdade, uma pessoa que, apesar de rica, educada e respeitada, foi vítima de uma terrível maldição jogada sobre si, embora não se saiba por quem.

"Deve ser por isso que, depois de extrair o fígado da criança e se alimentar com ele para minorar seu mal, o papa-figo tenha o costume de deixar uma grande quantia em dinheiro dentro da barriga da vítima, numa espécie de compensação financeira à família enlutada e dar-lhe condição de efetuar o enterro da pequena criatura por ele sacrificada."

— Mãe! Tô com medo! — Choramingou a pequena Sharlene.

— Eu também, mas a gente precisa escutar pra aprender e se proteger melhor. Continue, Paulo Esdras — disse dona Guia.

Paulo Esdras continuou sua leitura:

— Gilberto Freyre disse:

> E havia ainda o Papa Fígado, homem que comia fígado de menino. Ainda hoje se afirma em Pernambuco que certo ricaço do Recife, não podendo se alimentar senão de fígados de crianças, tinha seus negros por toda parte pegando menino num saco de estopa.
>
> Por outro lado, vários depoimentos dos leprosos da época eram unânimes com a ideia de que a lepra não era doença da pele. Era doença do sangue! O sangue estava impuro e precisava depurar, limpar, reforçar o sangue. E como o sangue vem do fígado, melhorar o fígado era o único meio de cura.
>
> "Um fígado doente se trata com a troca por um fígado sadio". Era a firme convicção, o coro, daqueles infelizes acometidos pelo terrível mal da lepra.
>
> O papa fígado costuma sair à noite ou ao fim da tarde, na hora do crepúsculo, aproveitando o horário de saída das escolas. Seu aspecto pode variar de região para região. Algumas vezes é velho, sujo, sofre de hanseníase e tem o corpo coberto de chagas. Pode, também, ser alto, magro, pálido e com a barba por fazer.
>
> Segundo a crença popular, somente o fígado infantil teria a pureza e a força suficientes para aliviar o sofrimento dos hansenianos.

> E sempre haveria alguém disposto a pagar qualquer preço por tão poderoso e raro lenitivo.
>
> Outra curiosidade que contam é que o papa-fígado, a fim de não cometer injustiças, limita sua caça apenas aos meninos mal comportados, desobedientes, teimosos ou chorões.[6]

— Acabei, pai — disse Paulo Esdras, o "intelectual" da grande família Marinho.

— Acabou não. Você pulou a parte que diz que o *papa-figo* gosta de ficar na Cacimba Velha esperando *minino* desobediente. *Num* foi, Esdras?

— Não! Isso não...

— Bem, vocês ouviram. Paulo Esdras ia dizer que isso *num* pode ser *isquecido*! O *papa-figo* gosta de criança desobediente, e uma seriema me disse que ele fica na Cacimba Velha, com um facão bem amolado, pra ver se aparece algum *minino* teimoso e que tenha um fígado gostoso. Mas eu tô *dispreocupado* porque aqui em casa *num* tem filho desobediente, que vá à Cacimba Velha à noite. *Num* é verdade? Ou tem?

Ninguém respondeu, pois poderiam até ser bons filhos, mas daí a não serem desobedientes e nunca irem até a cacimba era outra história. Todos alegaram medo do *papa-figo* e foram se deitar.

Quanto ao seu Joanilson, dizendo que dormiria na fazenda da família Cavalcanti, esgueirou-se para os lados da Cacimba Velha e aguardou escondido. Já estava até dando uns cochilos, quando começou a ouvir vozes e logo reconheceu ser as dos seus filhos. Bastos gritava com Vaqueiro:

— Deixa de ser frouxo, Barreto Vaqueiro! Se o tal *papa-figo* aparecer e não tiver rabo, pode apostar que vou pegá-lo e derrubá-lo pelas orelhas!

Não demorou nadinha, e, em poucos minutos, ele viu Bastos Trovão aparecer feito um trovão, rápido e barulhento, dando uma carreira em algumas jumentas. Joanilson já se preparava para aplicar o corretivo nos dois, principalmente no Trovão, quando notou sua habilidade e coragem incomuns. Ele derrubou a jumenta de um jeito que até o chão estralou como início de terremoto.

Joanilson arregalou os olhos. Nunca vira uma habilidade igual. O que Trovão fazia ali, com grande naturalidade, a maioria dos vaqueiros de barba e bigode jamais faria! Ele mesmo, considerado um dos melhores da região, e Barreto Vaqueiro levariam mais tempo do que Bastos.

---

6 FREYRE, Gilberto. **Casa-Grande & Senzala**. Rio de Janeiro: Maia e Schmidt Ltda., 1933. p. 368.

“*Vô* preparar melhor esse *minino*! Preciso conseguir um cavalo de vergonha para ele. *Vô* começar a levá-lo comigo pra prepará-lo, pois esse moleque vai longe. E *num* tem medo de *papa-figo*!”, pensou Joanilson.

Passados alguns meses, surgiu um boi *brabo* que andava desafiando muitos vaqueiros calejados para ser buscado na fazenda da dona Mônica Bezerra, na localidade de Tamandaré das Cajazeiras. A fazendeira era muito amiga do seu Joanilson e mandou chamá-lo. Era a chance que ele estava esperando. Chamou Bastos Trovão e Barreto Vaqueiro e disse:

— Vão buscar esse boi *brabo* lá na fazenda da dona Mônica Bezerra. Chegando lá, peçam pra algum vaqueiro da dona Mônica colocar um cambão ainda no curral, porque vocês ainda são inexperientes e podem *num* conseguir trazer o dito cujo.

Os dois irmãos ficaram felizes pela confiança do pai e rapidamente partiram. Quando chegaram à fazenda, dona Mônica disse:

— *Oxente*! Cadê seu Joanilson?

— Ele mandou a gente levar o bicho — respondeu Bastos Trovão, todo orgulhoso.

— Vocês? Duas crianças? Seu Joanilson perdeu o juízo? Vocês não vão conseguir levar meu boi. Meus dois melhores vaqueiros, Canindé e Agnaldo Araújo, homens feitos, valentes, não conseguiram nada com meu touro. Como dois meninos vão conseguir? Vocês vão deixá-lo ir embora!

Bastos Trovão não gostou da desfeita e já ia replicar, mas Barreto Vaqueiro, sempre mais ajuizado e responsável, disse que ela não se preocupasse, pois, se eles não tivessem condições, o pai não os mandaria até lá.

— Conheço bem o pai de vocês, e é isso que está me espantando.

— Dona Mônica, ele, inclusive, mandou uma recomendação para que seus vaqueiros coloquem o cambão no boi antes de nos entregaram o animal. Por que a senhora não dá uma oportunidade pra gente? — perguntou Vaqueiro.

Mônica concordou e mandou que Canindé e Agnaldo Araújo colocassem o cambão no boi antes de entregá-lo aos meninos. Dentro do curral estava o animal. Era realmente grande, bravo, valente, que deu um trabalho danado para os homens da dona Mônica, que fizeram de tudo pra tentar pegar o danado e nada.

— Vocês tão vendo? — indagou dona Mônica aos dois meninos.

— *Tão* fazendo errado! — disse Barreto.

— Como? — perguntou dona Mônica.

Antes que Barreto respondesse, a confusão aumentou, pois os vaqueiros só estavam alimentando a raiva do boi bravo. Na confusão para laçá-lo, o animal acabou saindo do curral depois de arrombar a porteira.

Montado em um cavalo que não era lá de primeira qualidade e ainda chateado com a desconfiança da fazendeira, Bastos estava à porteira do curral apenas observando.

Na hora que o boi bravo arrombou a porteira e enveredou em direção à caatinga, ele já saiu junto, e os dois sumiram no mato. Um pouco mais atrás, ia Barreto Vaqueiro em louca disparada.

A fazendeira ficou observando a coragem do menino-vaqueiro, mas jamais pensou que ele, ainda tão novinho e pequeno, teria a capacidade de pegar sozinho aquele boi. Os vaqueiros da fazenda acompanharam a carreira, mas bem atrasados, porque foram surpreendidos pela fuga do animal.

Assim que entrou na mata, Bastos Trovão, ajudado um pouco pelo Barreto Vaqueiro, conseguiu derrubar o boi, e, quando os outros vaqueiros chegaram, o animal já estava amarrado, e os dois irmãos esperavam por eles sentados em uma pedra. Teve vaqueiro que se benzeu, achando que aquilo ou era milagre ou era coisa do capeta!

Quando chegaram de volta com o boi, a fazendeira, achando que tinha sido seus vaqueiros, disse:

— Dessa vez, vocês o pegaram mais rápido — E se surpreendeu com o que ouviu dos seus vaqueiros.

— Não fomos nós. O menino Trovão foi quem pegou sozinho o boi. Quando o alcançamos, o bicho já estava todo amarrado.

— Mas isso não é possível! Você pegou o bicho sozinho?

— Tive ajuda do meu irmão Barreto.

— Menino, seu pai sabe que você é tão bom vaqueiro?

— Mais ou menos... e meu nome não é menino, é Bastos Trovão. E sou quase um homem.

A fazendeira Mônica Bezerra voltou-se para o discreto Barreto Vaqueiro e perguntou-lhe:

— E você? Vi que você saiu logo atrás do seu irmão, que foi na cola do boi. Ficou preocupado com ele?

— Não, senhora. Eu tava preocupado com o estrago que meu irmão Trovão poderia fazer no seu boi.

Naquele momento, dona Mônica entendeu que aquilo era mesmo real. Depois de convidar Bastos Trovão para trabalhar ali, ela avisou que lhe daria de presente um cavalo de vergonha com todos os arreios novos.

Algum tempo após ganhar o cavalo de presente e já com a fama de bom vaqueiro, Trovão estava indo com seu pai Joanilson Marinho buscar gado de outra fazenda. Os dois estavam montados em seus cavalos.

O rapazote Trovão estava impossível! Suando orgulho por todos os poros, enquanto desfilava com seu cavalo arisco. Aliás, era tão arisco que bastava mostrar para ele o rumo a seguir que o animal disparava como um foguete. Eis o porquê Trovão botou no cavalo o nome de Foguete.

Mas Trovão não ficava atrás de Foguete! Apesar da sua fingida indolência, própria do vaqueiro sertanejo, bastava surgir qualquer coisa correndo para que ele já estivesse preparado para correr atrás. Foi quando na beira da rodagem, de dentro de uma roça, surgiu uma raposa tinhosa, adulta, que cruzou na sua frente com uma velocidade espantosa. Quando Bastos avistou o bicho, já se preparou para segui-lo.

Ora, pegar raposa, um animal pequeno, num cavalo alto como era o de Bastos Trovão não era para qualquer vaqueiro. Mas a vontade dele de dar uma carreira naquela raposa atrevida foi impulsionada ainda mais quando ouviu do pai:

— Quem será mais rápido? Você ou a raposa?

Joanilson estava brincando, pois sabia que ele jamais conseguiria pegá-la. Pelo menos nunca ouvira falar que algum vaqueiro tivesse capturado uma raposa à mão em plena caatinga! Mas, para sua surpresa, não demorou muito para ele estar com o animal na mão, pendurado pelo rabo. Foi de uma rapidez tremenda. Muito feliz, Barreto Vaqueiro disse:

— Meu irmão Trovão é *mêrmo* rápido e forte feito um trovão. Bastos Trovão, você é o melhor vaqueiro da região!

— Eu sou *mêrmo* bom, mas, dessa vez, só peguei a dita cuja porque tenho um cavalo veloz feito um foguete!

Pouco depois, a fama de bom vaqueiro de Bastos Trovão espalhou-se. Ele passou a ser chamado para pegar boi em várias regiões e até em outros estados. A procura por ele era grande. Na época, existiam muitos bois bravos no mato, que só os melhores vaqueiros pegavam. Quando eles davam muito trabalho, só havia uma solução: "Vamos chamar o Bastos Trovão pra pegar o bicho!".

"Dar uma carreira em um animal", como ele gostava de dizer, era o que Bastos Trovão adorava fazer na vida. Se fosse para pegar boi, ele estava sempre no ponto. Trovão gostava e procurava desafios. Quando sabia de um boi que nenhum vaqueiro conseguia pegar, ele ia lá oferecer sua ajuda. Até de graça, pois se dizia pago pela fama. E nunca deixou escapar um.

Sua incomum coragem foi confirmada na localidade de Cascavel Dorminhoca, na pega de um boi. Ele foi chamado para capturar um boi que muitos vaqueiros da redondeza já haviam desistido de tentar pegar. Trovão, então, resolveu dar uma "carreira nele". Montou em seu cavalo e foi. Chegou à casa do dono do animal à noite.

Trovão nem desceu do cavalo e foi logo perguntando:

— Onde tá o boi?

O dono da casa, o fazendeiro Cícero Hugo Almeida, filho de italianos, nascido em Natal, no Rio Grande do Norte, mas doido para ser sertanejo, retrucou:

— Primeiro, vamos apear e jantar.

— Só aceito um pouco de água. E quero um vaqueiro pra me mostrar o ponto do bicho.

Cícero, que ficou bastante chateado por ter sua hospitalidade recusada, decidiu:

— Não. Vamos deixar o boi pra amanhã. Ninguém vai conseguir pegá-lo de noite. Ainda mais sozinho. Hoje mesmo, quatro dos meus vaqueiros, dos bons, tentaram pegá-lo e não conseguiram. E olhe que era de dia. O boi é grande, *brabo* e valente. Já furou vários cavalos e intimidou vários vaqueiros.

— Desculpe, seu Cícero, por não aceitar sua oferta de abrigo e janta, porém, enquanto não encarar esse animal valente, não conseguirei fazer mais nada. Não desdenho dos outros vaqueiros nem me acho melhor que eles, mas algum deles se chama Bastos Trovão?

— Rapaz! Você sabe ser insistente...

— A lua tá clara. Quero tentar hoje ainda, pois amanhã precisarei voltar. Tenho outros compromissos.

Só assim o dono do boi concordou e ordenou que seu filho Sílvio pegasse um cavalo e acompanhasse Bastos Trovão até o ponto do boi.

Mas Sílvio, filho rebelde do dono da casa, retrucou:

— Pra quê? Se quatro vaqueiros não pegaram o boi de dia, como ele vai pegar de noite? Ainda mais só um vaqueiro?

— Pra quê?! — indagou o velho fazendeiro, que emendou: — Você vai porque eu tô mandando. Agora!

Amuado, Sílvio foi cumprir a determinação do pai e, acompanhado por Bastos Trovão, saiu em busca do boi. Algum tempo depois, ao avistar a boiada, ele disse:

— Ele deve estar naquele meio...

De repente, um boi enorme, o maior que Bastos Trovão já vira na vida, saiu em disparada. Aterrorizado, o jovem Sílvio gritou:

— Ali está seu boi! É aquele.

E, quando olhou para o lado para procurar Bastos Trovão, ele não já estava mais ali. Estava lá na frente, emparelhado com o boi, em uma corrida interminável, até que alcançaram a mata e entraram. De fora, Sílvio só ouvia o mato estralar. Mantendo uma distância de segurança, ele foi atrás, mas sem conseguir evitar um pensamento: "Esse vaqueiro é doido varrido!".

Bastos Trovão entrou com o boi no meio da caatinga brava. Quando o animal virava para furar seu cavalo, ele o enfrentava com o ferrão usado para cutucar boi. Como era forte, conseguiu aos poucos empurrar o bicho para uma mata muito fechada, difícil de campear e que poucos vaqueiros haviam conseguido entrar.

Quando Sílvio viu aquilo, disse baixinho:

— Eu não disse que o cabra é doido?

Mas Bastos Trovão costumava dizer que lugar assim era melhor ainda, porque ficava na descida de uma serra. Quando avistou o abismo, ele avançou com tudo para cima animal, e caíram os três: Bastos Trovão, seu cavalo Foguete e o boi. Em plena queda, ele pulou em cima do bicho e conseguiu virá-lo na sua frente. Caiu agarrado ao boi. O cavalo sofreu um corte profundo na testa, o boi se machucou um bocado, e Bastos Trovão fraturou quatro costelas.

O terreno era ruim, muito acidentado e perigoso. Ciente disso e sabedor do rumo do abismo que Bastos Trovão tomara, Sílvio, não ouvindo mais nenhum barulho, achou que o vaqueiro havia morrido. Algum tempo depois, conseguiu encontrá-lo. Bastos Trovão estava deitado no chão, o boi estava peado[7] e o cavalo, perto de Bastos e mesmo machucado, ainda peara sozinho o boi. Em resumo, Bastos Trovão, sozinho, à noite e em menos de uma hora, havia capturado o boi temido.

Sílvio, boquiaberto, teve a humildade de reconhecer o valor de Bastos Trovão:

— Cabra! Você é o melhor vaqueiro que vi em toda a minha vida. E essa sua coragem? Deus me livre! Meu pai vai lhe pagar muito bem!

Na fazenda, quando perguntaram quanto era seu serviço, Bastos Trovão passou a mão de leve nas quatro costelas fraturadas e disse:

— Nada não, senhor. Seu boi já me pagou.

---

7 Amarrado pelas pernas.

Esse boi foi o que deu mais fama a Bastos Trovão. Como a carreira acontecera à noite, diz a lenda que seria preciso um trovão para assustar o animal, fazer o boi tremer de medo para que Trovão tivesse a chance de pegá-lo.

Bastos Trovão! O rei dos vaqueiros! Um dos melhores vaqueiros do Nordeste e o melhor do sertão.

Naquela mesma época, houve, contudo, um fato no mínimo curioso. Havia muito tempo que se comentava sobre um tal de vaqueiro misterioso, e certo dia, enquanto bebericava uma cachacinha de leve — Bastos Trovão não gostava de beber muito —, ele ouviu a seguinte história, escrita por um homem de nome Manoel Ambrósio, e contada na bodega do seu Paulo Sérgio por Francisco Gonçalves, criador de bodes:

> Fala-se muito em um vaqueiro misterioso, um vaqueiro ambulante, que vive aparecendo misteriosamente nas fazendas, quando ocorrem difíceis vaquejadas e proezas admiráveis.
> Dizem que ele é franzino, mulato de mediana estatura, pouco idoso, falando pouco e muito descansado, sempre vestido de perneira e gibão, cavalgando eternamente uma égua muito feia e magra, ocultando a larga fronte, olhar expressivo e barba espessa e comprida sob um grande e desabado chapéu de couro.
> Ele aparece de repente e não se sabe ao certo de onde veio, onde nasceu, onde vive e para onde vai. Tem vários nomes — Borges é um deles — e, algumas vezes, não tem nome nenhum.
> Devido à sua aparência, torna-se alvo de zombaria dos demais vaqueiros e campeadores. Contudo, vence a todos os outros, em qualquer modalidade, pois ele é o mais ágil, mais destro e mais afoito deles.
> É o sabedor de segredos infalíveis, é o melhor, o herói. Chega vaiado pela sua aparência e sai aclamado pela competência, levando a multidão ao delírio e se tornando desejado pelas mulheres, e convidado de honra do fazendeiro. Ele, porém, recusa todas as honrarias e desaparece da mesma forma que surgiu, misteriosamente.[8]

— Isso é pura lorota! Só vou acreditar nisso quando ele me vencer — disse Bastos Trovão.

— Então, vá até a Fazenda Roncadeira, pois eu soube que ele vai aparecer por lá. Vai ter uma vaquejada de primeira — respondeu Francisco Gonçalves.

---

8 CASCUDO, Luís da Câmara. **Dicionário do Folclore Brasileiro**. Global Editora, 2002. p. 346.

— Vou agorinha!

Bastos Trovão foi e, pela primeira vez em sua vida, aconteceu de ele ficar em segundo lugar nos concursos. Mas teve um consolo. O vaqueiro misterioso, que nunca falava com ninguém, chegou perto dele e lhe disse baixinho:

— Você foi o melhor vaqueiro com quem já campeei. Não fique vexado, porque, entre os vaqueiros vivos, você é mesmo o melhor.

— Mas você...

— Eu já sou do outro mundo. Adeus!

E ele e seu cavalo simplesmente sumiram. Bastos Trovão, que até então desconhecia o significado da palavra medo, arrepiou-se todinho, e suas mãos tremeram pela primeira vez na vida.

— *Oxente*! Será que pelejei com um morto? Porque, se eu sou um trovão, ele parecia uma tempestade inteirinha! Perdi porque não sabia, mas, na próxima, vou vencê-lo! Não vou deixar um defunto, que nem diz seu nome, me vencer na disputa — lamentou Trovão, o famoso Bastos Trovão.

Alguns anos depois, no velório de Bastos Trovão, os outros vaqueiros da região lançaram o bordão:

— Bastos Trovão! O rei dos vaqueiros sertanejos agora tá campeando com o vaqueiro misterioso, que venceu o Trovão uma vez!

O estranho aluno de Luiz Santana respirou fundo, tomou um gole de água e disse:

— Ouçam com atenção, porque agora, devido aos terríveis infortúnios que rondavam a casa da família Marinho, a coisa fica feia.

E, para deixar claro que não estava desafiando a autoridade do professor Luiz Santana, ele indagou:

— Posso, professor?

— Claro! Vá em frente.

Capítulo 10

Tristeza

— Pai! Mãe! Aparecida foi picada por cobra! — disse Barreto Vaqueiro, descendo do jumento Vagaroso, primo legítimo da burra Melancolia.

— Cida? Vocês chegaram a ver a cobra? — indagou Joanilson, já encilhando seu cavalo Forasteiro, presente dos filhos Barreto Vaqueiro e Bastos Trovão.

— Como acho que ouvi uma chocalhada, pra mim foi cascavel, mas Cida acha que era uma jararaca.

— Onde foi? — perguntou Joanilson.

— Lá no Grotão do Maribondo. A Gilvana Maria deu uma sugada no veneno e agora tá cuidando dela!

— Eu vou lá.

Sob o olhar angustiado, mas paradoxalmente resignado de dona Guia — talvez já acostumada a enterrar os filhos —, Joanilson Marinho montou em Forasteiro e, seguido pelo cachorro Magreza e puxando o jumento Vagaroso pelas rédeas, saiu em louca disparada ao encontro das filhas no grotão a duas léguas de distância.

Joanilson estava preocupado e, enquanto esporeava Forasteiro, culpava-se por ter se esquecido de passar para os filhos uns ensinamentos que recebera na vila de uma certa doutora da capital, de nome Nair Laureano, sobre como agir quando fosse picado por cobra. Ficou rememorando os ensinamentos.

A doutora dissera que a primeira coisa que uma pessoa picada deveria fazer seria se afastar da cobra agressora. Depois, a vítima deveria se desfazer de qualquer equipamento pesado que estivesse carregando e, em seguida, caminhar lentamente até a montaria para não acelerar o espalhamento[9], ou seja, a dispersão do veneno na corrente sanguínea. Ele não sabia o que significavam aquelas palavras; apenas as decorara quase sem perceber. Joanilson, contudo, sabia que aquilo era muito perigoso, e isso já era suficiente.

Joanilson decorara tudo, porque tinha uma excepcional memória auditiva, embora não soubesse disso. Não entendia quase nada, porque era um monte de palavras complicadas, mas continuou lembrando.

Como sabia que não poderia se esquecer de nada, Joanilson Marinho dava tratos à bola para lembrar-se de tudo o que ouvira. A doutora também dissera: "É bom manter o membro atingido pela picada levantado em relação ao corpo, para que o veneno se espalhe na corrente sanguínea para não lesar de maneira irreversível o local da picada. Caso o sangramento seja muito grande, tentar pressioná-lo fazendo compressão sobre o local da hemorragia com um pano. E nada de torniquetes!".

"Que diabo é irreversível? Compressão? O que foi *mêrmo* que Barreto Vaquêro disse que a Gilvana fez?", pensava Joanilson.

— Espere aí! Sugada no veneno? Foi isso que eu ouvi o Vaqueiro dizer? Será que a Gilvana Maria sugou o veneno com a boca? Meu *padim*! Meu São José! Meu... qualquer santo que tiver me ouvindo! Ela não podia...

A doutora Nair fora muito clara ao ensinar "que, para qualquer acidente com cobras, não se deve fazer cortes ou furos em torno da picada ou tentar sugar o veneno, principalmente com a boca, pois isso só aumenta a chance de infecção, além de perder um tempo precioso. Assim, em caso de picada de cobra, a primeira coisa a se fazer é sair lentamente de perto do animal. E por quê lentamente? Porque o veneno em si normalmente não mata, mas agitar-se, correr, enquanto envenenado, pode ser fatal".

A doutora repetiu umas dez vezes: "Apesar da crença popular, não se pode sugar o veneno da cobra usando a boca".

— A Gilvana Maria sugou *mêrmo*? E por que é ruim?

— Segundo a médica, é ruim "porque geralmente existem microcortes nas gengivas, o que facilita a penetração do veneno nessa região, sem falar nas cáries, que também podem se tornar portas de acesso para o veneno".

— Cáries? Se isso for dente podre, a Gilvana tá ferrada, pois ela tem um dente furado! Por quê? Por que me esqueci de ensinar isso aos *minino*?

9 Dispersão.

— penalizava-se Joanilson, sentindo-se antecipadamente culpado pelo que poderia estar acontecendo com Maria Cida e Gilvana Maria.

Finalmente, ele chegou e a primeira coisa que ouviu foi a voz triunfal, mas já meio diferente, da garota.

— Pai! Eu salvei a Cida! — disse Gilvana.

O que o velho vaqueiro viu o fez tremer. Suas duas filhas, Maria Cida e Gilvana Maria, já apresentavam sintomas de quem fora picado. Fora uma cobra cascavel, e Cida, já com algum esforço, levantou a cobra assassina como um troféu. Ela a matara com a mão depois de ter sido picada.

Gilvana Maria, que tentara salvar a vida da irmã, sorriu de forma débil para o pai, mostrando o dente com a cárie, por onde o veneno provavelmente penetrara.

Com muita calma e chorando por dentro, Joanilson colocou as filhas sobre o cavalo e o jumento e foi em busca de dona Marília Martins, a mais famosa benzedeira da região. Naquele momento, ela era a única opção, pois o médico só aparecia no povoado uma vez por semana, e aquele não era dia de ele aparecer.

A única farmácia da região, a de dona Melissa, mulher do pinguço Fábio Cadengue, falira, porque ele trocava remédio por cachaça. Agora, estava fechada, e ela sustentava a família costurando blusa com uns desenhos estranhos para vender. Sendo assim, como não havia médico ou remédio contra o veneno, o jeito era apelar para a famosa benzedeira, que também era chamada de Mãe Marília.

"Será que Mãe Marília resolve?, pensava Joanilson Marinho.

Em meio à placidez luminosa do sertão, embelezada pela fúria da caatinga, existem mulheres portadoras da chamada sabedoria popular, refletida nas rugas dos rostos e na calma falsamente indolente. Elas entoam suas fortes rezas ancestrais, que, para os sertanejos, curam todos os malefícios físicos e espirituais.

Suas mãos frágeis, mas rápidas, sustentam ramos verdes e pequenos e traçam no ar cruzes imaginárias sobre a cabeça do doente, enquanto tecem um fio invisível, poderoso, cosendo e juntando as dores dos homens com a força misteriosa do benzimento. Os ramos murcham, intoxicados pelo espírito das doenças, consequência da força da fé mostrada na voz fervorosa e sussurrada da rezadeira.

Mãe Marília, a mais conhecida benzedeira da região, realiza seu ofício a todo o momento para quem precisar e sem querer nada em troca. Ela dizia: "Se eu receber paga pelo benefício, vou perder o dom de curar!".

Os poderes de cura das benzedeiras vão muito além do que é considerado lógico, racional, normal. Com galho de peão roxo, arruda ou vassourinha, elas, piedosamente e com extremada fé, expurgam as enfermidades do corpo humano, espantando e surpreendendo a todos, porque, além dos galhos verdes, apenas sussurram simples frases!

A grande e capital diferença é que são frases proferidas pela boca, mas sentidas no coração, com inacreditável fé e esperança, sabendo que vão atenuar o sofrimento de quem as procuram.

Costumam dizer as rezadeiras: "O sofrimento humano pode ter muitas causas: quebranto, mau olhado, erisipela, espinhela caída, verme, ar *brabo*, praga rogada, inveja, castigo divino, encosto, feitiço... mas a fé forte do paciente ajuda muito".

Joanilson pensava em tudo isso, e, quando finalmente chegaram à casa de dona Marília, apeou, desceu as meninas, que já estavam com uma cor meio azulada, a terrível cor da morte, e, depois de atendido por Mariana Paulino Gueiros, sobrinha da rezadeira, foi levado à presença da Mãe Marília.

Ele sentiu que ali havia um ambiente de fé e luz. Quem já procurou alguma rezadeira legítima sabe do calor humano que é possível sentir na presença de uma das figuras mais mágicas e singulares da cultura popular brasileira.

O olhar sereno, o acolhimento simples, mas fraterno, as vibrações positivas, o sentimento de proteção são coisas que enchem a alma de felicidade de quem procura uma rezadeira, porque sabe que ela fará de tudo para ajudar.

Ao se aproximar, Joanilson a ouviu cantando um trecho de uma música bem conhecida no Brasil, composta por Gilberto Gil e que retratava, embora de forma incompleta, quem era Mãe Marília Martins. Ela cantava e repetia: "Andar com fé eu vou... Que a fé não costuma falhar...".

Mesmo emocionalmente envolvido pelo ambiente e pela visível fé da velha senhora, Joanilson não queria nem podia perder tempo:

— A *sinhora* é dona Marília, a rezadeira?

— Sou, meu filho. O que posso fazer pra ajudar?

— Curar minhas *filha*. A *sinhora* pode fazer isso?

— Não posso, porque não curo nada, não. Quem cura é Deus. Minha reza é apenas uma reza de aliviação. Eu benzo desde que me entendo por gente! Benzo picada de cobra, fazenda que tem cobra amolando, quebranto, mau olhado, espinhela caída, inveja, doenças... apenas benzo. Mas, no fim, quem cura é apenas Deus.

— E sempre dá certo?

— Quando eu benzo, mando tudo de ruim pra onde o galo não canta, o cachorro não late e o gado não berra. O bom é benzer de tardinha, antes do sol se esconder, porque fica melhor pra desterrar tudo o que estiver errado.

— Mas sempre tem cura? — insistiu Joanilson.

— Nem sempre. Porque, se chegou a hora da verdade, não tem reza forte que resolva. Quando uma pessoa tá pelejando com a morte, e eu sei que ela já tem hora marcada, rezo pra Nossa Senhora do Convencimento livrar a pessoa do sofrimento e ela ir embora em paz.

— Então, eu num quero saber tão cedo dessa Nossa Senhora ver minhas *filha*!

— Isso não depende de mim, do senhor ou dela. Hora é hora, até porque todo mundo um dia vai ter que ir embora.

— É, mais *num* é o caso das minhas *filha*! Por favor! Vá benzer minhas *minina*!

Dona Marília levantou-se, aproximou-se lentamente das garotas e passou uns dois minutos olhando para elas. Fez um sinal para a sobrinha Mariana, que foi buscar os ramos de peão roxo, e começou o benzimento.

Joanilson estava atento e notou quando dona Marília fez um sinal muito discreto para a sobrinha, que estava treinando para também ser rezadeira, demonstrando que a coisa estava feia.

O tempo passava, e o esforço da benzedeira era visível. Ela suava em bicas e já trocara os ramos de peão roxo umas quatro vezes, pois haviam murchado. Joanilson olhava para as filhas e não via nenhuma melhora. Até que, em dado momento, Marília se aproximou dele e, sem dizer uma única palavra, apenas balançou a cabeça de forma negativa, dando a entender que elas não escapariam.

Joanilson Marinho desesperou-se e, tomando os ramos da mão de dona Marília, começou a esfregá-los nos corpos das filhas. Mas, em vez de pedir a Deus, ele O desafiava em voz alta, completamente descontrolado:

— Que tipo de Deus é o *Sinhô*? Um dia me dá um monte de filho e no outro começa a levar tudo de volta? Tá achando pouco os *filho* que o *Sinhô* já tem e ainda quer os *meu*? Pra quê Lhe serve tanto poder, se não usa para evitar o sofrimento das Suas *própria cria*?

Fez-se um silêncio respeitoso, pois todos entendiam a dor de um pai na presença da implacável morte, que teimava em lhe levar os filhos. Joanilson continuou:

— Vai ficar calado? O *Sinhô* acha pouco o que a gente sofre aqui no sertão? O *Sinhô* fica satisfeito de ver pai enterrar filho, quando o certo seria o contrário? Olhe aqui, Deus! Não tenho medo de Lhe dizer que eu estou muito do *vexado* com o *Sinhô*. Tô tão *vexado* que nem sei se um dia vou voltar a falar com o *Sinhô*.

— Seu Joanilson... — Era dona Marília.

Ele voltou-se para dona Marília e, descontrolado, dirigiu-se a ela.

— A *sinhora* também falhou. Eu sei que trouxe de volta um monte de gente que já *tava* com um pé na cova, mas com as minhas *filha* a *sinhora* não conseguiu. E quanto a Deus, Ele...

Ela não o deixou continuar.

— Quanto a Deus, exijo que o senhor O respeite. Aqui na minha casa, Ele é o único Senhor. Se suas filhas realmente morrerem, como tudo indica que vai acontecer, é porque chegou a hora e não porque Deus matou suas filhas.

— Mas...

— Mas nada! A morte é a única coisa certa que a gente tem na vida. Mal nascemos e já podemos morrer. E o senhor se acha no direito de decidir quando seus filhos irão morrer ou viver? O senhor é Deus?

— Não! Mas sou...

— O senhor é mais sortudo do que um monte de gente que viu seus filhos morrerem ainda no berço. O senhor é mais sortudo do que eu, que nunca tive o prazer de parir uma criança, de amamentá-la e de chamá-la de filho. Tem mais sorte do que um monte de pai e mãe que perderam todos os seus filhos. O senhor ainda tem vários! Ainda quer ouvir mais? Ou prefere se juntar a mim e rezar por suas filhas?

O velho e revoltado vaqueiro calou-se, compreendendo que estava errado. E ele sabia que, "quando se está errado, o certo é baixar o lombo e aceitar todas as pancadas que a vida quiser dá".

— Eu... *disculpe*, dona rezadeira... Eu... eu *num* tava preparado pra tanta dor... Se a *sinhora* permitir, vou, sim, rezar por elas.

Durante uma boa meia hora, Joanilson, Mariana, a aprendiz de rezadeira, e dona Marília Martins rezaram pelas meninas. Algum tempo depois, a velha benzedeira colocou a mão no ombro de Joanilson e disse:

— Lamento, seu Joanilson... elas partiram. Mas veja! Elas parecem sorrir. Sabe por quê?

— *Num seio*, não... — respondeu Joanilson, não conseguindo mais segurar as lágrimas teimosas que agora desciam em queda livre.

— Porque agora estão felizes. Elas eram pequenas; não tiveram tempo pra pecar. O sorriso delas é como se estivessem agora no meio de anjos. Anjos como elas. Não perca sua fé, pois é ela o resguarda de muita coisa ruim.

— Eu *num* perdi. Foi o desespero, e estou pronto pra pagar minha dívida com Deus na hora e como Ele desejar.

— Dívida?

— Eu ofendi e desafiei Deus!

— O senhor apenas tentou. Seu Joanilson, a gente é miudinho demais até pra conseguir ofender Deus. Ele está muito acima das nossas fraquezas. Agora, vá cuidar da viagem de volta e se preparar pra dar a má notícia à sua mulher.

— Tá certo. Quanto eu devo à senhora?

— Eu não fiz nada; só rezei. E rezar é meu ofício. Mas aceito um abraço. Um abraço bem forte, que eu me darei por bem paga.

E Mãe Marília Martins emendou:

— "Andar com fé eu vou... Que a fé não costuma falhar..."

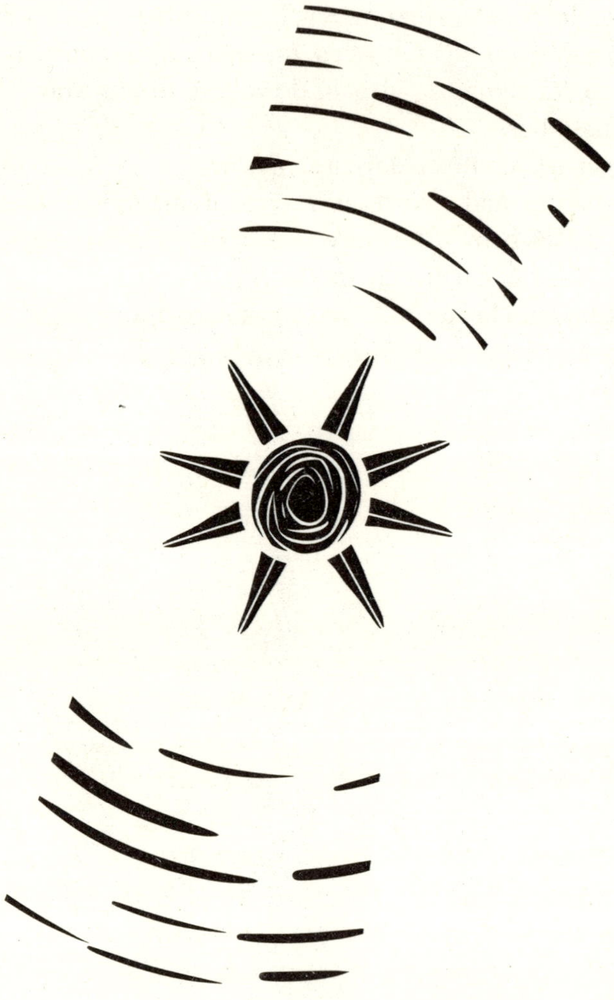

Capítulo 11

A Morte

Joanilson partiu, levando os corpos das filhas. Sua cabeça pendia sobre o peito em completa entrega ao desânimo, sem ousar olhar em frente, temendo o que a vida ainda poderia lhe trazer de ruim. De repente, em uma atitude própria de sertanejo valente, ele levantou a cabeça. Olhou para a vastidão do sertão, deu um murro no próprio peito e gritou, torcendo para que a poeira da terra seca levasse seu grito ao mundo:

– Não! *Num* vou me entregar! A vida continua! Sempre! Deus achou por bem levar mais dois *filho*, mas Ele sabe o que faz. Agora, são quatro *filho morto*. Mas ainda tenho outros! É assim. É preciso sobreviver e sobreviver. Para um vaqueiro sertanejo, é apenas uma simples profissão!

A incrível força do sertanejo é exuberante, porque é feita de suas fraquezas. Ela se alimenta e se fortalece da escassez, da capacidade que ele desenvolve, com o lento passar do tempo, de sobreviver a tudo partindo de praticamente nada. Sua invejável capacidade de se safar das terríveis dificuldades são geradas no ventre estéril da miséria.

O verdadeiro vaqueiro nordestino foi moldado na argila de poucas horas felizes e muitas, quase infinitas, horas cruéis e dolorosas, tendo sobre a cabeça, como ameaça perene, o sol implacável e cobrador. Ele se fez homem quase sem ter sido criança. Fez-se forte, esperto, resignado e prático. Ou será que já nasceu assim?

Ele é um batalhador permanente, combalido e exausto, mas sempre audacioso e forte e que está sempre se preparando para um encontro ou reencontro em que, mesmo sem poder vencer, nunca se deixa vencer. Ele passa da total quietude à máxima agitação; da rede preguiçosa para o lombo duro de sua montaria, que o carrega como um raio em direção aos perigos da caatinga para enfrentar carrascais espinhentos. É um valente! É um homem! É macho!

E Joanilson Marinho, o velho e bravo vaqueiro do sertão, mesmo consciente das asperezas da vida que levava, ainda prezava por sua liberdade, fosse cuidando do gado, embrenhando-se no mato à procura de reses fugitivas, dormindo ao relento em algum galho de jequitibá robusto, tendo como cobertor o estrelado céu nordestino ou alimentando-se das ofertas da natureza em frutos silvestres, raízes e brotos e bebendo de raras fontes que o sertão escondia cheio de ciúme.

É um paradoxal absurdo, mas Joanilson Marinho também prezava a sede, a fome e o frio, consequência da aridez do clima, da agressividade da flora, da insistência das secas e da esterilidade do solo, fruto da implicância das nuvens que não choravam suas lágrimas de água.

Tudo isso o desafiava a continuar vivendo. Ele prezava até as cobranças de Guia, sua mulher, que o desafiava a encontrar comida para alimentar várias bocas. Isso o fazia forte! Tão forte e tão disposto a continuar vivendo que ele gritava novamente em direção a Deus:

— Deus! Meu Pai! Eu desafiei o *Sinhô*, mas foi porque fiquei meio chateado pelas *filha* que perdi. Mas agora, se o *Sinhô* me der licença, quero agradecer pelos *filho* que sobraram. Foram-se quatro e ainda me resta um monte! Obrigado, meu Deus, por tudo!

Joanilson Marinho se aproximou de casa. De longe, viu sua mulher, a dona Guia, com as mãos nos quadris, na expectativa. Ela lembrava sua mãe, a dona Vanusa, que não queria que Guia se casasse com ele.

Doutor Francisco Camilo, também ansioso, estava perto. Dona Guia parecia saber o que acontecera. Joanilson aproximou-se e parou. Os dois se olharam. Olhos nos olhos. Mudos. Sem palavras desnecessárias. Não houve desespero. Não houve lágrimas. Não houve gritos. Não houve palavras. Houve apenas dor... uma intensa e quase insuportável dor oculta, que fez o coração de ambos disparar. Mas eram sertanejos! E dona Guia, depois de balançar a cabeça para os dois lados algumas vezes, como se estivesse tentando espantar para bem longe a dor que sentia e a dilacerava por dentro, apenas indagou de forma estranhamente calma, quase afirmando:

— *Perdemo* as duas?

— *Perdemo*...

— *Precisamo* preparar o enterro...

— Eu *seio*. Já mandei chamar meu *cumpade* Dydha Lyra pra entoar suas *trova*...

— O trovador? Mas Joanilson! Elas já não eram anjinhos!

— Eram pra mim, e é isso o que vale.

Se para o sertanejo o morto é sempre um bem-aventurado, se for uma criança com mais forte razão também o será. Por isso mesmo, o falecimento de uma criança passava a ser um dia de festa.

O sertanejo se preocupa tanto com as orações e oferendas que deve aos seus mortos que, quase sempre, os enterram à beira das estradas para que não fiquem muito solitários. Sabe que os viajantes — pelo menos a maioria — colocam uma flor, um ramo, uma recordação nos braços da cruz que ornamenta a sepultura.

E, quando um vaqueiro passa, mesmo que venha em disparada, ele estaca de vez ao ver a cruz. Descobre a cabeça, passa por ela lentamente e faz o sinal da cruz rezando pela salvação de alguém que nunca viu.

— Sabe, Joanilson, de qualquer forma há duas *coisa boa* — disse Guia, sempre dura, realista e necessariamente prática.

— Que coisas, mulher?

— Deve sobrar um pouquinho mais de comida pra distribuir com quem ainda tá vivo e nem precisou chamar o Tirador de Hóstia.

— Vire essa boca pra lá, mulher!

— Por quê? Tu *tem* medo dele?

— Medo? Eu *num* tenho medo de nada! Apenas *num* confio nele!

— *Oxente*! E é preciso confiar? O que interessa não é o trabalho que ele faz?

— Minha *disconfiança* é se ele é *mêrmo* o que diz ser.

— Mas, *home*! Ele é o Tirador de Hóstia!

— Aí é que tá o *probema*. Um *dotô* da capital, cujo nome é Marcos Padilha de Freitas, escreveu umas coisas que me deixaram meio desconfiado.

— E como tu *leu*, se não sabe ler?

— Seu Paulo Sérgio, o dono da bodega, andou lendo pra quem quisesse ouvir. Eu lembro de tudinho...

— Então, conte!

— O tal Marcos Padilha escreveu, e seu Paulo Sérgio leu:

"Severino Ramos, casado com dona Mirian, era, como quase todos os sertanejos, muito católico e rezador. Sempre que havia missa, ele aparecia para assistir ao ato solene e fazia questão de comungar. Numa dessas comunhões, encantado com a presença do 'Corpo de Cristo' em sua boca, teve o que se pode chamar de uma poderosa revelação.

"Sabia das histórias dos 'corpos com hóstia', dos corpos fechados e do sofrimento de algumas pessoas que, no leito de morte, agonizavam por semanas, às vezes por meses, e não morriam.

“Naquela manhã de domingo, um pensamento lhe surgiu, primeiro de forma vaga, indefinida. A hóstia se dissolvendo em sua boca e imagens de moribundos que insistiam em não morrer vinham à sua mente com choro de familiares e tristeza. O pensamento dele se organizou, ficou mais claro e, de repente, bem nítido.

“Uma revelação lhe foi feita no ato da comunhão. Ele, Severino Ramos, um simples mortal, por desejo expresso do Senhor Jesus Cristo, deveria aliviar todo sofrimento daqueles que deveriam morrer. Ele seria o intermediário entre o divino e o terreno.

“A partir daquele instante, o Raso da Catarina e adjacências conheceriam a outra face de Severino Ramos. Ele seria muito famoso e procurado, pois se tornara, por expressa e indiscutível decisão divina, um ‘Tirador de Hóstia’.

“Dias após essa revelação, estava ele em seu roçado limpando o feijão e o milho que já estava embonecando, quando chegou seu filho Diogo lhe dizendo que Geraldo Bezerra, um morador da localidade de Couro de Onça, velho conhecido dele, estava muito doente e não tinha mais jeito. Sua esposa e seus filhos achavam que ele tinha hóstia no corpo e por isso não morria, embora estivesse mais pra lá do que pra cá.

“Ao ouvir o relato do filho, Severino Ramos sentiu o chamamento de Cristo. Era chegada a hora de dar início à sua missão. Foi para casa, que ficava perto da roça, lavou os pés e as mãos e disse à dona Mirian, sua esposa, que iria visitar o velho amigo moribundo. Ao chegar à casa do doente, cumprimentou todos os presentes e procurou ouvir a opinião das pessoas sobre a doença que acometia o enfermo.

“Quando se levantou a hipótese do enfermo ter hóstia no corpo, dito isso bem baixinho e de forma velada, Ramos afirmou que teria condições de saber se ele tinha ou não.

“Os presentes ficaram perplexos, mas Ramos afirmou que tivera uma revelação quando estava comungando. Mesmo sem entrar muito no terreno das confidências, como ele era um homem muito sério, honesto, trabalhador e gozava do respeito das pessoas, deram-lhe total crédito.

“Perguntaram-lhe, então, o que deveria ser feito. Ele pediu que todos saíssem do quarto, pois precisava ficar sozinho com o doente. Obedeceram ao seu pedido, então, ele entrou no cômodo e fechou a porta atrás de si. Poucos minutos depois, a porta se abriu, e Ramos saiu com a fisionomia tranquila de quem sabe como resolver o problema. Rodeado pelos familiares e amigos do moribundo Geraldo Raimundo que queriam saber o veredito, ele esclareceu:

"— É verdade. Ele não morre, porque tem hóstia no corpo.

"Indagaram-lhe, então, o que deveria ser feito, e ele respondeu que fora instruído pelo próprio Cristo para tirar as hóstias, desde que a família do candidato a morto assim desejasse.

"Imediatamente, a família o autorizou a fazer os procedimentos necessários para tirar a hóstia do corpo daquele a quem tanto amavam e que estava sofrendo.

"Severino Ramos pediu uma garrafa de cachaça, encheu um copo com aguardente e tomou-o de uma só vez. Pediu para que todos se retirassem do quarto, teve o cuidado de fechar a janela e a porta e ficou sozinho com o agonizante.

"Lá fora, a pedido de Severino Ramos, o terço era rezado em voz alta. Alguns, ajoelhados, choravam e torciam para que ele tivesse êxito em sua missão. Após alguns minutos, a porta do quarto se abriu, e o Tirador de Hóstia saiu com a fisionomia tranquila de sempre. Só algumas gotas de suor escorriam por seu rosto. Indagado sobre o estado do enfermo, respondeu:

"— Está feito! Tirei a hóstia. Agora, meu amigo Geraldo já está campeando no céu!

"Um misto de tristeza e alívio invadiu a sala. Finalmente, o enfermo descansara, e, aos poucos, a vida voltaria ao seu curso normal.

"O Tirador de Hóstia foi elogiado, e, a partir daquele instante, a história se espalhou. A região passou a conhecer Severino Ramos, o Tirador de Hóstia, como uma figura muito importante, intermediária entre os homens e Deus. Acabaram aqueles meses de angústia e sofrimento para alguns doentes e seus familiares. O Tirador de Hóstia sempre resolvia o problema com 100 por cento de acerto!

"Severino Ramos continuava sua vida normal como sertanejo, uma atividade que era só interrompida quando o chamavam para desempenhar sua missão divina. Aliás, sua missão era sempre resolvida muito rapidamente, em poucos minutos.

"Ele perdia mais tempo admirando a camisa do Íbis, seu time de coração, e se deslocando a pé ou montado em um jumento para os locais que necessitavam de seus serviços do que no exercício do seu mandato divino. Seu inestimável serviço era prestado gratuitamente, por amor ao próximo.

"Um dia, o vaqueiro Cícero Joaquim Alves Carvalho adoeceu. Todos os tipos de medicamentos lhe foram ministrados, benzedeiras foram chamadas, mas o homem não melhorava e cada dia ficava mais fraco, mais magro, contudo, não queria entregar os pontos e partir para a outra vida. Não demorou para que alguém levantasse a velha hipótese:

"— Já faz tanto tempo, e ele não morre... será que Cicinho tem hóstia no corpo?

"Severino Ramos foi chamado para dar sua opinião. Como agora já estava muito experiente, o negócio era resolvido rapidamente, como aconteceu com inúmeras pessoas atendidas — todas com êxito total. Era impressionante! Ele não falhara uma única vez.

"Severino Ramos entrou no quarto de Cicinho, como sempre fazia, para se certificar se o problema era mesmo a presença de hóstia no corpo. Ao sair do quarto, ele confirmou as suspeitas.

"Foi autorizado pelos familiares a fazer os procedimentos necessários para tirar a hóstia do corpo do seu velho amigo e encomendá-lo para os verdes pastos do paraíso. Ele, então, convidou a todos a se retirarem do quarto e começou a fechar o aposento, iniciando pela janela.

"Foi nessa hora que a menina Gabriela Bandeira, filha do doente, uma criança ainda, mas muito abelhudinha para sua idade, entrou rapidamente no quarto e se escondeu atrás de um gibão de couro que estava pendurado na parede.

"Ninguém notou quando ela se escondeu, nem Severino Ramos, que estava de costas fechando a janela. O Tirador de Hóstia foi à sala e tomou um copo cheio de aguardente. Recomendou muita reza, voltou para o quarto e fechou a porta. Gabriela afastou um pouco as perneiras e observou, atemorizada, o que iria acontecer. Pela primeira vez na história do sertão, haveria uma testemunha durante a execução do ofício do Tirador de Hóstia!

"Rezando um pai-nosso em voz alta, Severino Ramos subiu na cama do enfermo, beijou o escudo do seu time do coração e colocou o joelho direito em cima do peito de Cicinho, que gemeu de dor. Ao mesmo tempo, colocou as mãos em volta do pescoço do doente e apertou-o com muita força.

"Abalos musculares ocorreram no corpo de Cicinho e sua face ficou congestionada e escurecida. Aos poucos, os abalos musculares foram diminuindo e por fim pararam. Severino Ramos afrouxou as mãos em torno do pescoço do enfermo e olhou satisfeito para o corpo que jazia à sua frente. Compenetrado e satisfeito, exclamou:

"— Missão cumprida. A hóstia foi retirada.

"Depois, levantou-se, enxugou o suor da testa com a mão direita, beijou novamente o escudo do Íbis, abriu a porta e disse que sua missão acabara. Novamente, repetiu-se aquele estado de dor e satisfação pela partida do doente. O Tirador de Hóstia foi cumprimentado e recebeu a eterna gratidão de toda a família.

“Escondida atrás do gibão, Gabriela, que a tudo assistira com as pernas trêmulas de medo, esperou o momento adequado para sair do seu esconderijo. Quando julgou a ocasião oportuna, saiu de mansinho e procurou a mãe. Ao encontrá-la, correu para ela, levou-a até o quarto e disse:

“— Mãe, aquele seu Severino Ramos não sabe tirar hóstia, não. Ele matou meu pai!

“— Você perdeu o juízo, menina? — questionou a mãe.

“Gabriela contou à mãe tudo o que presenciara. Ao terminar seu relato, a mãe ficou meio pensativa, e Gabriela acrescentou:

“— Mãe! Dê uma olhada no pescoço do meu pai. Veja! Tá roxo!

“A senhora ficou mais pensativa ainda, e, quando Gabriela lhe pediu uma decisão, ela disse:

“— Menina! Seu Ramos é um competente Tirador de Hóstia e...

“— Mãe! E o pescoço roxo?

“— *Oxente*! A hóstia tinha que sair por algum lugar, não tinha? Seu Ramos sabe perfeitamente o que faz, já que recebeu uma procuração diretamente de Deus.

“— Agora, *intendi*... quando Deus dá uma ordem, *num* interessa como ela vai ser cumprida. *Num* é isso? — indagou a garota.

“— É. É mais ou menos isso...”

O trovador Dydha Lyra, com a viola afiada feito ponta de agulha, entre uma talagada e outra de cachaça de cabeça, desfiava suas trovas enquanto as carpideiras Laura Valois, Eliane Aquino, Josenira, Fabiana, Rubinha, Jaira Martins, Morgana, Angélica, Solange e Terezinha, contratadas para prantear as crianças mortas, derramavam um mar de lágrimas e só paravam de chorar para comer uns biscoitos de farinha que a melhor quermesseira da região, dona Élida Lyra, fizera ou para atualizar alguma fofoca ou piada mais picante.

Na hora do almoço, os presentes foram convidados para comer um “bode enterrado no chão”. Dona Honorina Luna aproveitou para perguntar para dona Guia como se preparava o tal bode.

— A senhora pode me ensinar como se prepara o bicho? — indagou dona Honorina.

— *Oxente, mulé*! Tu *num sabe*, não? Então, preste atenção. O preparo do bode dura umas doze *hora*, e é importante que, enquanto o bicho é preparado pra ser enterrado, os vaqueiros *presente* fiquem entoando seus *aboio* — explicou Guia.

— Mas, *mulé*, pra quê tem que enterrar?

— Para resgatar o modo de preparo do povo antigo, que, muitas vezes, nem sequer tinha uma panela pra utilizar. Toda a carne é enrolada com o bucho do bicho e, em seguida, *colocamo* uma bolsa quente em volta. Depois disso, *cobrimo* tudo com a pele do animal e *colocamo* dentro de um buraco, enchendo o resto com brasa pra assá-lo. Depois de doze *hora*, os vaqueiros cantam novamente os *aboio*, enquanto a carne é retirada e servida. Aprendeu?

— Aprendi sim, minha *flô*! — respondeu Honorina.

Todos se fartaram e foram ouvir Dydha Lyra, que parecia ter um monte de estrelas na garganta. A viola do trovador parecia ter vida, e sua voz expressava ao mesmo tempo a dor da partida dos pequenos rebentos e a alegria de saber que as duas já deviam estar viajando para o céu, provavelmente bem acompanhadas pelos respectivos anjos da guarda.

E assim a longa noite do velório arrastou-se lentamente. Houve riso, lágrimas, bebida, comida e rezas. Os anjinhos estavam muito bem recomendados, pois a fé sertaneja, que às vezes vacilava, voltava a ser forte e enchia a todos com a esperança que faz do sertanejo um eterno forte! Um sobrevivente! Um sobrevivente que esculpira na própria mente, com um cinzel desconhecido, o lapidar jargão da sua vida: "A vida deve e precisa continuar! Sempre!".

Não era de se espantar, pois quem viaja pelo sertão nordestino percebe e sente a imensa religiosidade que envolve o povo sertanejo. Uma religiosidade ligada principalmente ao catolicismo, pois a Igreja Católica exerceu e ainda exerce uma enorme influência na vida religiosa dos sertanejos, caracterizada por novenas, peregrinações, pagamento de promessas, devoção aos santos, temor do inferno, crença em milagres e por uma fé inabalável.

É a São José, o santo a quem eles mais demonstram sua fé e devoção, pois os sertanejos acreditam que ele tem o poder de indicar se o ano será bom ou mau para eles, se considerarmos que a maioria dos sertanejos tira da terra o seu sustento e da sua família.

Se no dia 19 de março, que é o dia atribuído a São José, não chover, isso significa para o sertanejo que o ano será ruim para as lavouras, indicando um longo período de estiagem. Porém, se ocorrer o contrário, e a chuva cair, o ano com certeza será de fartura, e as lavouras estarão livres da seca.

A festa da padroeira representa o momento das orações coletivas, das novenas, também do pagamento de promessas pelas graças alcançadas ao santo homenageado. Essas graças vão desde um casamento realizado, a cura de doenças ou simplesmente à salvação da vida de algum animal enfermo.

Existe ainda dentro dos festejos o lado profano, que envolve música, danças, jogos e bebedeira, tudo em torno da festa do padroeiro e cujos dividendos sempre vão para a faminta sacolinha da Igreja, principalmente naquela região, quando o padre Fernando Antônio tem um coroinha como José Max, conhecido devorador de recursos igrejeiros e inveterado tomador do vinho da sacristia.

Os sertanejos, com sua religiosidade e fé exacerbadas, buscam na magia, nas promessas ou nas orações, sejam elas proferidas por um sacerdote da Igreja Católica, pastor protestante, um profeta ou por uma rezadeira, o conforto, a esperança de dias melhores e a solução de problemas que afligem seu cotidiano, como a seca que os maltrata, mas que não consegue afugentar sua fé e esperança.

É importante destacar que Lampião deixou uma "herança maldita" para os sertanejos, fruto de sua atitude ignorante e preconceituosa. Sabe-se que Lampião respeitava e tinha devoção por quase todos os santos, com exceção de São Benedito, que, nas palavras dele, "não poderia ser considerado santo, pois era um negro, e onde já se viu nestes sertões um negro ser santo?"[10].

Isso demonstrou seu racismo, fruto de uma herança cultural escravista, em que a figura do negro era vista e considerada um animal de carga, que tinha como função apenas trabalhar para seus senhores.

Um pouco antes de os caixões, onde repousavam provisoriamente os corpinhos de Maria Cida e de Gilvana Maria, serem levados até a última morada, os sertanejos mais velhos, entre uma lapada e outra de cachaça, contavam suas histórias, seus "causos", para os mais jovens, que respeitosamente apenas ouviam.

O mais falador era seu Valdemar Orlando, um velho plantador de cana, dono do único posto de gasolina em um raio de centenas de quilômetros e considerado a biblioteca viva daquela região. E ele não perdia uma oportunidade de mostrar seus conhecimentos de arquivo.

O fim das histórias coincidiu com a chegada do padre José Irineu, do pastor Ribamar Pestana e do pai de santo Rene Marques. Não eram amigos, uma vez que os três disputavam a posse exclusiva de Deus e dos sertanejos da região.

---

10 FONTES, Oleone Coelho. **Lampião na Bahia**. p. 284.

Entretanto, de forma tácita, evitavam atritos e mantinham uma convivência mais ou menos civilizada, embora deixassem claro que seus territórios estavam delimitados e não aceitavam excursões perigosas!

A razão de estarem ali é que a maioria dos Marinhos era católica, a começar por Joanilson, o velho patriarca. Dona Guia era evangélica, e Barreto Vaqueiro tinha uma certa queda pelo terreiro do Pai Rene Marques.

— Vamos iniciar as exéquias — disse o padre Irineu.

— Espere. A mãe das mortas é evangélica, então, acho que eu devo começar — retrucou o pastor Ribamar Pestana.

— Eu, primeiro! — gritou o padre Irineu.

— Não! Sou eu! — revidou o pastor.

— Resolva, Joanilson! — disse Guia.

Preocupado com a presença dos "emissários divinos", Joanilson coçou a cabeça e a barbicha rala, pensando em como lidaria com eles durante o velório das filhas. A não ser... "E se o *dotô* Camilo ajudasse?", pensou.

Capítulo 12

O Velório

Antes que surgisse outra história, Joanilson foi taxativo:

— Acabou o tempo pra história. Agora, quero apresentar o *dotô* Francisco Camilo, que é espírita, ao *pade* Zé Irineu, ao *pastô* Ribamar Pestana e ao... Ah! O *sinhô* já conhece o Pai Rene Marques Firmino.

Todos se cumprimentaram com um educado gesto de cabeça, mas as pessoas mais atentas perceberam um olhar de desdém do padre e do pastor. E, para piorar as coisas, Joanilson Marinho parecia querer atear fogo na situação.

— Queria saber dos senhores como *nóis vai* fazer o velório das minhas *filha*. Qual a forma vai agradar mais a Deus?

— É claro que a dos protestantes, porque para nós a morte é apenas uma passagem. Para nós, não existem mortos, mas vivos que estão adormecidos e ressuscitarão no futuro, quando o Senhor nos tocar para nos reerguermos para a vida eterna no Juízo Final — disse o pastor Ribamar Pestana.

— E só se vive uma vez? — indagou o Pai Rene Marques.

— Seu Rene Marques, permita-me não chamá-lo de pai, até porque o senhor não é. Os evangélicos sabem que não há reencarnação e que a morte é o batismo definitivo, o caminho para a vida eterna. Para nós, sem a menor dúvida, corpo e alma são uma só coisa. A tal reencarnação não existe. Respondi?

— Agradeço por não ter me chamado de pai, porque eu detestaria ter um filho como o senhor. Bem, é evidente que não concordo com sua dogmática resposta, mas a respeito. E para o senhor, meu caro padre Irineu, como o velório deve ser?

— Nós, católicos, velamos os corpos dos mortos, e, além das orações mais conhecidas, como o pai-nosso e a ave-maria, um padre, que é o verdadeiro ministro de Deus e, sem dúvida, o único e legítimo herdeiro de São Pedro, faz uma celebração para encomendar a alma da pessoa, que recebe o nome de exéquias. Nosso ritual é muito diferente do dos protestantes.

— Esse tal de São Pedro a quem o *sinhô* se referiu foi o *mêrmo* que negou Jesus três vezes e que é comemorado depois de São João? Porque se foi, eu *mêrmo num* quero ser seu herdeiro de nada!

— Ele mesmo, seu Joanilson. E eu, como representante dos protestantes, reafirmo que a morte é apenas uma passagem para outra vida. "Até acredito na próxima vida, mas em comunhão com Deus. Falar da vida eterna da alma é algo muito limitado, uma vez que não acreditamos na reencarnação, mas sim na ressurreição do corpo".

— E o velório dos *crente*? Como funciona? — perguntou Joanilson Marinho.

— Se, quando o senhor diz "crente", estiver se referindo aos evangélicos, vou responder. Os rituais do velório e do enterro são semelhantes aos do católico, mas, quando um protestante morre, o velório é feito em função da família e não para o morto. O mais comum é que ocorra na nossa igreja, mas também pode ser feito no próprio cemitério. Também não usamos velas, apenas flores. O ritual, chamado de Liturgia para Ofício Fúnebre, é realizado pelo pastor. São feitas leituras bíblicas e orações espontâneas.

— Pastor Ribamar Pestana, os evangélicos aceitam a cremação do corpo?

— Senhor Rene Marques, o corpo do morto, de acordo com as tradições protestantes, pode ser cremado ou enterrado. Se for enterrado no cemitério, o corpo é acompanhado até o túmulo. A família, então, recita um versículo da bíblia, e o pastor faz uma breve despedida.

— Os católicos ficam de luto e fazem uma espécie de celebração após a morte, como missa de sétimo dia, missa mensal, anual etc. E os protestantes? — insistiu o Pai Rene Marques.

— Diferentemente da Igreja Católica, não fazemos celebrações após a morte. Se a família desejar, podemos até fazer um culto de gratidão a Deus pela vida da pessoa, mas não é uma norma. E os protestantes não têm imposição quanto ao luto. Até agora, no entanto, só eu, o padre Irineu e o senhor falamos. E esse espírita aí? Como é mesmo o seu nome? — perguntou o pastor.

— Francisco Camilo...

— Francisco Camilo. Nosso amigo Joanilson, o pai enlutado, chamou o senhor de doutor. O senhor é doutor em quê? Teologia?

— Não, sou formado em história.

— História? E qual é seu título dentro do seu Espiritismo? — perguntou o padre Irineu.

— Nenhum. Sou apenas um trabalhador.

— Um trabalhador? Um mero trabalhador? E, dentro da hierarquia espírita, isso significa o quê?

— No Espiritismo não há hierarquia. Todos nós somos trabalhadores da seara do mestre Jesus, e os mais experientes assumem a direção de determinados trabalhos que fazemos lá.

— Sem hierarquia? Então, deve ser uma bagunça generalizada — ironizou o padre.

— Mesmo sabendo que a imensa maioria dos padres são corretos e comprometidos com as normas da Igreja, a "bagunça" dos espíritas é bem menor que a bagunça que alguns padres pedófilos da Igreja Católica estão causando mundo afora, notadamente na Irlanda! — bradou Rene Marques.

— Olhe o respeito, seu macumbeiro! — gritou o padre Irineu.

— O senhor está dizendo tolices, porque eu faço parte de uma religião com raízes africanas e não trabalho com macumba! — retrucou Pai Rene Marques.

— Acalme-se, padre Irineu. Quem fala o que quer, pode ouvir o que não deseja. Acalme-se, até por respeito aos nossos pequenos mortos — disse Francisco Camilo.

O pastor Ribamar Pestana, bem mais tranquilo do que o padre, porém, muito mais crítico, interveio:

— Como espírita, o que o senhor pode nos falar a respeito de funeral, velório, morte etc.? Ou espírita não morre nem é enterrado? — gracejou o pastor.

— Eu estava calado, observando e aprendendo com os senhores. Infelizmente, parece que divergimos na maioria das situações aqui apresentadas.

— Em outras épocas, divergir da Igreja Católica dava até excomunhão! — interrompeu o padre Irineu.

— Como Martinho Lutero, o líder do pastor? — perguntou Rene Marques, que parecia ansioso em tacar fogo na discussão. Mas Francisco Camilo, o mais tranquilo entre os presentes, cortou o que seria o início de mais uma discussão inútil e respondeu à pergunta do pastor Ribamar Pestana:

— Para os espíritas, a morte não existe e o que perece é o corpo. Como é imortal, o espírito usa o corpo físico como uma roupa, um instrumento para se aprimorar. Quando morremos fisicamente, nós, que somos espíritos, nos desligamos do corpo, retornamos ao mundo espiritual e lá ficamos estudando, aprendendo e nos preparando para uma nova encarnação em outro corpo.

"Desta forma, a reencarnação é para nós a maior das dádivas divinas, pois é por meio da sucessão de reencarnações, ou seja, de novas vidas, quando o mesmo espírito troca inúmeras vezes de corpo, que o espírito adquire experiência, repara erros pretéritos e evolui de forma incessante e sucessivamente."

— Ô, *dotô*! E o velório do espírita? — indagou Joanilson Marinho.

— Seu Joanilson, os espíritas velam e enterram seus mortos da mesma maneira que os demais religiosos. Durante o velório, fazem preces e procuram manter o equilíbrio, porque o espírito do desencarnado pode continuar por perto durante algum tempo.

— Pode cremar? — perguntou Irineu.

— Pera aí! O que diabo é cremar? — interrompeu Joanilson Marinho. Francisco Camilo sorriu discretamente e respondeu às duas perguntas:

— Cremar é queimar, seu Joanilson. E o Espiritismo aceita a cremação, meu caro padre, embora costumemos aguardar 72 horas para evitar que o espírito, ainda ligado ao corpo, venha a sofrer com o ato. Não existe luto, porque não houve a morte do espírito — por ser imortal —, mas apenas do veículo físico.

— O senhor acredita mesmo nisso? Sua fé é mesmo tão forte?

— Pastor Ribamar Pestana, fé sem raciocínio ou lógica é apenas um salto no escuro para o desconhecido. E como a fé muitas vezes é imposta pelos religiosos, então, a melhor forma de responder à sua indagação é lhe dizendo com todas as letras que o espírita não tem fé, ele tem certeza!

— O senhor, então, acha que todos nós somos eternos? Que viveremos para sempre? — perguntou o padre Irineu.

— Apenas Deus é eterno. Somos imortais e adquirimos essa qualidade no momento em que somos criados. Quando Deus nos criou, traçou como objetivo último que alcançaríamos a perfeição possível aos homens. E, para que isso aconteça, são necessárias diversas experiências tanto no plano físico como no espiritual. Dependendo de nossas ações, a perfeição é alcançada de forma mais lenta ou mais rápida, o que nos leva a entender que isso só é possível se houver a imortalidade do espírito.

— Você está mexendo em crenças seculares...

— Padre, o fato de ser secular a torna isenta da possibilidade de erro?

— Não...

— Se os senhores me permitirem, eu gostaria de dizer algo mais a respeito do comportamento das pessoas durante um velório...

— Por mim... — respondeu o padre Irineu.

— Pra mim, é indiferente... — menosprezou o pastor Ribamar Pestana.

— Ôxe! Quem tem que deixar ou *num* deixar falar sou eu, que sou o dono da casa e pai das *anjinha*! E eu deixo. Pode falar, seu Francisco Camilo! — cortou Joanilson Marinho.

— Bem, levando em consideração a continuidade da vida após a morte física e estando diante do corpo de alguém que acaba de retornar à pátria espiritual, temos que examinar nosso próprio comportamento.

"O velório é um ato de fraternidade e demonstração de afeição aos recém-desencarnados, que, durante algum tempo, continuam ligados aos seus corpos, não poucas vezes permanecendo em graves perturbações."

— *Oxente*! E é assim? O que *temo* de fazer, *dotô* Camilo? — espantou-se dona Guia.

— Dona Guia, é bom pensarmos no que gostaríamos no momento em que chegar a nossa vez de sermos velados. Sabe o que seria bom para nossos espíritos, assim como para suas filhas neste exato momento? Que ficássemos em silêncio, nos lembrando dos acontecimentos felizes dos quais elas participaram. Não é bom nos lembrarmos de momentos tristes.

— Se eu me *alembrar* de momentos *feliz*, vou sorrir no lugar de chorar. Já pensou se eu sorrir no velório das *minha filhas*?

— Dona Guia, o choro de desespero faz mal às suas filhas. Essas carpideiras contratadas para chorar em enterros choram sem qualquer sentimento. Sem sentimento, suas lágrimas serão de verdade? E, sendo falsas, em que isso ajudará as meninas?

— E elas podem ouvir? — perguntou Paulo Esdras.

— Sem a menor dúvida, pois elas estão vivas. Lembra-se do que eu disse? De que o que morre é o corpo? Elas estão vivas e nos ouvem!

— Se isso for verdade, a gente não poderia prestar a elas as nossas últimas homenagens? — indagou Barreto Vaqueiro.

— Depende do tipo de homenagem. É claro que as preces que fazemos têm por finalidade lhes mostrar uma prova de simpatia, mas, sobretudo, ajudá-las a se libertar das ligações terrenas, abreviando a perturbação que normalmente ocorre após a separação do corpo e tornando mais tranquilo seu despertar no mundo dos espíritos. Mais do que nunca, elas precisam de pensamentos de harmonia, que só se formam por meio da prece sincera e de ondas mentais positivas. Agir de forma diferente é até falta de respeito com o morto.

— *Oxente*! E quem é que *num* tá respeitando as *minhas filha*?

— Seu Joanilson, sugiro que cultivemos o silêncio, conversando, se necessário, como estamos fazendo, mas em voz baixa e de forma edificante. Quem não conseguir manter semelhante comportamento é melhor que saia daqui, evitando aumentar o barulho de vozes e pensamentos desrespeitosos que tanto atormentam os desencarnados. É oportuno também explicar a que a perturbação...

— *Num intendi* quase nada... — lamentou Joanilson, com aquiescência de Guia.

— O senhor fala tanto em perturbação... por quê? — questionou o pastor.

— Pastor Ribamar Pestana, a perturbação que se segue à morte nada tem de dolorosa para o justo que estava na Terra, sintonizado com o bem. Todavia, para os que viveram presos ao egoísmo e escravos dos vícios e das ambições mundanas, a morte é como uma noite cheia de horrores, ansiedades e angústias, apesar de essa perturbação ser considerada o estado normal no instante da morte e perdurar por tempo indeterminado, variando de algumas horas a alguns anos.

— Então, tá todo mundo ferrado? *Mêrmo* depois de morto? Até as *criança*?

— Seu Joanilson, em algumas pessoas, como as crianças, a perturbação é de curtíssima duração e nada tem de dolorosa. Seria como acordar depois de uma boa noite de sono. No entanto, para outras pessoas, o estado de perturbação pode durar muitos anos — até séculos — e configurar um quadro de sofrimento severo, com muita angústia. O conhecimento que tiver sido adquirido a respeito das condições da vida futura exerce uma grande influência nos últimos momentos e abrevia a separação do espírito do corpo.

— *Num intendi* direito, mas, vendo o *sinhô* tão tranquilo, vejo que é muito fácil falar quando os *filho num* são da pessoa... — murmurou dona Guia.

— Dona Guia, a tranquilidade dos familiares na hora da morte de algum parente é de fundamental importância na recuperação do espírito. Pensamentos de revolta e desespero o atingem como flechas de dor e angústia, dificultando sua recuperação.

— Mas *num* dá pra se conformar!

— Seu Joanilson, a atitude inconformista da família pode prender o espírito vivo ao seu corpo morto. É natural que muitos chorem na hora da morte, porém, que chorem de saudade ou de tristeza, nunca de desespero.

— Doutor! A família Marinho está enterrando duas filhas!

— Padre Irineu, o senhor está enganado. Estamos enterrando dois corpos e não as duas filhas do seu Joanilson e de dona Guia. Estamos enterrando os corpos que serviram de roupa para as duas garotas, mas elas estão vivas, vivíssimas, inclusive em nossa memória.

— Até que faz algum sentido, mas, como a Bíblia sagrada não fala dessa forma...

— Pastor, pode acreditar — e até acho que o senhor já acredita —, mas não pode confessar que nós teremos dado um grande passo rumo à libertação espiritual a partir do momento em que, nos velórios e necrotérios, pudermos ouvir preleções evangélicas enfatizando a sobrevivência do espírito e colocando o fenômeno da morte como um acontecimento natural.

— Natural quer dizer normal? Enterrar duas *filha* é normal? *Num* precisa responder, porque agora é hora do cafezinho. Depois vocês recomeçam suas *fala* — interrompeu Dona Guia.

Depois de todos saborearem o delicioso café da dona Guia e do respeitoso silêncio que se fazia em virtude da presença de tantas "autoridades" religiosas, mas também pelos alertas de Francisco Camilo sobre o respeito aos mortos, foi seu Joanilson Marinho quem deu início à nova discussão.

— *Dotô* Camilo, o que o *sinhô* quer que *nóis faça* pra ser melhor pra minhas *menina*?

— Apenas o tipo de conversa que estamos tendo agora: sem algazarra, séria, equilibrada, sem piadas murmuradas, gritos desesperados ou lágrimas encomendadas às carpideiras no local onde estão sendo velados os corpos sem vida física. Agindo assim, seu Joanilson, haverá um efeito mais educativo do que a maioria dos homens imagina — até mesmo pelos homens que cuidam de assuntos religiosos.

— Eu sei disso! — gritou o padre Irineu.

— Então, meu caro padre Irineu, o senhor deveria saber também que, se houvesse nos velórios conversas que informassem sobre o estado em que fica o homem após a morte e para onde vai o espírito após o desencarne, muitos dos "mortos" que ali permanecem ainda ligados aos seus corpos inertes poderiam ficar esclarecidos e analisar melhor a própria situação.

— Tarde demais! Isso é pura tolice, pois eles já nem podem nos ouvir. Agora, só despertarão para o Juízo Final! — disse o pastor Ribamar Pestana.

— Não se trata de tolice. Tolice é achar que o "morto" já não ouve mais. Ora, se o "morto" está vivo o suficiente para ouvir o padre ou pastor recomendando sua alma a Deus, é claro que ele estará em condições de ouvir qualquer tipo de conversa.

"Além do mais, mesmo que ele não estivesse ouvindo mais nada, uma conversa séria ao lado dos mortos acalma a angústia dos familiares e amigos e estimula uma conversação mais edificante nas demais pessoas que estão participando de um velório."

— *Dotô*! Parece que o *sinhô* acredita *mêrmo* que isso seja o melhor *pras* minhas defuntinhas...

— Não tenho nenhuma dúvida, seu Joanilson, de que uma palestrinha evangélica no velório, em que seja ressaltada a sobrevivência do espírito, acabe transformando este local de tristeza em verdadeiras escolas de aprendizado espiritual, onde muitos espíritos que aqui estão nos ouvindo e ainda indecisos quanto ao seu verdadeiro estado, sem saberem que estão fisicamente mortos, entenderiam o que lhes aconteceu.

"Desculpem minha insistência, mas, quando os velórios forem transformados em escola de ensinamentos sublimes, a morte será menos temida e os espíritos serão mais felizes."

— Doutor Francisco Camilo, o senhor concorda que é um fato indiscutível que a maioria das pessoas não esteja preparada para a morte, seja para a própria ou para a de pessoas queridas? — indagou Pai Rene Marques.

— Concordo totalmente.

— Então, as religiões não deveriam preparar seus adeptos quanto à questão espiritual da morte para que, no momento do desencarne, essas pessoas não se desesperassem tanto?

— Certamente, mas a possibilidade de ajudar nessas circunstâncias dependerá de uma visão mais correta do fenômeno da morte do corpo e de um conhecimento menos fantasioso do destino do espírito imortal que perdeu seu corpo físico. Com todo o respeito às demais religiões, nenhuma denominação religiosa tem essa possibilidade como a doutrina espírita.

— Em outras palavras, o senhor acaba de dizer que o espírita não teme a morte? E isso o credencia a nos dar aula sobre o Além? — indagou de forma sarcástica o padre Irineu.

— Não quero ensinar nada a ninguém, pois estou apenas externando meu ponto de vista. Agora, o fato de eu ser espírita não me torna automaticamente livre de minhas limitações pessoais, dos meus conflitos ou das marcas do passado que todos nós trazemos mais ou menos afloradas na presente existência.

— Mas...

— Padre Irineu, dizer-se espírita é bem diferente de ser espírita, pois isso exige um esforço continuado, persistente e que muitas vezes leva uma vida inteira. Quando somos realmente espíritas, mudamos nossa atitude diante da morte, conscientes de que o conhecimento doutrinário é um maravilhoso instrumento de libertação que cada um usará de acordo com suas possibilidades atuais. Padre Irineu, nós fazemos o que podemos e não tudo o que queremos.

— *Dotô*, o Joanilson é católico e vive agarrado em São José, e eu sou protestante. Ainda tem o Barreto, que é meio macumbeiro... Mas deixa pra lá... o que quero saber é se a gente deve mandar rezar missa de sete dias ou não?

— Dona Guia, essa é uma questão pessoal. Eu, particularmente, não me preocupo em comparecer ou não às cerimônias de outras posições religiosas. Às vezes, nós fazemos isso não pelo morto, mas pelos que estão vivos, que se sentem mais confortados com nossa presença. Acho que a senhora e seu Joanilson devem conversar e decidir.

— Mas o Joanilson vai dizer que sem missa *num* há como garantir a chegada das nossas *anjinha* ao céu!

— O que custa atender ao desejo do seu Joanilson? Mas, por outro lado, seria Deus tão mau a ponto de, quando alguém morresse e não rezassem uma missa para Ele, o morto teria de ficar vagando por aí? Dona Guia, seu Joanilson, se Deus agisse dessa forma, Ele seria Deus?

— Já que o senhor está se arvorando em dono da verdade, responda-me uma coisa: no caso das duas filhas de Joanilson e Guia, crianças ainda, por que a morte delas aconteceu? Estariam elas, como dizem os espíritas, apenas completando o tempo que faltava de uma vida anterior?

— Andou lendo alguma obra espírita, meu caro pastor? Bem, eu não sou nem tento ser dono da verdade, mas a ideia de que temos um tempo de vida que deve ser cumprido rigorosamente não tem respaldo na visão espírita sobre a vida e a morte.

— Espere aí... se não estou enganado, os espíritas costumam usar uma frase de *O Livro dos Espíritos* que diz que "nada é fatal, no verdadeiro sentido da palavra, senão o instante da morte"[11] deixando claro que esse momento é inevitável, não?

— Rene Marques, assim seria se você a lesse e interpretasse de forma literal e restrita. Isso é o determinismo, que deixa claro que fatal é a morte e não o momento em que ela vai ocorrer, pois isso iria contrariar nosso livre-arbítrio. Além do mais, o bom senso nos diz que as circunstâncias e o momento da morte podem mudar, sendo antecipado ou prorrogado de

11 KARDEC, Allan. **O Livro dos Espíritos**. 4. ed. EME, 2004. Pergunta 853, p. 269.

acordo com a vida que foi vivida e as necessidades do espírito encarnado, do seu merecimento e das necessidades dos que ficam.

— Tá, e a morte de criancinha?

— Quanto à morte prematura, talvez fosse um complemento ou uma prova para os pais que falharam em vidas passadas como pais ou até mesmo ambas as situações.

— Vocês vão me desculpar, mas vou fazer meu trabalho e dar prosseguimento às exéquias, porque...

— Padre Irineu, o que é exéquia?

— Exéquias! Seu Joanilson, o senhor mandou me chamar para isso, pois as exéquias são as celebrações ou honras fúnebres. Vou começar e...

— Espere aí. *Dotô* Camilo, o que eu faço? Quem vai *rezá* minhas *filha*? Aqui tem de tudo.

— Joanilson! Você conhece o pastor Ribamar Pestana e o padre Irineu há muito tempo e vai perguntar logo ao *dotô*? Isso tá certo?

— *Num seio*, Guia... mas o *dotô* vai me explicar o que é melhor *pras menina. Dotô*?

— Seu Joanilson, se o senhor pensar bem, deixe todos fazerem de acordo com suas crenças. Tenho certeza de que Deus não deixará de amparar seus filhos, porque um padre, um pastor, um espírita, um umbandista, o senhor e sua família, além dos amigos presentes, estão se esforçando para bem "encomendar" as garotas, cada um da forma que sabe e acredita. Aliás, poucas pessoas tiveram o que suas filhas estão tendo em termos de uma ecumênica atenção religiosa.

— O que é ecumênica?

— Que reúne pessoas de diferentes crenças. Seu Joanilson, não tenho dúvida de que todos os presentes queiram o melhor para os espíritos das garotas e de que não interessa a Deus a forma como externamos nossa vontade de que eles fiquem bem. Até porque o Deus a quem dirigiremos as nossas preces é o mesmo e único Deus.

— Tá certo... cada um vai fazer do seu jeito. Podem começar.

Depois de alguns minutos, quando o padre e depois o pastor, sempre em voz alta, quase aos gritos, encomendaram a alma das garotas e o silêncio recomeçou, o padre Irineu, sempre mais intolerante, não deixou por menos:

— Tanta discussão por nada. O espírita e o macumbeiro perderam a língua? Ou seja, se as garotas dependessem dos apelos de vocês...

— Eu fiz minha parte de forma silenciosa...

— Senhor Rene Marques, o senhor deve estar brincando! Provavelmente, Deus nem ouviu de tão baixa que foi sua "forma silenciosa"! E o sabe-tudo? — indagou o pastor ao doutor Francisco Camilo.

— Pastor, o senhor sempre é assim tão intolerante?

— Intolerante? Olhe aqui. O respeito é...

— Não fale de respeito, pois me parece que o senhor não entende muito disso. Ficar chamando nosso irmão Rene Marques de macumbeiro visa ao quê? Deixá-lo triste? Humilhado?

— Humilhado? Que culpa eu tenho se ele, consciente de que Deus não o ouviria, ficou caladinho assim como o senhor o fez, em vez de pedir a Deus pelas meninas?

— O senhor está enganado. Tanto eu como o Rene Marques fizemos nossas preces e pedimos por nossas queridas irmãzinhas que nos deixaram.

— Eu não ouvi!

— Não fizemos preces ao senhor, mas a Deus. E como sabemos que Ele não é surdo, não gritamos como o senhor fez e faz!

— *Dotô* Camilo, eu *num tô intendendo...* parece que o pastor e o padre *num* gostam de vocês dois. Por que será?

— Seu Joanilson, não existem razões sensatas para combater uma doutrina que segue o Evangelho de Jesus Cristo, baseada no bem e no amor a Deus e ao próximo. Temos, sim, algumas discordâncias, mas apenas relacionadas a algumas convicções filosóficas.

"Não quero ofender ninguém, mas a intolerância religiosa é fruto de ideias preconcebidas e da presunção de serem donos da verdade. O combate ao Espiritismo se deve ao desconhecimento de suas ideias e à confusão criada por aqueles que não se dispõem a examiná-las com racionalidade, lógica e sem leviandade."

— Tem diferença do Espiritismo pra umbanda? — perguntou Paulo Esdras.

— O Espiritismo não tem culto material nem rituais. Não prescreve qualquer vestimenta nem função sacerdotal. Não usa imagens, não tem símbolos ou sinais cabalísticos, não faz cerimônias matrimoniais ou de batismo nem exorcismo.

"Resumindo, a doutrina espírita, tendo como principal objetivo o cultivo dos valores do espírito, é totalmente isenta de atos exteriores. Suas reuniões mediúnicas são fechadas ao público e conduzidas com rigor. Nelas não há velas, cantos, danças, cigarro, bebida ou cobrança de taxas.

“Compreende-se, portanto, que qualquer culto que contenha tais práticas não pode e não deve receber a designação de espírita.”

— Não é isso que vemos no terreiro de Rene Marques...

— Padre Irineu, dentre uma série de práticas rotuladas erroneamente como espíritas está a umbanda de Rene Marques e outras também, como a cristalterapia, a cromoterapia, ufologia, apometria etc. Podem até acarretar bons resultados, mas, como a maioria delas não possui fundamentação doutrinária lógica e não encontra respaldo nas obras codificadas por Allan Kardec, não são, portanto, práticas espíritas. E, não sendo prática espírita, não é Espiritismo. Mas repito: nada impede que sejam instituições sérias.

Capítulo 13

O Enterro

— Agora, *nóis vai pará* a discussão, porque é chegada a hora de levar minhas *anjinha* pra *suas cova* — determinou Joanilson Marinho.

E sendo ele o pai das mortas e dono da casa, a sua palavra ali era lei e não se permitia nem cara feia!

Joanilson Marinho e Guia iam à frente do cortejo; os irmãos Paulo Esdras, Bastos Trovão, Barreto Vaqueiro e Joacir Mateus, o caçula, ladeavam a carroça que conduzia os dois caixões, seguidos por Sharlene e Jacira, suas irmãs. Atrás, iam o padre Irineu, o pastor Ribamar Pestana, Francisco Camilo e Rene Marques, todos em respeitoso silêncio. De vez em quando, um vaqueiro amigo soltava seu aboio triste, externando toda a dor acumulada no peito por ver uma família amiga enlutada.

Finalmente, chegaram ao local escolhido, bem à beira da estrada, para eles poderem receber as oferendas e orações dos passantes. A última pessoa a encomendar os mortos foi a dona Sacha Maryon, uma das mais antigas benzedeiras da região, que, com simplicidade, mas muita emoção e fé, encomendou a alma das duas crianças. Ao final, ela garantiu ao seu Joanilson que vira uma espécie da carruagem buscar as meninas.

— Era uma carruagem da cor branca, logo, só podia ser um transporte que veio do céu! — ela explicou.

— A *sinhora* tem certeza? — perguntou Joanilson.

— Eu vi! Eu vi com esses dois olhos que a terra um dia — "espero que demore bastante", ela pensou — há de comer.

— Então, se elas tão no céu, é preciso comemorar. Todos *tão convidado* pra mais uma rodada do que a gente tiver lá em casa.

O padre Irineu, agora bem mais calmo, discretamente e em voz muito baixa — talvez temendo que o pastor Ribamar Pestana visse ou ouvisse — aproximou-se de Francisco Camilo.

— Doutor Francisco Camilo, desculpe esse velho padre do interior, mas eu gostaria de saber o que afinal é o Espiritismo. Poderia me explicar?

— O que é Espiritismo? Padre Irineu, segundo Allan Kardec, "o Espiritismo é uma ciência que trata da natureza, da origem e da destinação dos espíritos, e das suas relações com o mundo corporal"[12].

Podemos também afirmar que é o conjunto de princípios e leis, revelados pelos espíritos superiores, contidos nas obras de Allan Kardec que constituem a Codificação Espírita.

— O senhor há de convir que isso é meio vago...

— O Espiritismo é, ao mesmo tempo, uma ciência de observação, uma doutrina filosófica e uma religião. Como ciência prática, consiste nas relações que se pode estabelecer com os espíritos; como filosofia, compreende todas as consequências morais que decorrem dessas relações; e, como religião, é uma bússola segura e racional a nos apontar o norte da indispensável reforma íntima, que nos liga ao Criador.

— Muito teórico... — falou o padre.

— Também acho... — disse o pastor que se aproximara.

— Mais teórico do que a santíssima Trindade? A virgindade de Maria? Senhores! O meu único objetivo aqui, neste momento, é posicionar a doutrina espírita no lugar que lhe é devido, diante de tantas controvérsias e tantos preconceitos que envolvem seu nome por desconhecimento de seus fundamentos.

"Não tive a intenção de contrariar qualquer outra crença, mesmo porque, como espíritas, acreditamos que todas têm sua utilidade e buscam a Deus. O Mestre Jesus nunca nos ensinou que devêssemos ser desta ou daquela religião, mas que conduzíssemos nossas vidas de acordo com os ensinamentos do Pai."

— Sim, mas...

— Pastor! Padre! O Espiritismo joga por terra o materialismo e as ideias preconceituosas que fazem dele, os que se julgam donos absolutos e exclusivos da verdade. Ele é o Consolador Prometido por Jesus, que afugenta as dúvidas e soluciona racionalmente os dramas da existência.

— O que poderia haver de novidade em relação às outras religiões?

---

12 KARDEC, Allan. **O que é o Espiritismo**. 2018. *Ebook*. Disponível em: https://www.luzespirita.org.br/leitura/pdf/l6.pdf Acesso em: 7 abr. 2022.

— Além de revelar conceitos novos e mais aprofundados a respeito de Deus, do Universo, dos homens, dos espíritos e das leis que regem a vida? Ele ainda revela de forma indiscutível o que somos, de onde viemos, para onde vamos, qual o objetivo da existência terrena e qual a razão da dor e do sofrimento.

— E os livros da tal codificação têm todas essas respostas? Eu só conheço *O Evangelho Segundo o Espiritismo* — indagou Pai Rene Marques, que também se aproximara.

— Todas e mais algumas, meu caro Rene.

— Então, de forma inteligente e sutil, o senhor está afirmando que o Espiritismo é a religião mais perfeita? A mais correta?

— Padre, os espíritas não têm a pretensão de professar a religião mais perfeita, pois acreditamos que nenhum grupo, nenhuma religião ou seita detêm o privilégio de monopolizá-la.

— Você sabia que a Bíblia Sagrada condena a comunicação com os espíritos? — desafiou o pastor Ribamar Pestana.

— A Bíblia contém os elementos necessários ao entendimento das coisas divinas. Enquanto o Velho Testamento expõe a tradição dos hebreus, seus mestres, reis e profetas, o Novo Testamento retrata a vida, a obra e os ensinamentos do Mestre Jesus. Há no Novo Testamento a apresentação do Deus de amor, feita por Jesus, em substituição ao Deus ditador de Moisés.

"E nem precisa de muito esforço para encontrarmos no Novo Testamento que a imortalidade da alma é fato incontestável e definitivamente demonstrado pelo Mestre quando de Sua passagem pelo planeta. Lembra-se do: 'Eu sou a ressurreição e a vida. Quem crê em mim ainda que morra viverá'[13]?"

— É...

— Desculpem-me, mas os senhores permanecem na superficialidade das coisas e das letras, sem compreender o espírito e as verdades que a Bíblia de fato ensina nem o que a racionalidade confirma e a própria ciência já começa a aceitar.

— Doutor, como eu falei, a Bíblia condena a comunicação com os espíritos. No Velho Testamento, a prática da comunicação com os mortos é citada como tendo a desaprovação de Moisés.

13 João 11,25-26.

— É, mas Jesus, no Novo Testamento, não condena a comunicação com os mortos, uma vez que a pratica e confirma. "[...] E eis que lhes apareceram Moisés e Elias falando com ele"[14].

— Mas Moisés...

— Pastor, se as leis de Moisés utilizadas para o controle do povo judeu, como a condenação da comunicação com os espíritos, devem ser obedecidas na atualidade, então, por que não devemos também apedrejar adúlteras ou cortar as mãos dos ladrões como as tais leis também exigem? Evidente que seria um contrassenso para os dias atuais. Concorda?

— Como se espíritos pudessem se comunicar!

— Tenha calma, caro pastor. Se ele proibiu a evocação dos mortos, era porque isso era possível acontecer e estava acontecendo. Mas sei que isso é sempre desconsiderado pelos que condenam a doutrina espírita.

— *Dotô*, o *sinhô* falou de uma tal de reencarnação no Espiritismo...

— Seu Joanilson, a reencarnação não foi inventada pelo Espiritismo, e, racionalmente, não há como negá-la. Pense comigo. Se cada pessoa vivesse apenas uma vez na Terra, não acha que a justiça de Deus seria falha? O que suas filhas, que acabamos de enterrar, fizeram de errado para merecer aquele tipo de morte se nem tiveram tempo de errar? Então, se elas não tivessem vivido antes e ainda vivessem outras vezes na Terra, Deus seria um deus discriminador, intolerante, injusto e severo, que permitiria tanta dor em quem vivesse pela primeira e única vez.

— Danou-se! *Num* é que *intendi* tudinho? — disse Joanilson Marinho.

Francisco Camilo prosseguiu:

— A pluralidade das existências é, pois, necessária ao aprimoramento das qualidades do ser imortal e para bem entender a justiça de Deus. Só pelas múltiplas oportunidades de vida poderemos compreender o amor do Criador por suas criaturas. Somos todos seres atrelados às leis divinas que regem o universo, quer acreditemos ou não. Uma delas é a lei de evolução dos seres, e seria insensatez supor que, em apenas uma existência terrena, atingiríamos a tão sonhada perfeição.

— O Joanilson pode ter *intendido*, mas eu *num intendi* quase nada. Tô sentindo uma vontade danada de concordar com o *sinhô*, *mêrmo* desagradando o pastor Ribamar Pestana — atalhou Guia.

---

14 Mateus 17,1-3.

— Eu agradeço a confiança, dona Guia, mas, como ensina Allan Kardec, "somente a reencarnação pode dizer ao homem de onde ele vem, para onde vai, porque se encontra na Terra e justificar todas as anomalias e todas as injustiças aparentes da vida"[15].

— Isso eu *intendi*. Se minhas filhas morreram tão *novinha* é porque aprontaram alguma coisa errada da outra vez em que viveram. E se eu e meu marido Joanilson *tamo* também sofrendo com a morte delas é porque *nóis* também *fez* alguma coisa errada na outra vida. É isso?

— Eu não conseguiria explicar melhor, entretanto, também é possível que elas não tenham aprontado nada, mas faltava completar mais um tempinho na Terra.

— Se o grande espírita ainda tem tempo, eu ainda tenho algumas perguntas.

— Pode falar, pastor Ribamar.

— Como o Espiritismo explica o céu, o inferno e o purgatório, tão claramente delineados na Bíblia?

— Segundo o Espiritismo, o objetivo de cada criatura é trabalhar incessantemente pela aquisição de valores morais, com a consequente extinção de suas imperfeições. Por acreditar que o mundo espiritual é a verdadeira morada dos homens, só aqueles que se tornam homens de bem em todos os sentidos podem habitar mundos superiores à Terra. Na verdade, o céu não se trata de um lugar circunscrito, mas de um estado de perfeição espiritual conquistado individualmente pelo Espírito através de seu constante esforço.

"Deus, em Sua perfeição e bondade supremas, só pode ter criado os espíritos, Seus filhos, Suas criaturas, para serem felizes e não para condená-los a sofrimentos eternos. Assim, entendemos que as penas eternas não existem, porque são incompatíveis com a justiça do Pai."

— Então, não há inferno?

— Padre Irineu, dizer que Deus condena sem piedade Seus filhos maus a expiarem para sempre em regiões de dores e sofrimentos terríveis é contrário à Sua suprema bondade. Portanto, o inferno, segundo a doutrina espírita, é um estado de consciência compartilhado por todos aqueles cujos defeitos e sentimentos ruins predominam em suas personalidades.

— Se não existe inferno, onde o diabo se *isconde*?

---

15 KARDEC, Allan. **O Evangelho Segundo o Espiritismo**. 305 ed. IDE, 2004. Cap IV, item 17, p. 64.

— Dona Guia, o diabo é a representação alegórica do mal, que reúne em si todas as tendências negativas dos espíritos imperfeitos. São os chamados demônios, que nada mais são que espíritos ignorantes, imperfeitos e maus, ainda distantes do bem, que, diante de pessoas também más e preconceituosas, procuram lhes induzir ao erro.

— Assim minha cabeça vai doer. Depois o pastor me explica.

— É, não deixa de ser interessante. E o purgatório? — insistiu Irineu.

— O chamado purgatório, por sua vez, é uma condição de sofrimento temporário para os espíritos que necessitam conscientizar-se sobre seus erros e ali permanecem até se arrependerem. Essa ideia é defendida por várias religiões, inclusive pelo Espiritismo, que o chama de Umbral. A permanência nesse estado espiritual é mais ou menos longa, de acordo com a necessidade individual de cada espírito sofredor.

"Aliás, o próprio Allan Kardec disse que: 'O purgatório não é, portanto, uma ideia vaga e incerta: é uma realidade material que vemos, tocamos e sofremos. Ele se encontra nos mundos de expiação e a Terra é um deles. Os homens expiam nela o seu passado e o seu presente em benefício do seu futuro'[16]."

— Mas, doutor, o que eu gostaria mesmo de saber é em que sua religião é melhor que as outras.

— Caro Rene Marques, existe uma diferença enorme entre a doutrina espírita e determinadas correntes religiosas. Nunca disse que era melhor, mas que era diferente.

— Sim, mas em quê?

— Bem, nunca falamos que as outras religiões não prestam ou que sejam obras de satanás, até porque sabemos que ele não existe. Sabemos e declaramos que os homens chegam até Deus não por serem desta ou daquela religião, mas por meio de suas obras. Não estamos à procura dos que não pensam como nós para tentar convertê-los. Sabemos que existem outros mundos habitados, que vivemos várias vezes, e vou parar porque passaríamos dias falando das diferenças.

— Por que só quem recebe espíritos são os espíritas?

— Quem lhe disse isso está enganado, querido pastor. A mediunidade nem os médiuns são privilégios do Espiritismo ou foram inventados por ele. A mediunidade sempre existiu. A própria Bíblia refere-se às suas manifestações em diversas de suas passagens.

---

16 KARDEC, Allan. O **Céu e o Inferno**. 61 ed. FEB, 2013. p. 59.

“Os ‘demônios’ que chegam às igrejas evangélicas são apenas espíritos e nem todos são maus. O mesmo se pode dizer sobre as manifestações mediúnicas dos carismáticos. Elas são a maior prova da sobrevivência do espírito após a morte.”

— Podemos concluir então que, se eu quiser ser espírita, terei que receber espíritos dentro do meu corpo? — indagou Paulo Esdras.

— Não, meu amiguinho. Os espíritos não entram no corpo de ninguém. Isso é uma impossibilidade física. A comunicação é sempre mental. Esdras, espírita é aquele que crê, estuda e segue a doutrina espírita e é reconhecido pelo esforço que faz em aprimorar-se dentro dos princípios cristãos, não tendo necessariamente que trabalhar com a mediunidade. O espírita pode servir em muitas outras frentes de trabalho que nada tenham a ver com a mediunidade, buscando, contudo, fazer o melhor possível em todas as oportunidades.

— Continuo afirmando que a Igreja Católica é a melhor...

— Não! Os protestantes...

— Senhores! As religiões são muito importantes, contudo, se todos os homens pusessem em prática apenas dois dos ensinamentos do Mestre Jesus, não haveria mais necessidade de religião na Terra.

— Está louco? Seria decretado o fim das religiões? — gritou o padre Irineu.

— Inclusive as evangélicas? — perguntou o pastor Ribamar Pestana.

— Todas! Inclusive a doutrina dos espíritos.

— *Dotô*! Agora o *sinhô* vai ter que dizer as duas *lição* de Jesus...

— Sem problema, amigo Joanilson. Quando o homem “amar a Deus acima de tudo e ao próximo como a si mesmo”[17], não haverá necessidade de religião, pois todas as religiões estão contidas nessa insuperável lição do Mestre. Alguém discorda?

O silêncio foi a grande resposta.

17 Mateus 22,27-39.

Capítulo 14

A Partida

Alguns dias depois do enterro de Maria Aparecida e Gilvana Maria, mais uma pontada de tristeza feriu Joanilson e dona Guia. O filho mais velho, Paulo Esdras, estava indo embora para a capital para estudar. Ele ficaria na casa da tia Polyana Pacheco, irmã da dona Guia. Joanilson ainda tentou demover o filho daquela ideia, que para ele era uma inaceitável loucura, pois não conseguia entender como um sertanejo podia ter coragem de deixar o sertão e ir viver num verdadeiro formigueiro de gente.

— Paulo Esdras, você já pensou direitinho? Sabe bem o que vai encontrar? Tá preparado pra ser chamado de matuto pelo pessoal de lá? Já pensou que lá você não passa de um passarinho cercado de gaiola pra tudo que é lado? — ele indagou ao filho.

— Pai! Vou encarar qualquer coisa que aparecer, porque o senhor me ensinou duas coisas: a não ter medo de nada e que ninguém é melhor que eu. Não nasci pra ficar correndo atrás de gado fujão! Prefiro passar horas lendo bons livros do que derrubar boi pela caatinga adentro.

— Tá com a *gota serena*! Você deve tá doido! *Num* pode! Você é filho do sertão! Tá acostumado com o cheiro da terra, do gado, do chão molhado e cheiroso quando a chuva mostra sua cara! Com...

— Pai, o senhor tá apelando! Muito pior que a falta do cheiro da nossa terra é ficar sem ouvir a melodia do *concriz* enchendo a paisagem do sertão com a verdadeira música da natureza. Mas, mesmo assim, vou aguentar o tranco, pai, porque sou seu filho e me chamo Paulo Esdras Marinho!

— Eu *seio* disso... mas, *mêrmo* sabendo de tudo isso, você vai trocar o que a gente tem aqui pelo fedor do lixo da cidade grande? Vai aguentar os *carro* da capital despejando fumaça nas tuas *venta* o tempo todo?

— Vou.

— Paulo Esdras, eu tô achando que você tá de miolo mole. Como é *pussível* uma pessoa sadia querer trocar o cheiro de gente, o cheiro de terra, pela *catinga* da violência e pelo fedor do egoísmo que tem aos *monte* na cidade grande? Ou lá não é cada um por si?

— O senhor tá mais ou menos certo... Contudo, lá também tem coisa boa, como muitas escolas, a praia que eu só conheço de retrato nas revistas... Mas o senhor sabe qual é a pior parte da minha partida?

— Eu *seio*. Ficar longe da nossa terra, dessa belezura toda aqui — respondeu Joanilson sem hesitar.

— Isso também... mas o que vai doer mais é ficar longe do senhor, da mãe e dos manos.

— Não! Você tá errado. Eu, tua mãe e os *minino* um dia *vamo* tudinho morrer, mas a terra fica pra sempre. Ela pode até ficar feia por não aguentar a sequidão do verão, mas ela vai tá aqui. Ela vai viver pra sempre, e quem a possui deve amá-la e respeitá-la, pois há muito tempo que Deus não criou mais nenhuma outra terra.

— Tu *falou* tão *bunito*, meu velho — elogiou Guia, enquanto enxugava as lágrimas.

— *Num* fui eu... eu *num seio* falar *bunito*... Quem falou foi meu coração de sertanejo e de pai.

— Eu amo o sertão, meu pai. E é por amá-lo que eu vou embora. Para tentar conseguir algum meio de melhor ajudá-lo a sobreviver. Quero conhecer de perto os homens que vestem paletó, que não comem calango, não bebem água barrenta, não comem o peixinho chupa-pedra nem perdem irmãos por causa de cobras ou de fome, e ensinar a eles que no sertão do Nordeste há muita gente valente, direita, trabalhadora, gente que ainda consegue sobreviver à seca, à fome e à indiferença dos outros homens.

— Agora quem falou *bunito* foi *tu*, meu filho — disse dona Guia.

Paulo Esdras estava emocionado, mas continuou falando:

— Pai! Mãe! Quero conhecer os homens que têm a chave que dá acesso a uma vida decente e nada fazem, principalmente se essa gente sofrida, como os esquecidos sertanejos, não lhes retribuir com votos! Quero olhar esse monte de gente nos olhos! Eu vou voltar, pai, e pra ajudar de alguma forma. Isso eu prometo!

— Você promete de verdade, meu filho? Posso confiar que vai voltar um dia? — perguntou dona Guia, chorosa.

— Mãe, eu não sou de *gabolice*, mas sou igualzinho à Asa Branca. Ela é ave de arribação, que foge da seca, mas que volta sempre nas chuvas, quando o mandacaru floresce novamente. Eu também sou de arribação. Fujo da ignorância de não saber ler, mas voltarei sempre nas férias dos meus estudos.

— Você vai sentir falta de comer calango? Porque por aqui ainda é moda comer calango... — disse Trovão.

— Você tá enganado, Bastos Trovão. Comer calango não é e nunca foi moda, mas sim uma das poucas possibilidades de o sertanejo se manter vivo, de sobreviver.

— Mas você sempre gostou de calango... — disse Barreto Vaqueiro.

— Eu sei disso, Vaqueiro, e não vou deixar de gostar só porque fui embora pra estudar. Nas férias, a gente vai caçar junto e fazer churrasco de calango.

Joanilson parecia o mais desconsolado com a partida do filho, que, segundo o velho vaqueiro, se quisesse poderia ser o melhor e mais valente vaqueiro sertanejo!

Mas o jovem Esdras estava realmente irredutível, e, numa última tentativa de comover sua "cria" que criara asas e queria voar pra longe, ele mandara convidar o poeta Daslan Lima, que, acompanhado da viola plangente do violeiro Dydha Lyra, recitou, com sentida emoção, a famosa "A triste partida"[18].

Paulo Esdras, que ainda era um adolescente, mas também já era decidido como um homem feito, o que é comum no sertão nordestino, não se conteve e chorou junto à viola de Dydha, à voz do poeta Daslan e ao coro feito por Guia e os irmãos.

Joanilson saíra do pequeno alpendre, pois não podia chorar na frente da mulher e dos filhos. Seria uma fraqueza inaceitável! Paulo Esdras foi atrás e encontrou o pai acocorado, tentando esquecer as lágrimas insistentes que lhe desciam pela face marcada pelas intempéries e pelos espinhos da caatinga. Paulo Esdras espantou-se, pois nunca vira o pai chorando.

— *Oxente*! O senhor tá chorando, pai?

— Você me respeite, seu cabra! É por conta da poeira nos *olho*... sou homem, sou macho, e cabra macho que se preza não chora!

— Não sei, não... não se *avexe* comigo não, pai, mas eu li em algum lugar que chorar não deixa ninguém menos homem. Tem até uma frase que diz: "Seja mais homem, chore!".

---

18 Letra de autoria de Patativa do Assaré.

— Danou-se! "Seja mais *home*, chore!"? Isso é coisa de cidade grande. Você tome muito cuidado. Não vá chegar aqui depois, nas tais férias, meio jeitoso... amofinado... meio delicado demais pro meu gosto... Usando pulseira, cabelão e brinco de mulher, como eu vi na cidade quando fui fazer feira! Se você quer mesmo ser *dotô*, que seja. Mas que seja um *dotô* macho, um *dotô home*!

— Quanto a isso, o senhor pode ficar sossegado. Acredito que não iria me sentir bem usando essas coisas. Eu gosto mesmo é de mulher e, depois que me formar, virei buscar a menina Maria pra gente se casar.

— Hum... a *minina* Maria? Você botou os olhos nela?

— Botei, e ela também botou em mim. A gente já tá acertado, e ela vai me esperar.

— Ainda bem. Agora eu tenho certeza de que meu filho, que pode até virar *dotô*, vai ser um *dotô* macho, muito do *home*, pra honrar nossa família! Tô até menos triste agora. Vamos voltar pro alpendre?

Dydha cantava "Asa Branca", de autoria de Luiz Gonzaga e Humberto Teixeira, quando Joanilson e Esdras se sentaram, e o violeiro, parecendo adivinhar a tristeza daquela família, cantava com muita emoção:

> Hoje longe, muitas légua
> Numa triste solidão
> Espero a chuva cair de novo
> Pra mim vortar, ai, pro meu sertão.

— Seu Dydha! Você poderia cantar "Vozes da Seca"? — pediu Paulo Esdras.

Antes que o violeiro respondesse, o poeta Daslan Lima perguntou ao jovem:

— Esdras, o que você mais gosta na bela música de Luiz Gonzaga e Zé Dantas?

— É a parte que diz: "Mas, *doutô*, uma esmola a um homem *qui* é são, ou lhe mata de vergonha ou vicia o cidadão".

O resto do dia e parte da noite transcorreram entre poesias e canções sertanejas, com pausas para pitarem seus cigarros de palha e tomarem umas e outras lapadas da branquinha.

Dona Guia se desdobrava em suas famosas mágicas de fazer surgir do nada alguma coisa para os homens beliscarem, enquanto bebiam, cantavam, pitavam e jogavam conversa fora.

Mesmo triste pela partida do filho, Joanilson Marinho ficou um pouquinho mais animado porque soube que o doutor Francisco Camilo estava pensando em ficar e abrir um centro espírita no povoado. Não dissera nada ao doutor, mas gostara da ideia e estava até pensando em visitar — pelo menos de vez em quando — o centro que ele iria abrir.

"Mas só por curiosidade, pois *num* vou trair São José e o Padim Pade Ciço!", pensou.

Paulo Esdras se afastara um pouco da casa. Estava triste e já tomado por uma saudade que parecia querer explodir seu peito ainda menino. Em nenhum momento, vacilara em sua decisão de ir embora, mas isso não significava que não estivesse doendo.

Nascera ali. Crescera ali. Sofrera ali. Aprendera com o pai que o sertanejo era um sobrevivente por natureza. O que não entendia era o fato de o sertão ser tão duro, muitas vezes até cruel com seus filhos, que, mesmo assim, o amavam e poucos queriam deixá-lo! Por quê?

Não podia ser por covardia, pois sertanejo de verdade não conhecia essa palavra. Seria o desafio sem fim? Poder bater no peito e dizer que enfrentou a caatinga, a seca quase infinita, a panela vazia e poder dizer que criou dez filhos? Ou a grande resposta seria uma palavrinha simples como... amor? Amor ao sertão? Seria isso?

Paulo Esdras não sabia. Mas sabia que amava aquela terra com toda a sua dureza, hostilidade, agressividade e insensibilidade! E, por amá-la tanto, perguntava-se por que ele, Paulo Esdras, não poderia estudar e ajudar sua terra de alguma forma? Ou, para ajudá-la, teria de ser um caçador de voto, como dizia seu pai? Não... sentia que haveria outras formas de ajudar. Se ficasse rico, por exemplo, não poderia mandar furar um bocado de poço pra garantir água durante a seca?

Sua professora não comentara que havia um país, um tal de Israel, que transformara o deserto numa grande horta? Mas para isso precisava estudar e estudar muito, para que sua voz pudesse ser ouvida, pois há muito aprendera que voz de pobre é muito fraca e ninguém lhe dá atenção...

É... a saudade doía, mas a alegria do retorno iria compensar. Hora da despedida. O mais difícil seria despedir-se da mãe, mas ele não era um sertanejo? Um forte? Ainda mais agora que aprendera com o doutor Francisco Camilo que o espiritismo ensinava direitinho que todos os homens são irmãos e que todos devem se respeitar. Será que na capital existia Espiritismo? Esperava que sim...

Capítulo 15

Sonho de Vaqueiro

É madrugada. O vento frio que toma conta da caatinga não deixa acanhado seu Joanilson Marinho. Vaqueiro sertanejo na *lida* há mais de cinquenta anos, ele diz ter orgulho de apenas três coisas na vida: ser vaqueiro do sertão, da sua família e da disposição pra trabalhar.

— Tá bom de entrar, pai. Tá ficando muito frio — aconselha Joacir Mateus, preocupado com o pai.

Joanilson olhou demoradamente para o céu estrelado e disse:

— *Oxente*! Até parece que você não me conhece, *minino*! Eu sou Joanilson Marinho e tô acostumado a dormir debaixo desse formigueiro de estrela até uma semana inteirinha. Desde quando um friozinho safado desse me faz botar cara feia?

— Eu sei, pai, mas já é tarde, e o senhor anda meio adoentado...

— Isso é verdade. Mas tô adoentado de velhice. Nem que eu quisesse... só se meu Padim ou as *alma* do *dotô* Camilo dessem um jeitinho de me fazer recuperar as *força* das minhas *perna*. Quem já viu vaqueiro aleijado?

— O senhor esqueceu São José...

— Pra cuidar das minhas *perna*? Esqueci não. É que a especialidade dele é fazer chover e até nisso ele anda falhando...

— A vida é assim, pai. Mas importante mesmo é saber que Joanilson Marinho foi um dos maiores vaqueiros dessas bandas. Isso sem falar que, no momento, o senhor é pai dos dois campeões de vaquejada do sertão: Bastos Trovão e Barreto Vaqueiro.

— Isso é verdade! E também sem falar que sou pai de um filho que se, não nasceu pra enfrentar a fúria da caatinga, faz coisa muito pior, que é aguentar um pai *véio*, adoentado, briguento, com as pernas *frouxa* como eu. Tô falando de você, Joacir Mateus.

— *Oxente*! Isso é obrigação, pai. E me parece que o senhor tá esquecendo alguém...

— Tô? Quem?

— O doutor...

— *Dotô*? Você tá falando do Paulo Esdras?

— É. Por que o senhor fala tão pouco dele?

O velho Joanilson baixou a cabeça e, após levantá-la com visível esforço, disse:

— Ele deixou a gente. Inventou essa história de *istudar*, de ser *dotô*, só pra me contrariar.

— Mas, pai, por que ele iria querer contrariar o senhor?

— Porque era pra ele ser o melhor vaqueiro que o sertão já viu. Não vá dizer aos outros dois, mas ele sozinho faria melhor que Bastos Trovão e Barreto Vaquêro juntos! Ainda criança, ele já mostrava isso. Nas *situação* mais *aperreada*, ele parecia não ter sangue nem nervo.

— Eu não lembro...

— *Apois* eu *alembro* e, *inquanto* todos os *outro demonstrava* medo ou nervosismo, ele botava na cara um sorriso maroto de quem nada temia e resolvia. Ele ia ser o melhor...

— O senhor me desculpe, mas a vida não é dele?

— O que você tá querendo dizer?

— Que o senhor quer decidir por ele, mas Esdras sempre deixou claro que faria da vida dele o que achasse melhor e não o que o senhor decidisse.

"Talvez... Eu até lhe peço desculpas, pai... Se Esdras lhe atendesse, ele poderia até ser o melhor vaqueiro daqui, mas seria um vaqueiro triste. Esdras não nasceu pra ser analfabeto ou ficar atolado nesta secura daqui. E, se acontecesse isso, o senhor ficaria satisfeito?"

— Você tá fazendo a pergunta errada e sabe por quê? Porque é impossível o melhor vaqueiro do sertão ser triste, viver triste, apenas por não saber ler.

— Mas, pai...

— Joacir Mateus, não existe nada, Deus não criou nada, nadinha, que faça um *home* mais feliz do que ser vaqueiro e meter os *peito* caatinga adentro atrás de um boi *mandingueiro*!

— Pai, o senhor é o sertão em corpo e alma. Isso é o que o senhor pensa, e eu respeito. Jamais quero sair daqui também, mas entende que precisa aceitar a decisão de Esdras?

— Por quê? Como vou respeitar uma decisão errada? Quando penso em seu irmão, logo me vem à cabeça a imagem do retirante nordestino, que foge da terra seca, do sol inclemente da caatinga, e deixa pra sempre sua terra natal. Meu filho Paulo Esdras me *alembra* do retirante que vende tudo o que tem, que joga a família em um pau de arara e parte rumo ao Sul na busca de melhores dias.

— Eu sei disso. O senhor é o sertanejo que planta, replanta e não perde as esperanças em um bom inverno. É o verdadeiro vaqueiro da caatinga, destemido e forte como uma aroeira, que anda no coice da boiada e corre no marmeleiro fechado ou entre espinhos de mandacaru no encalço de uma rês desgarrada.

— Já não sou nada disso...

— Quem foi nunca deixa de ser. Pra mim, o senhor ainda é o vaqueiro que laça, derruba e domina uma rês *enfezada*. É o vaqueiro afamado e bom de campo, que, ligeiro como um corisco, derruba o boi *brabo* e cobre a pista de poeira.

— Se você continuar me *alembrando* dessas coisas, acho que vou me tornar um *vaquêro* chorão...

— E por que não chorar? Mas, se tiver de chorar, que chore de alegria por saber que o sertão vai sempre ouvir falar de Joanilson Marinho, que acordava antes de o sol mostrar a cara, saía para o campo ainda de madrugada e só voltava com o sol se escondendo. Que almoçava farinha com rapadura à sombra de uma *barriguda*, que bebia da água represada nas lagoas e tomava cachaça no chocalho de cascavel, cuja chocalhada para Joanilson Marinho equivalia à cantiga de ninar!

— Isso se tivesse o que comer, pois, se não tivesse, a barriga roncava reclamando, mas o resultado da *lida* era o *mêrmo.*

— É uma honra ser seu filho, meu pai. E sei que Paulo Esdras pensa o mesmo.

— *Mêrmo* me dando desgosto?

— Cada um é como é, meu pai. Enquanto Paulo Esdras nasceu pra viver na cidade, o senhor é um homem simples, trabalhador, que acredita no canto agourento do acauã chamando a seca; acredita na profecia do pássaro carão, que, quando solta seu canto, é sinal de muita chuva no sertão; e que só se convence de que a seca vai ser *braba* quando vê passar sem chover o dia de São José.

— E tá provado que eles *sabe*!

— Eles quem?

— Acauã, carão e São José!

— Pai, isso nem sempre aconteceu... São José deve andar meio atribulado e...

— Aconteceu sim, e quem *num* viu foi porque não quis ver! É como a conversa do teu irmão querendo me levar pra conhecer a capital. Eu *num* vou nunca! E São José pode ter tirado um tempo pra descansar!

— Mas, pai, a cidade grande deve ter muita gente bonita...

— Ôxe! E é só lá que tem gente *bunita*?

— Pai! Gente bonita, cheirosa, armazéns grandes, maiores que as bodegas daqui, o açudão do governo que Esdras chama de mar... é uma coisa parecida com sonho...

— Sonho? Pois meu sonho é mais *bunito*. Quando eu morrer, quero ser enterrado à sombra de um bom umbuzeiro, no meio da caatinga mais *braba* que vocês acharem, vestido de vaqueiro da cabeça aos pés e com uma cruz de madeira enfiada na cova, marcando minha última morada.

— Pai, a gente aprendeu com o doutor Francisco Camilo que ali só fica o corpo, que a alma vai passear um tempo por aí, nascendo e morrendo várias vezes, e que um dia vai encontrar Deus para prestar contas do que fez...

— Eu não. Vou ficar na caatinga, já decidi. Se Deus quiser me ver, Ele vai me *disculpar*, mas vai ter que descer até aqui. E é bom que Ele venha armado, pois pode dar de cara com um safado como o coronel Paulo Roberto e o tal Macena Gallindo, seu capataz.

— Deus? Aqui no sertão? E armado? É... até seria bom. Talvez Ele desse um jeito nessa quentura danada.

— Tá vendo como minha ideia foi boa? *Num* vou *mêrmo*! Vou ficar esperando Deus aparecer por aqui e... a não ser...

— A não ser o quê, meu pai?

— Que no céu ou no inferno, não me interessa, tenha uma região de caatinga mais *braba* que o Raso, onde eu possa aboiar. Aí eu vou!

— Até no inferno?

— *Oxente*! Se lá tiver caatinga e jeito de eu aboiar, não pode ser assim tão ruim. Pena que preciso esperar a morte chegar pra poder ter certeza.

— Mas, por enquanto, o senhor tá muito do vivo e perdendo a chance de conhecer as coisas bonitas que Paulo Esdras quer lhe mostrar!

— *Bunitas*? O que pode ser mais bonito do que meu sertão? Só o olhar da minha *nêga*, a Guia... bem... *num* falo mais... Fora isso, nadinha de nada!

Se aqui é uma terra pobre, sofrida, seca e triste, também tem hora que fica verde e alegre, sem falar que é sempre *bunita* pela pureza de nossa gente.

— O senhor tá ficando velho e meio poeta...

— A gente num falou em sonho? O poeta *num* é um sonhador?

— Daslan é...

— Pois meu sonho maior é que Paulo Esdras faça como a asa branca, que volta correndo pro sertão quando ouve o ronco das *primeira trovoada*; que tenha saudade do cheiro da terra molhada; que levante os *olho* pro céu pra ver se as *nuvem* tão com cara de que vão chorar as *chuva*...

— Pai...

— Que ele sinta falta do cheiro de gente suada pela força da *lida*; do açude que sangra após anos de seca; do espinho que corta, fere, maltrata, mas mostra que nosso sangue é igual ao de qualquer brasileiro, que seu coração de sertanejo desperte de uma vez e que ele não leve a *minina* Maria pra longe, mas fique aqui, tenha filhos aqui e faça a nossa família renascer com o sertão. Até o *dotô* Camilo foi embora. Será que ele volta?

— Vou chamar o poeta Daslan Lima pra escrever umas coisas a seu respeito.

— Daslan? A meu respeito? Eu *num* tenho nenhum valor pra alguém escrever sobre minha pessoa. Aliás, por falar no poetinha, ele me contou uma história sobre preconceito, que aconteceu há alguns anos no sertão de Alagoas, que é de onde ele vem. Quer ouvir?

— Quero sim, pai.

— Estavam conversando o coronel Ubirajara Cavalcanti, dono da Fazenda Mané e Maria, e um peão de nome Ladorvane Cabral, ambos trajando roupas de vaqueiros, quando se aproximou um vaqueiro cavalgando um alazão. Ele apeou, dirigiu-se diretamente ao coronel Ubirajara de forma arrogante e perguntou:

"— Negão, onde posso encontrar o coronel Ubirajara, o seu patrão?

"O coronel Ubirajara apenas ficou olhando o recém-chegado com um olhar meio triste e nada respondeu.

"Ladorvane, talvez pensando em evitar um problema maior, adiantou-se e, apontando para o coronel Ubirajara, disse:

"— Esse vaqueiro que você chamou de negão é o coronel Ubirajara.

"Imediatamente, o vaqueiro arrogante compreendeu sua mancada, tirou o chapéu e, depois de se apresentar, justificou-se:

"— Coronel, o senhor me perdoe! Meu nome é Lala, e eu pensava que um coronel de verdade, pelo poder e riqueza que possui, fosse branco! Mas, já que o senhor é negro... o senhor é um coronel de verdade?

"— O que você quer?

"— Vim fazer a entrega de cem bois.

"— Vá com Ladorvane entregar o gado. Ao terminar, venha almoçar comigo!

"Lala não escondia seu medo e disse a Ladorvane:

"— Estou com medo que aquele coronel negro me mate!

"— Não se preocupe, pois ele é uma pessoa boa! Desculpe, mas quem foi que lhe disse que só branco pode ser rico?

"— Eu pensava que, pra negro ser rico, só se fosse um ladrão!

"— Não diga isso ao coronel, e é melhor chamá-lo pelo nome. Vamos almoçar?

"O vaqueiro subiu a escada que o levaria à grande casa da propriedade e surpreendeu-se ao encontrar o coronel vestido de terno, gravata e chapéu brancos. Como era um estúpido, disse:

"— Ah! Agora sim. Com essa roupa, o senhor até parece ser um coronel de verdade, mesmo sendo negro.

"— Então é a roupa que faz um coronel? Está errado, vaqueiro. Se eu vestir uma batina, vou virar um padre? Reconhece agora que sou o coronel Ubirajara?

"O vaqueiro sentiu medo e ajoelhou-se desesperado pedindo perdão, mas tornou a dizer besteira:

"— O senhor me desculpe, coronel. O senhor precisa entender...

"— Entender o quê?

"— Entender minha confusão. Até o cangaceiro Lampião não gostava de pretos. Ele nem aceitava que São Benedito fosse um santo por conta da cor da sua pele!

"— E daí?

"— E daí? Como eu podia saber que existia um coronel preto? Se ninguém nunca fez nada contra Lampião por não gostar de negro, por que o senhor vai fazer comigo?

"— Porque você não é Lampião nem eu sou São Benedito!

"— E o que o senhor vai fazer comigo? — Gemeu Lala.

"— Nada. O fato de vê-lo com as calças molhadas já é uma boa lição. Aprenda uma coisa, vaqueiro: nunca julgue um homem pela cor de sua pele ou por suas posses. Um homem é homem por suas atitudes e...

"— O senhor vai me desculpar, coronel Ubirajara, mas bem que o senhor deveria ter sido mais inteligente!

"O vaqueiro Lala não aprendia...

"— Como? Não entendi...

"— É simples: o senhor deveria ter nascido branco. Aí, ficaria mais fácil identificar quem era o fazendeiro e quem era o empregado.

"— E por quê isso?

"— Eu até posso tá enganado, mas é porque eu sempre achei que negro foi feito pra servir de empregado de branco e...

"— Amarre o branco Lala no tronco! Dez chicotadas no lombo e depois mande embora!

"Essa era a história que queria lhe contar. Agora vou entrar pra descansar. Você me ajuda?"

— Ajudo sim. Pai? Onde andam minha mãe e minhas irmãs?

— Ôxe! *Num* tão *im* casa?

— Não... podem ter ido à cidade... Não sei...

— Então, procure *discubrir*! Vá, cabra! E avise a Bastos e Barreto!

— Já vou.

Capítulo 16

Vingança

Na bodega do seu Zé Maria Matos, conhecida também como o Recanto dos Pinguços, onde a fofoca corria solta, principalmente depois das primeiras *talagadas* que faziam as línguas se soltarem rapidinho, os irmãos Barreto Vaqueiro e Bastos Trovão descobriram tudo o que acontecera com sua mãe dona Guia e suas irmãs, as mocinhas Sharlene e Jacira.

Como haviam desconfiado, os autores do crime foram o coronel Paulo Roberto Oliveira e o pistoleiro Macena Gallindo. Quem lhes contou tudo foi o *bebum* Fábio Cadengue, que foi obrigado a acompanhar os assassinos, a presenciar tudo e foi ameaçado de morte caso abrisse a boca.

— Por que eles o levaram? Afinal, você é um desgraçado de um pudim de cachaça e poderia até testemunhar contra eles! — indagou Barreto.

— Homem de Deus, eles sabiam que não ia ter homem na casa. O pistoleiro falou que as duas cabritas... desculpe... as tuas irmãs já tavam florescendo e prontinhas pra serem "abatidas", e eles queriam alguém do lado de fora da casa pra avisar se alguém chegasse.

— E você foi!

— Fui, seu Trovão. Fui, mas não queria! Eu juro pelo Padim Pade Ciço e até pelas almas do *doutô* Francisco Camilo, pois sei que seu pai é um homem direito e até já me pagou uma lapada certa vez e da boa. Eu tive muito medo. O pistoleiro me pegou pela goela e me mandou seguir com eles, caso contrário, eu iria direto pro cemitério.

— E o que aconteceu lá na nossa casa?

— O senhor quer mesmo saber, seu Barreto Vaqueiro? Eu lhe pergunto porque foi uma coisa muito feia.

— Fale.

— O coronel Paulo Roberto ia pegar primeiro a mocinha Sharlene, mas foi nessa hora que a dona Guia, a senhora sua mãe — nunca vi uma mulher com tanta coragem e energia —, pegou um facão e partiu pra cima do coronel. Ele riu e disse:

— Essa já tá meio velhinha. O coronel jogou sua mãe no chão e lá ele...

— Ele fez o quê? — gritou Trovão.

— Bateu nela, e depois Macena Gallindo deu um tiro de 12 nela. O coronel ainda reclamou do capanga:

"— Não precisava ter atirado!

"— Mas deu vontade. Desculpe, coronel — disse Macena."

Barreto Vaqueiro e Bastos Trovão respiraram fundo e, com um gesto, pediram que Fábio continuasse.

— Depois, na esteira, indiferente aos gritos das duas meninas, o pistoleiro Macena Gallindo pegou a mocinha Sharlene, fez dela mulher e ainda lhe deu uns tapas porque ela gritou.

— Safados! — gritou Barreto, cerrando o punho de ódio impotente.

Fábio continuou a triste narrativa:

— O coronel mandou amarrar as mãos da Jacira e a levou com ele pra fazenda. Eu me *alembro* que ele ainda disse:

"— Macena! Na fazenda, eu empato com você por meio dessa cabrita que tô levando.

"— Patrão...

"— O que é, Macena?

"— A família Marinho tem cabra macho, vaqueiros de fama. Podem dar trabalho... Até o velho é valente.

"— Eu não acredito! Você tá com medo de um velho todo entrevado e de três vaqueiros abestalhados? Macena, ser macho pra pegar boi é uma coisa, mas ser homem pra enfrentar o coronel Paulo Roberto e seus homens é bem diferente! Comigo o buraco é mais embaixo!

"— O senhor é quem sabe... e o pinguço? Mato ele?

"— Bem... não. Ele não vale um tiro. Apenas lhe diga que, se abrir a boca, eu mando fechá-la de vez. Vamos embora. — E eles partiram levando a Jacira com eles."

— Espere aí. Ele matou minha mãe, levou Jacira presa... e Sharlene? O que houve com ela?

— Ela só fazia chorar. Eu tentei ajudar, mas ela estava muito envergonhada e com medo de vocês...

— E daí? Pra onde ela foi?

— Patrãozinho, não queira saber!

— Vai falar ou vou ter que te obrigar?

— Seu Vaqueiro, teve uma hora que ela enxugou a cara que as lágrimas molharam, levantou a cabeça e disse:

"— Já não sou mais uma moça. Agora sou uma mulher desonrada e sem marido. Como posso viver com minha família? Aquele pistoleiro safado me transformou em uma prostituta, e é isso que eu vou ser até esquecerem que um dia eu fiz parte da família Marinho."

— E pra onde ela foi?

— O senhor sabe que só tem um lugar que aceita moça solteira e deflorada...

— Não! O cabaré? O Mandacaru Florido? Ela foi pro cabaré da dona Elza Meira?

— Sim, senhor. E ela é das mais procuradas, porque é novinha, educada, ainda acanhada e muita bonita. Até eu, se pudesse, iria...

Fábio não conseguiu concluir a frase, pois uma sonora bofetada de Barreto Vaqueiro jogou-o na poeira da rua. Quando ele conseguiu erguer-se, botou sebo nas canelas e correu pra bem longe dos irmãos Marinhos.

Barreto Vaqueiro e Bastos Trovão ainda pensaram em ir ao cabaré resgatar a irmã, mas acharam por bem consultar o pai e lhe contar o que descobriram a respeito da participação do coronel Paulo Roberto e do pistoleiro Macena Gallindo no crime. Voltaram pra casa e relataram tudo ao pai.

Joanilson tentou levantar-se, mas não conseguiu. Aparentemente, a paralisia de suas pernas instalara-se de vez após as tristes e dolorosas notícias.

— Como dói ser velho!

— Mas tem a gente aqui, e a gente só não providenciou o enterro dos safados porque queria sua permissão. Permissão pra matar os dois, pegar o corpo de mãe Guia pra enterrar direito, resgatar Jacira e Sharlene e tacar fogo no cabaré.

Joanilson estava meio desesperado por não poder participar da vingança pela honra afrontada, e isso se caracterizava pelos tapas e às vezes murros que dava nas pernas inertes, como se as culpasse por sua impotência.

— Vão. Vão e façam o que deve ser feito, menos pegar a Sharlene, pois isso quem vai fazer é o Joacir Mateus.

— Esperem! — gritou o doutor Francisco Camilo que acabara de chegar da cidade grande e soubera de tudo o que acontecera.

— Qual é o *pobrema, dotô*? — perguntou Joanilson.

— Vingança! O problema é a vingança que vocês estão arquitetando.

— *Oxente*! O *sinhô* quer que a gente fique desonrada? Se a gente desistir de matar aqueles dois, *nóis* nunca mais vai valer nada por essas bandas!

— É possível que sim...

— Se é possível...

— Meu amigo Joanilson, sei que o senhor fechou os olhos de pessoas amadas, que as lágrimas lhe correram rosto abaixo, que seu coração está despedaçado e que, em silêncio, tem se perguntado para onde vão seus entes amados. Lembro que, na hora do grande adeus, tentou lhes aquecer as mãos frias e, tomado pelo desespero e pela dúvida, colocou o ouvido nos peitos silenciosos de cada um deles, indagando, mais uma vez em silêncio, a cada coração parado e silencioso a razão de eles terem parado de bater.

Enquanto falava, Francisco Camilo chorava pelas pessoas que ele aprendera a amar, mas suas lágrimas não eram de revolta ou de desespero, pois a doutrina dos espíritos o preparara para entender que a morte é um processo natural que acontecerá com todos. Suas lágrimas eram de solidariedade pela dor dos amigos e de tristeza por saber que eles, por desconheceram os ensinamentos do Espiritismo, sentiam-se roubados pela morte que lhes levara pessoas queridas. Como se estivesse a adivinhar, Joanilson disse:

— *Dotô* Francisco Camilo, as *morte* dos dois *primeiro*, levados pela fome, e das *minina* Maria Cida e Gilvana Maria, picadas pela cobra, doeu, mas doeu menos, porque *num* dá pra *campiar cum* a morte. Mas o assassinato da minha mulher Guia, a desonra da Sharlene e o sumiço da Jacira, isso eu bem que poderia ter evitado. Como falhei, agora só me resta lavar a honra dos Marinhos com aqueles dois sangue ruim!

— Seu Joanilson, uma das provas mais duras de suportar é a perda dos nossos entes amados, principalmente quando há uma inversão no processo da natureza: pais enterrando filhos, quando o normal seria os filhos enterrando os pais por conta da idade. Eu sei, seu Joanilson, que é nessa hora que a gente descobre que, mesmo cercado de gente, em plena luz do dia, a solidão dói. E dói muito, pois sua dor é silenciosa e escura.

Joacir Mateus, Barreto Vaqueiro e Bastos Trovão, em silêncio, entendiam que Francisco Camilo estava tentando consolar o pai, mas o ímpeto de vingança que animava os três parecia mais forte do que nunca. Eles estavam ansiosos para que Francisco Camilo se calasse para que pudessem fazer o que precisava ser feito. Seus pensamentos retornaram ao pai, porque este, em tom queixoso, disse ao amigo Francisco Camilo:

— O *sinhô* tá lendo minha alma, e isso tá me enfraquecendo...

— Seu Joanilson... Joacir Mateus, Bastos, Barreto... É nessas ocasiões que a doutrina dos espíritos é de grande valia, porque, perante nossa dor sem tamanho, ela nos ensina que a morte mais cedo do que se esperava é, muitas vezes, até um bem para o espírito, que parte e fica livre dos perigos e das armadilhas da Terra.

— Eu perdi minha companheira Guia... *Arengueira*, exigente, mas mulher e mãe pra ninguém *butar* defeito. E ela foi *imbora* pra sempre...

— Não, seu Joanilson, o senhor está errado. E ela, assim como seus filhos que já voltaram pra Deus, não está perdida. Houve agora uma separação, que um dia teria de acontecer, mas, em algum momento, o senhor se reunirá de novo com eles. Essa separação só é aparente.

— Eu tô *intendendo*, mas, enquanto *num* chega a hora, eu e os *minino vamo* lavar a honra da nossa família. E, *mêrmo* tendo simpatia pela sua pessoa, *num* tente impedir *nóis* de fazer o que é preciso.

— Minha tentativa aqui não é de impedir nada, mas de convencer o senhor e os rapazes de que a vingança, seja por qual motivo for, é própria de quem é atrasado. Quem se vinga se torna tão culpado quanto o ofensor.

— Ôxe! Mas se foram eles quem provocaram!

— Isso torna o senhor e seus filhos melhores do que eles. Entretanto, ao vingar-se, tornando-se assassinos, em quê o senhor e os rapazes serão melhores? Ambos não fizeram a mesma coisa? Todos não acharam que eram um Deus?

— Deus? Que sacrilégio é esse que o *sinhô* tá dizendo?

— Deus é o Criador, é vida e só Ele tem o direito de tirá-la. Quando deixamos que o sentimento de ódio guie nossos passos, o homem vira fera e, como fera, perde toda a dignidade, todo o raciocínio, todo o respeito às leis de Deus e a si próprio. Matar um semelhante, seu Joanilson, é crime aos olhos dos homens e aos olhos de Deus.

— É... o *sinhô* tá me apertando... Matar um semelhante é crime... Pode até ser, mas não matar quem merece é pura covardia! E na nossa família *num* tem covarde.

— Seu Joanilson... por favor!

— Não. Gosto do *sinhô*, mas num quero ouvir mais nada, senão *nóis* vai terminar fraquejando.

— Mas...

— *Dotô*! Pra encerrar nossa prosa, tem uma coisa que o *sinhô num* deu importância...

— O que foi?

— O *sinhô* falou que é crime matar um semelhante.

— Falei e...

— E desde quando eu e meus *minino somo semelhante* àqueles *bandido*?

— Seu Joanilson!

— A conversa acabou, *dotô*. Minha conversa agora é com esses três. O que vocês dois *tão* esperando? Vão e mostrem a todos quem é a família Marinho. O Joacir Mateus só irá depois.

Francisco Camilo baixou a cabeça e foi embora sentindo-se derrotado e apreensivo, pois estava tendo um pressentimento que não prenunciava nada de bom. Os irmãos Barreto e Bastos Trovão abraçaram o pai e o irmão Joacir Mateus e saíram para resgatar o nome da família que um coronel e um pistoleiro haviam manchado!

Depois que os dois irmãos foram embora, Joanilson pediu para Joacir Mateus colocá-lo no pequeno alpendre, e começaram a palestrar para ver se isso ajudaria o tempo a passar.

— Sabe, pai... Dá uma saudade danada de quando tava todo mundo em casa... Mãe, as meninas... Cida e Gil... só não me lembro do Francisco Sales e do Zé Clóvis, porque eu era bem novinho. Faltavam comida, água, farinha, mas sobrava respeito na nossa família. Eu daria tudo pra que tudo voltasse a ser como antes...

— Voltar a ser como antes? É... seria *mêrmo* muito bom.

— Pai, me deixe ir agora buscar a Sharlene.

— Até seria bom, mas e na hora de eu tomar o tal remédio? Minhas *perna num* valem mais nada!

— Eu vou ficar com o senhor. Só irei embora depois do remédio.

— *Oxente*! É só botar ele aqui pertinho com um bocado de água. Enquanto Bastos Trovão e Vaqueiro pegam Macena Gallindo e o coronel Paulo Roberto e resgatam a Jacira, você vai buscar Sharlene. Vá agora.

— Tá certo. Bênção, pai?

Capítulo 17

Mandacaru Florido

No velho e único cabaré do povoado, o Mandacaru Florido, a farra estava solta. Havia tanta gente que ninguém percebeu a chegada de Joacir Mateus Marinho, que, de propósito, enterrara o chapéu de couro bem fundo na cabeça. Ele sentou-se a uma mesa, pediu uma bebida e ficou observando o ambiente na expectativa de ver sua irmã. Ele nunca fora ali, pois o pai sempre pedira aos filhos homens "que não alimentassem a miséria das moças que haviam caído em desgraça".

Seu Joanilson costumava dizer também, que, "se os homens deixassem de ir ao cabaré, elas terminariam arrumando outra ocupação que não fosse negociar o corpo num comércio que com certeza não contaria com o apoio dos santos, da igreja e muito menos do Padim Ciço".

Nos últimos tempos, desde a chegada de Francisco Camilo, sempre que seu Joanilson repetia aquela advertência, que "aquele comércio não contaria com o apoio dos santos, da igreja e muito menos do Padim Ciço", ele acrescentava: "E das almas do *dotô* Francisco Camilo!".

De repente, para seu total desespero, Joacir Mateus viu a irmã. Ela vestia uma roupa bem curta que deixava as pernas de fora, um decote escandaloso, e tinha a boca toda pintada de batom.

Dona Elza Meira, proprietária do cabaré e cafetina juramentada, parecia puxar Sharlene pelo braço, como se ela estivesse sendo obrigada a ficar ali, à disposição de quem tivesse dinheiro para dormir com ela. Joacir Mateus ficou feliz porque sentiu que a irmã não estava gostando daquela vida e que se ali estava era porque se sentia obrigada.

Ele aproximou-se, e, quando ela o viu, arregalou os olhos e não disse nada porque o irmão lhe fizera sinal para ficar calada. A cafetina viu a troca de olhares entre ambos e, como interpretou o interesse de forma errada, aproximou-se. Sem muitos rodeios, disse:

— E aí, rapaz? Vai querer ficar com essa? A Sharlene Chorona?

— Sharlene... Chorona? É esse o nome dela?

— Claro que não. Ela se chama Sharlene Marinho, mas aqui, no meu estabelecimento, ela é a Sharlene Chorona. Sharlene apenas não é um bom nome para prostituta. Vai ficar com ela ou não?

Como não estava acostumado com aquele ambiente, Joacir Mateus ficou indeciso e indagou:

— Ficar com ela? Pra quê?

— Isso é problema seu. Por dez reais, você tem vinte minutos.

— Vinte minutos? Pra fazer o quê?

— Pra chamegar, é lógico. Pra quê seria?

— Chamegar? Ah! Acho que entendi... e onde eu faço isso?

— Tem um quarto lá nos fundos. Passe logo o dinheiro. Isso! Ah, como você tá me parecendo *donzelo* e eu gosto de donzelos, vou lhe dar um aviso. Essa aí é uma porcaria de mulher na cama. Todo homem reclama porque ela não participa.

— Não participa?

— É. Na hora do chamego propriamente dito, eles dizem que ela fica feito estátua e só faz chorar. Se ela fizer isso com você, me avise que darei uns *bufetes* nela como corretivo.

— Mas...

— Rapaz! Seu tempo já tá correndo, e você já perdeu dois minutos. Vá! Tome aqui a chave e vá.

Quando entraram no quarto, os irmãos abraçaram-se por um bom tempo. Sharlene tratou de se cobrir com o lençol da cama, envergonhada de estar quase nua na frente do irmão.

— Sharlene! Por que você veio pra cá?

— Joacir Mateus, o que eu poderia fazer? Com que cara eu iria olhar pra vocês depois do que aquele coronel Paulo Roberto e seu pistoleiro fizeram com a gente? Você teve notícia de Jacira?

— Barreto e Bastos Trovão vão cuidar de Jacira. Irmã! Nós somos sua família e isso não acaba nunca, aconteça o que acontecer! Pegue suas coisas pois nós vamos voltar pra casa.

— Casa? O pai vai me aceitar de volta? Mesmo depois de eu ter deitado com um monte de *home*?

— Pois foi ele quem me mandou te buscar. O que são essas *ronchas* no braço?

— Às vezes, dona Elza fica meio violenta...

— Ela te bate?

— Só quando os clientes reclamam que eu não gosto do que faço...

— Irmã, como você deve ter sofrido! Mas isso acabou. Vamos embora agora. Está pronta?

— Joacir Mateus... eu sei que você tá *avexado*, mas ainda tem um problema...

— O que é?

— Eu devo dinheiro para dona Elza...

— Como assim? Você trabalha pra ela e ainda lhe deve dinheiro?

— O dinheiro que os homens pagam por mim não cobre o fiado pela dormida e alimentação que ela me dá.

— E quanto é isso? Não foi apenas um dia?

— Eu não sei. Ela me obrigou a assinar um papel... acho que era um contrato...

— Vou falar com ela.

A velha cafetina, longe de se enternecer com a história daquela sofrida família, a princípio ficou furiosa, pois estava "investindo" na Sharlene Chorona, achando que um dia ela resolveria mesmo ser boa na profissão, mas depois achou que poderia receber ali mesmo um bom dinheiro da família dela.

— Ela me deve muito, e eu não sei se você tem condições de cobrir meus prejuízos.

— Por um dia? Quanto?

— Ainda não sei... ela assinou um contrato e se comprometeu a trabalhar para mim por alguns anos. Se ela sair, vou deixar de ganhar com o serviço dela por muito tempo... Acho que uns quatro mil reais cobre...

— O quê? Por um dia? A senhora tá louca?

— Louca ou não, é isso o que você vai me pagar se quiser levar sua irmãzinha.

Sharlene, preocupada com o rumo da conversa, interveio:

— Ela me obrigou a assinar o contrato e não me deixou ler!

— Dona Elza, acho que a senhora não conhece minha família... nós somos muito pobres e...

— Nem faço questão de conhecer, principalmente sendo pobre. Ou paga o que deve ou ela ficará aqui. Foi sua irmã quem me procurou! Não fui à procura dela. E ainda tem uma coisa: não tenho tempo pra muita conversa. Resolva agora, pois, caso contrário, ela vai agorinha mesmo pegar outro cliente!

— Por favor!

— Favor? Não! Quero meu dinheiro, pois tenho o documento e várias testemunhas que dirão o que eu quiser e quando eu quiser.

— Está certo... nós faremos o seguinte: ela irá comigo agora, e ninguém me impedirá. Amanhã, a senhora procure seus direitos na justiça. Pegue suas coisas, Sharlene.

— Se você fizer isso, você se arrependerá. A cada duas semanas, a juíza Mabel Rosa Telma Cavalcanti aparece e ela não gosta de perder tempo. Se teve testemunha, ela apoia. Volte para o salão, Sharlene. Agora!

— Não, ela irá comigo! Só me matando pra me impedirem de levar minha irmã!

— Rapaz... você está brincando com fogo. É uma pena, pois você ainda é tão jovem...

— Eu agradeço sua preocupação, mas estou partindo e levando minha irmã junto. Até nunca mais.

Os dois saíram do estabelecimento, e, depois de deixarem a cidade, Joacir Mateus mandou a irmã entrar no mato, trocar de roupa e lavar a cara para o pai não ficar triste com aquele aspecto.

A caminhada era longa, principalmente porque estavam a pé. Umas duas horas depois, ouviram um galope que se aproximava rapidamente.

"Quem seria?", pensaram.

Quando o cavalo estava mais próximo, Sharlene reconheceu quem o cavalgava, não se conteve e desabafou:

— *Vige* Maria!

— Quem é? — perguntou Joacir Mateus.

— É Eunaudo...

— E quem é esse Eunaudo?

— Ôxe! É o Cabeça, o pau-mandado de dona Elza Meira. Ele já matou gente...

— Cabeça? Isso é lá nome de homem? De sertanejo?

— Ele é de Jacintinho, nas Alagoas. Falam que ele sente prazer em matar gente.

O Cabeça parou em frente aos dois irmãos. Ele era bem alto, parecia um delegado, e seu olhar frio, sua segurança, o porte atlético e a espingarda 12, que mantinha cruzada à frente do peito, não prenunciavam nada de bom para os jovens irmãos.

Joacir Mateus olhou para a espingarda de Eunaudo Cabeça e para sua peixeira de dez polegadas e achou que a diferença não era tanta assim, já que ele era um Marinho. Decidiu resolver logo de uma vez.

— O que o moço deseja? — perguntou.

Cabeça cuspiu fumo quase nos pés de Joacir Mateus, o que era uma afronta, e depois engatilhou sua espingarda. Ele apontou para Sharlene e respondeu:

— Ela. A Sharlene Chorona volta comigo pro cabaré, pois ela tá endividada com a minha patroa.

— Não, ela vai comigo. Se sua patroa quiser receber uma possível dívida da minha irmã que procure a juíza.

O pistoleiro esboçou um sorriso. Estivera preocupado porque, na realidade, não queria resolver tudo numa boa, na base da conversa. Ele queria exercer seu ofício de matador pra "não enferrujar".

— Sua irmã é uma *xexêra*! E ela vai voltar comigo e é agora. Aliás, vou até lhe adiantar, já que vi que o moço é um irmão preocupado, que essa noitinha vou traçá-la novamente. Sharlene lhe contou que já dormi com ela e que, como ela começou a choramingar, eu lhe dei uma *pisa* pra que chorasse de verdade? Contou? Tá vendo essas *perebas* nas pernas e nos braços dela? É tudo obra minha...

Joacir Mateus, que se continha com muito esforço, ficou transtornado e fez exatamente o que Cabeça queria: desafiou-o.

— Por que não desce do cavalo e vem bater nela novamente? Na minha frente?

Eunaudo sorriu de forma feroz e respondeu:

— É isso o que você quer?

— Não! Na realidade, acho que a gente já falou demais. Por que não solta a espingarda, e a gente resolve na faca essa parada?

Eunaudo Cabeça riu novamente e, após apear do seu cavalo, aproximou-se dos dois irmãos. Ele perguntou a Joacir Mateus:

— Resolver na faca?

— Como manda a honra sertaneja e...

— Honra sertaneja? E quem lhe disse que sou sertanejo? Sou do mar das Alagoas e saí de lá porque empacotei uns caras. E quer saber mais? Cansei de tanta conversa! Vai me entregar a Chorona ou vou ter que pegá-la a pulso?

— Como? Entregar minha irmã a um infeliz das *costas ocas* feito você? Nem que...

Joacir Mateus não conseguiu concluir a frase. Cabeça acabara de disparar sua doze no peito do jovem vaqueiro. A morte do rapaz foi instantânea. Sharlene ainda tentou abraçar o irmão, mas foi puxada pelos cabelos, e, ali mesmo, perto do corpo do irmão, foi estuprada por Cabeça.

— Idiota! Falar comigo sobre honra sertaneja... duelo de facas? Só um idiota que, portando uma doze, iria deixá-la de lado para encarar uma briga de facas. Espero que você tenha mais irmãos e que eles me procurem pensando nessa tal honra sertaneja. Eu matarei todos eles, um por um. Dona Elza vai me pagar uma boa grana, e você não vai falar nada sobre seu irmão, pois, se falar, eu vou procurar teu pai e acabar com ele.

"Oxente! Você parou de chorar? Danou-se! A Sharlene Chorona sem chorar? O que houve? Também resolveu dar uma de valente? Desde quando você não se desmancha em lágrimas? Matei teu irmão, te tracei a pulso, e você não tá chorando? Estranho... mas vou providenciar seu choro, porque, afinal, chorar não é a tua grande marca registrada? Quero ver tu não chorar depois que eu te sentar uma boa mãozada!"

Cabeça bateu nela várias vezes, mas as lágrimas de Sharlene haviam mesmo terminado.

A jovem foi colocada na garupa do cavalo pelo assassino de seu irmão, que, sem o menor respeito pelo morto, o deixou ali para ser banqueteado pelos animais famintos da caatinga.

O que o assassino Cabeça não percebera, preocupado que estava em arrancar do peito de Joacir Mateus um trancelim que fora presente de dona Guia, foi que acabara de matar também os sentimentos de Sharlene. Todos eles menos um: o sentimento de vingança! Não um sentimento impulsivo, mas algo que deveria ser minuciosamente planejado, arquitetado...

Capítulo 18

A Tocaia

Ainda sem saber o que havia acontecido ao irmão Joacir Mateus e a Sharlene, Trovão e Barreto, de posse de algumas informações sobre os costumes do coronel Paulo Roberto e de seu pistoleiro Macena Gallindo, conversavam.

— Acho que a gente deveria preparar uma tocaia. É mais seguro — disse Trovão.

— Trovão, emboscada é negócio pra pistoleiro! Nós somos vaqueiros do sertão! Somos nordestinos! E o pai ensinou que nossa honra só será lavada numa disputa cara a cara! Homem a homem!

— Acorda, Vaqueiro! Eles não estão nem aí pra honra. É tudo cabra de *pêia*! Não adianta você chegar perto, feito o *cão chupando manga*, que eles *batem fofo*, se escondem e só atacam nas moitas!

— É... o pior é que você deve tá certo... mas matar alguém na tocaia é uma coisa pra envergonhar a gente para o resto da vida. Eu tô em dúvida...

— Eu também... a não ser...

— A não ser?

— Sabe, Barreto, e se a gente mandasse um desafio pra eles?

— Como assim?

— A gente mandaria o *bebum* Fábio Cadengue ir falar com o coronel e marcar o dia e a hora do encontro pra gente acertar nossas contas. Eu e você contra o coronel e o pistoleiro.

— E se ele não aceitar?

— Aí a gente teria tentado fazer o certo. Mas, se eles não aceitarem, a gente, então, faz do jeito deles, na tocaia, na safadeza.

— Acho que assim tá bom. Vamos ao povoado procurar o *bebum* Fábio e aproveitar pra encher o *bucho*, pois tô morrendo de fome.

Não foi difícil encontrar o velho Pudim de Cachaça, que, solícito como sempre, principalmente depois de tomar umas duas talagadas "pra ajudar a destravar a língua", aceitou na hora a encomenda de ir até a fazenda do coronel para marcar o encontro.

No dia seguinte, ele retornou. O coronel Paulo Roberto, surpreendentemente, aceitara o desafio e o marcara para o dia seguinte no grotão do Calango Seco, às dez horas da manhã. Pudim de Cachaça acrescentou:

— Ele disse que espera que os senhores sejam realmente pessoas honradas e que vão apenas os dois, assim como só irão ele e o pistoleiro.

— Muito bem, Fábio. Tome mais uma na minha conta e agora saia daqui, pois quero comer e conversar com meu irmão.

— Eu tô com uma fome danada... — reclamou Fábio Cadengue.

— Tudo bem. Peça para botar um almoço pra você que eu pago. Agora deixe a gente conversar.

— Obrigado, patrão. Muito obrigado.

Fábio foi sentar-se a uma boa distância dos dois irmãos. Enquanto comia, ele observava Barreto Vaqueiro e Bastos Trovão. Ele sabia que os dois eram gente boa, direita, mas não sentira o mesmo em relação ao coronel. Estava desconfiado de que o coronel iria aprontar algo contra os irmãos.

O que fazer? Como agir? Fazer o certo? Ou apenas fazer o mais conveniente para sua própria sobrevivência? Ele pensava, enquanto comia uma buchada feita no capricho.

Algum tempo depois, os irmãos levantaram-se, e, antes de irem embora, Barreto ainda passou na mesa onde Fábio também acabara de almoçar e deu-lhe mais uma graninha que lhe garantiria outro almoço decente. A atitude de Vaqueiro dissipou as dúvidas de Fábio, que, levantando-se energicamente, parou os dois irmãos e lhes disse baixinho:

— Patrãozinho... uma última coisa...

— O que é, Fábio?

— Se eu fosse o senhor, não confiaria no coronel. Acho que ele tá armando uma *arapuca* para pegar vocês!

— Que é isso, Fábio? O coronel é metido a *arrochado*, mas é sertanejo! Ele não teria coragem de aceitar um desafio e aprontar uma tocaia! Perderia o respeito! — respondeu Barreto.

— Patrão... me desculpe, mas um sertanejo de verdade não faria o que ele fez com sua mãe e suas irmãs...

— É... talvez Fábio esteja certo — disse Trovão.

— Patrão, o coronel é *raparigueiro, pirangueiro*, desordeiro, um bocado de "eiro", e sabe que errou feio quando atacou sua família. A fama dos Marinhos, pela vergonha na cara, na lida com o gado e no enfrentamento da caatinga, já saiu há muito tempo do sertão e tá por aí, mundo afora. Ele sabe que sua família preza demais pela honra, e eu acho que ele vai tentar se aproveitar disso.

— Eu agradeço sua preocupação, amigo Fábio, mas ele tem que ter algum restinho de honra. Até a próxima vez e obrigado — disse Vaqueiro, que nesses assuntos era meio sonhador e diferente de Bastos Trovão, mais antenado com a realidade humana.

— Pra onde o patrãozinho vai?

— Nós vamos pros arredores acampar e amanhã resolveremos de vez essa *pendenga*.

No dia seguinte, os dois irmãos levantaram-se cedo, acenderam o fogo, fizeram café e aguardaram chegar a hora do encontro com o coronel. O grotão do Calango Seco ficava longe do local onde estavam, e às sete e meia eles se dirigiram para lá. Absolutamente tranquilos, não sabiam que estavam cometendo o erro terrível de medir os outros pela régua moral que norteava suas vidas honradas.

Era a primeira vez que eles iam até aquele local, que era longe como o *cafundó do Judas*, e, ao se aproximarem, já viam a distância o coronel Paulo Roberto e o pistoleiro Macena Gallindo. A partir daí, eles não conseguiram mais desviar a atenção dos dois assassinos!

O ódio brotou forte e dolorido em seus corações ao saberem que aqueles dois mataram dona Guia, desgraçaram Sharlene e deram a Jacira um futuro ainda incerto, que eles tratariam de descobrir agora.

Só que, em uma luta de vida e morte, o ódio não é um bom componente, pois cega a pessoa e a faz perder a lucidez e o sexto sentido que lhe avisarão se algo estiver errado.

Pois foi exatamente o ódio que fez os dois valentes irmãos não levarem em conta que, para chegarem até onde o coronel e o pistoleiro estavam, os dois teriam de passar entre duas pequenas elevações de terra que bem poderiam abrigar alguns jagunços emboscados.

O coronel e o pistoleiro fizeram sinal para que parassem e foram ao encontro dos dois. Essa estratégia impediu que Barreto Vaqueiro e Bastos Trovão saíssem do meio das duas elevações. Quando distavam dez metros, o coronel, acompanhado de Macena Gallindo, gritou:

— Pronto. Estou aqui. O que vocês desejam?

— Onde está minha irmã? — perguntou Barreto Vaqueiro.

— A Jacira? Ela está na minha fazenda, por quê?

— Quero ela de volta.

— Mas aí tem um problema. Nem eu nem ela queremos que ela volte. Jacira tá cansada de ser pobre.

— Isso eu preciso ouvir dela.

— Tá me chamando de mentiroso?

— Não. Mentiroso só não. O senhor é um coronel de *araque*. Um mentiroso safado, assassino e violentador de mulher.

O coronel, que era meio amorenado, ficou pálido, pois nunca encontrara quem tivesse a coragem de lhe dizer na cara o que achavam dele. Ele sabia que era odiado, mas ninguém jamais lhe dissera isso na *jaca* e sem tremer a voz!

— Você é muito corajoso... como é seu nome? Eu gosto de saber o nome de quem vou matar.

— Meu nome é Barreto Vaqueiro Marinho, e este é o meu irmão Bastos Trovão Marinho, o Bastos Trovão. E quer saber mais, coronel?

— O que é?

— Eu tô cansado de tanta conversa. Além do mais, do senhor tá saindo uma *inhaca* desgraçada, que nem dá pra aguentar mais. Vamos resolver logo nosso problema?

— Como?

— O senhor escolhe. Na faca ou na espingarda?

Barreto Vaqueiro parou, pois viu que o coronel e o pistoleiro estavam rindo. Aquilo não era bom. Olhou de lado e só agora percebeu que, se atrás daquelas duas pequenas elevações tivesse jagunço do coronel, a coisa ia ficar realmente preta.

— Moleque atrevido! Quem vocês pensam que são pra desafiar o coronel Paulo Roberto? Perto de mim, vocês não passam de dois *cotoquinhos* de gente! Uma simples *catota*, uma *remela* que eu arranco com um dedo e jogo fora.

— Você é um falso coronel de título comprado, pois não tem honra nem vergonha pra ser um coronel de verdade! E agora eu vou arrancar seu título à faca.

Vaqueiro pulou da sela e foi ao encontro do coronel, seguido do irmão Trovão. De repente, o coronel gritou:

— Agora! Matem os dois!

O que se ouviu foi um tiroteio quase insano. Havia seis jagunços do coronel escondidos atrás das duas elevações. Impossível dizer quantos tiros acertaram os dois irmãos, que pareciam não entender o que acontecera. Bastos Trovão caiu logo, mas Barreto Vaqueiro, mesmo com o corpo cheio de balas, ainda teve forças para apontar a espingarda ao coronel e atirar.

Entretanto, o coronel, segundos antes do disparo, escondera-se atrás de Macena Gallindo e foi este quem levou um tiro que destruiu seu joelho direito. Exaltados pelo cheiro de sangue, os jagunços atiraram-se em cima dos corpos dos dois irmãos já mortos, cobrindo-os de dezenas de facadas.

Um deles resolveu decepar a cabeça de Vaqueiro, pois fora ele quem dera mais trabalho, contudo, foi contido pelo coronel.

— Não. Ele era um *abestalhado*, mas era valente. Vamos deixar os dois aqui. Os bichos vão se encarregar de fazer desaparecer. Vamos embora. Meus problemas se acabaram, pois agora só restaram Joanilson Marinho, um velho aleijado, e um almofadinha que vive na capital.

Macena Gallindo aproximou-se do corpo de Barreto Vaqueiro e disparou sua doze no rosto do valente vaqueiro, despejando naquele ato sua raiva por ter sido atingido. Recarregou sua arma, deu outro disparo no rosto de Trovão e perguntou ao coronel:

— Almofadinha? Ainda tem outro filho? — preocupou-se Macena Gallindo, enquanto tentava disfarçar a dor que sentia pelo joelho destruído.

— Tem, mas não é motivo de preocupação. Ele saiu daqui novo, frangote ainda, pois logo percebeu que não aguentaria a vida dura do sertão. Deve ser um branquelo, raquítico e covarde, mais interessado em livros do que em gente.

— Será?

— A maior prova disso é que assim que pôde se mandou daqui. Ele não pode ser valente feito esses aí que foram forjados na Caatinga do Raso. Vamos embora. Você precisa ser levado ao médico. Hoje à noite, eu quero que matem uma rês pra gente comemorar.

Mas o pistoleiro Macena Gallindo era um profissional e, desconfiado, ainda tentou alertar o patrão sobre deixar vivo algum membro da família.

— Coronel! A gente matou uma família quase inteira. O certo não é fazer um serviço completo? Não gosto de serviço *seboso*... não seria melhor matar o velho Marinho e mandar alguém encerrar o assunto lá na cidade grande? Eu conheço uma pessoa boa pra fazer o serviço...

— Eu já disse que conheço bem a situação e o almofadinha não é homem pra ninguém temer. Além do mais, ninguém sabe que fomos nós. Caso encerrado.

— E o *bebum*?

— Fábio? O Pudim de Cachaça? Ele sabe que, se abrir a boca, ele morre. Não, nada há para se temer.

— Eu posso providenciar que ele se cale pra sempre...

— Calma, Macena Gallindo! Você só pensa em matar?

— Mas esse não é o meu ofício? Não é pra isso que o senhor me contratou?

— Foi, mas, por enquanto, chega de mortes.

— Como é o nome do almofada?

— Do almofadinha? Não tenho certeza, mas parece que é Esdras. Paulo Esdras. Ou alguma coisa parecida...

Capítulo 19

A Caçada

O professor Luiz Augusto Santana e os alunos pareciam hipnotizados pela história do estranho aluno, tanto que começara a anoitecer e ninguém arredara pé de lá. O aluno recomeçou sua narrativa.

O coronel Paulo Roberto cometera um erro. Fábio Cadengue, a despeito de ser um bêbado, sabia reconhecer e agradecer quando era tratado com respeito. Os irmãos Marinhos não só o respeitaram, como também o ajudaram, e isso, naquelas bandas, era algo difícil de acontecer. Quando lhe deram uma bofetada foi porque ele destratara a irmã deles, mas Fábio sabia que merecera e que eles eram gente de bem.

Ainda desconfiado das reais intenções do coronel, ele seguiu os irmãos a distância e viu a tocaia e a chacina de que foram alvos. Também já ouvira de outros pinguços sobre o que acontecera com Joacir Mateus. Ele foi ao local e escondeu o corpo do rapaz. Encheu-se de coragem e, depois que os assassinos foram embora, jogou os corpos dos dois irmãos no *caçuá*. Levou-os até onde escondera o corpo de Joacir Mateus, apanhou-o e seguiu para fazer a entrega ao seu Joanilson.

Ao receber os corpos dos três filhos, o coração do pobre velho só aguentou porque era feito de puro aço! Ele tentou levantar-se, mas não conseguiu, pois suas pernas deixaram, definitivamente, de atender à sua vontade de erguer-se. Pela primeira vez em toda a sua vida, ele não tentou impedir que as lágrimas lhe molhassem o rosto cansado e marcado pela dor. Afinal, os três filhos saíram para recuperar as irmãs e a honra ultrajada, e agora ele recebia apenas os corpos mutilados de seus três filhos homens!

O enterro foi feito por Francisco Camilo e por Fábio, que, por incrível que pareça, se recusou a tomar um trago com seu Joanilson, alegando que, pela primeira vez na vida, estava fazendo algo decente, que lhe doía muito, mas que lhe dava satisfação por ser para pessoas direitas. Pretendia não beber nunca mais.

Antes de ir embora e providenciar uma cadeira de rodas que Camilo mandou comprar, ele perguntou ao seu Joanilson se ele ainda precisava de alguma coisa. O velho vaqueiro respondeu:

— Só uma. Vá até a fazenda da família da *minina* Maria, noiva do Paulo Esdras, e conte toda essa desgraceira a ela. Diga que, como eu *num* seio escrever, bem que ela poderia mandar umas *linha* pro meu filho Paulo Esdras. Ele tem o direito de saber o que houve.

— Mais alguma coisa? — perguntou Fábio.

Depois de pensar bastante, Joanilson completou sua mensagem:

— Diga a ela pra colocar na escrita que eu *num* quero que ele venha pra cá, que já tá tudo resolvido e nada há mais de se fazer. Que eu só mandei avisar porque era direito que ele soubesse *qui* ele *num* tem mais irmão *home*.

Maria escreveu ao noivo e, temendo uma decisão intempestiva do amado, enfatizou bastante que ele não fosse ao sertão agora, quando as coisas ainda estavam sendo muito comentadas.

Como não havia testemunhas, não houve inquérito, denúncia nem processo. Aos poucos, tudo foi voltando ao normal, e as pessoas falavam cada vez menos do que acontecera à família Marinho. O velho vaqueiro Joanilson agora era ajudado por Fábio, que levara sua mulher Melissa para o casebre do velho, e ambos cuidavam dele e dos poucos bichos que ainda havia na terrinha dele.

O único ponto de discussão entre os dois era que seu Joanilson reclamava por beber sozinho "para sufocar as mágoas", pois Fábio decidira parar de beber e agora até frequentava a "Casa das Almas" de Rene Marques, que se tornara espírita e sempre insistia em levar seu Joanilson até lá. O velho sertanejo, contudo, sempre se recusava a ir, alegando que tinha medo de ficar ouvindo história bonita que acabaria lhe amolecendo o peito e fazendo-o esquecer o sentimento de vingança que lhe dava forças para viver!

Alguns meses se passaram até que as pessoas do povoado começaram a ver uma motocicleta cruzando ruas e estradas. Não dava pra ver quem era o motociclista, pois estava sempre de capacete. Ele parava perto das pessoas e normalmente fazia muitas perguntas sobre vários moradores da região. O único que teve coragem de questioná-lo foi Fábio Cadengue.

— Por que o senhor quer saber?

— É um trabalho de pesquisa.

— Pesquisa sobre a vida alheia? Quando a gente nem sabe quem é o senhor?

— Mas eu sei quem você é. Seu nome é Fábio Cadengue, que se recuperou do vício do alcoolismo e hoje dá uma ajuda a um velho vaqueiro de nome Joanilson Marinho.

— Ajudo sim, e daí? Que mal há nisso?

— Não falei que havia algum mal; apenas expus um fato. Eu lido com fatos. Posso lhe fazer uma pergunta?

— Poder, pode, mas daí a eu responder... só se achar que devo.

— Que horas o Eunaudo, conhecido como Cabeça, sai da boate?

— Boate? O que é boate?

— Eu pretendi dizer cabaré... O Mandacaru Florido.

— Ah! Daquela *tribufu* da dona Elza Meira?

— Isso.

— Ele sai de madrugadinha, quando o movimento tá praticamente no fim. Olhe, seu moço, não sei, pode até ser *leseira* da minha parte, mas, por algum motivo, tô começando a confiar no senhor e... Posso lhe contar um segredo?

— Sou todo ouvidos...

— Eu odeio aquele cara. O doutor Francisco Camilo falou na palestra que o "ódio envenena nosso coração", mas eu sinto ódio, sim. Ele não presta! Todo mundo sabe que ele matou seu Joacir Mateus, filho mais novo do meu amigo Joanilson, e ninguém nunca fez nada.

— Foi de homem pra homem?

— É isso que mais me dói, seu desconhecido. Joacir Mateus tava levando a irmã que foi desgraçada pelo coronel e Macena pra casa, quando o safado do Cabeça apareceu. Joacir Mateus queria resolver a coisa na faca, mas o cara estava com a *bexiga lixa* e, antes de o rapaz entender suas intenções, ele atirou com a doze no peito do garoto.

O motociclista apenas baixou a cabeça, e Fábio, que, além de ser um bom homem, era um falador inveterado, continuou:

— Só tô dizendo isso porque o senhor perguntou por ele e eu queria lhe avisar que aquele ali não vale nem o que o gato enterra. Tô falando pra o senhor ter cuidado se for lidar com ele.

— Eu sei e agradeço. E a irmã do Joacir Mateus? Ainda está no cabaré?

— A Sharlene Chorona? Aquilo é uma coitada. Morre de chorar enquanto a *tribufu* só faz explorá-la e ainda apanha do safado do Cabeça!

No fundo, no fundo, confesso ao senhor que fiquei meio decepcionado com a atitude do único sobrevivente macho da família...

— O velho Joanilson Marinho?

— Não... Seu Joanilson já está por demais velho e fraco das pernas pra resolver as coisas. Falo do filho mais velho, Paulo Esdras, um *dotô* da capital que eu nem conheci. Dizem que ele saiu daqui cedo, menino ainda, com medo do sertão. Ele soube do ocorrido e, passado todo esse tempo, não veio nem prantear seus defuntos ou tentar tirar uma irmã do cabaré e a outra das garras do coronel. Não dá pra entender...

— Talvez ele esteja se preparando melhor, porque não seria uma empreitada muito fácil.

— Ôxe! Tem isso não, moço. Essas coisas a gente faz quando o sangue ainda tá quente de revolta, raiva e ódio. Se não fizer logo, a coisa esfria e o cabra amolece.

— Eu não penso assim. É possível que, se os filhos assassinados de seu Joanilson não tentassem fazer a coisa sob pressão, mas depois de pensar bastante, planejar de forma fria e racional, tivesse dado certo.

— Pode até ser. Mas tem duas coisas nessa história... *Matutando, matutando*, eu cheguei à conclusão de que os filhos de seu Joanilson morreram porque confiaram demais nessa coisa de honra de sertanejo. Isso se acabou há um bom tempo, pelo menos pra muita gente safada.

— Não entendi...

O menino Joacir Mateus ainda era meio inexperiente, mas Barreto Vaqueiro e Bastos Trovão, dois dos cabras mais valentes e experientes da região, acharam que seus inimigos resolveriam o problema de acordo com o velho código de honra do passado que lhes foi transmitido pelo velho Joanilson!

— E não foi isso o que aconteceu?

— De jeito *manêra*! E isso me deixa muito *aperreado*. Seu desconhecido, eles foram tocaiados e não tiveram nenhuma chance!

— E qual é a outra coisa? — perguntou o motoqueiro desconhecido.

— É a respeito do filho vivo, do tal *dotô* da capital. Embora o velho Joanilson viva dizendo que, se ele tivesse ficado aqui, teria sido o melhor vaqueiro de todos os tempos do sertão, eu não acho. Mas não falo nada pro seu Joanilson, pois ele ficaria triste e não sei até quando aquele coração velho vai aguentar tanta tristeza... Penso que a verdade é outra e bem mais triste...

— É? E o que você acha?

— Posso ser sincero? Acho que ele já *arribou* daqui com medo das dificuldades da nossa terra e, chegando lá, deve ter se *amofinado* de vez. Deve tá usando cabelão, franjinha na testa, um monte de anel e talvez até brinco e pulseira. Se ele estiver assim, é melhor que não venha pra cá, pois isso mataria seu Joanilson de vez.

— Bem, eu concordo com você. O sertão não está preparado para tais avanços da modernidade. Foi muito bom conversar com você. — O estranho motociclista tirou a luva para apertar a mão de Fábio Cadengue, que, ao retribuir o cumprimento, observou e sem querer disparou:

— *Vôte*! O moço usa pulseira!

— A vida é cheia de surpresas, amigo Fábio. — O desconhecido acelerou sua moto, sumindo na estrada.

À noite, Fábio comentou sobre o motoqueiro com seu Joanilson, que se lembrou da visita que Francisco Camilo lhe fizera havia alguns anos.

— Ele também era um pesquisador... tinha uma bicicleta de motor...

— Motocicleta!

— É, esse negócio... esse usava uma pulseira? E *mêrmo* assim você achou que ele era de confiança?

— Pois não é que foi? E olhe que não sou de confiar em ninguém de cara!

No dia seguinte, às quatro da manhã, Eunaudo, o Cabeça, saiu do cabaré Mandacaru Florido e dirigiu-se até sua casa, que ficava no fim do povoado. Era a última casa e ficava bastante isolada.

Depois de lavar a cabeça e enxugar o rosto, ele deitou-se e viu em cima do tamborete uma garrafa de cachaça de cabeça. Levantou-se de um salto, de arma em punho e deu uma geral na casa e nas redondezas. Tudo estava em ordem. Eunaudo começou a falar em voz alta:

— Será que tenho alguma admiradora secreta? Sei que sou o *cão chupando manga*, mas daí a... será a dona Elza? Hum... e a cachaça é coisa de primeira! Pena que já bebi demais... mas sou macho e sempre posso aguentar mais um bom gole!

No outro dia, ao acordar, a primeira coisa que Eunaudo viu foi uma motocicleta dentro de sua sala e um homem desconhecido olhando para ele. Tentou levantar-se, mas viu que estava amarrado. Pés e mãos amarrados. O homem olhava-o de uma forma fria, impessoal, impiedosa, e o salafrário temeu por sua vida. Reunindo coragem, indagou:

— O que está acontecendo?

— Nada. Já aconteceu o que precisava acontecer.

— É fácil dar uma de valente quando o outro está amarrado, não é?

— É verdade. É como bater em mulher ou matar um adolescente que o desafiou a resolver uma questão na faca.

— Tá falando daquele Joacir Mateus? Aquilo era um idiota! Por que eu perderia tempo brigando de faca, se eu tinha uma doze?

— Apenas seria uma coisa de homem!

— Coisa de homem? E isso aqui? Dopar minha bebida, me amarrar e depois conversar comigo, provavelmente por medo, é coisa de homem?

— Só de homens inteligentes. E você está errado. Não dopei sua bebida. Até fiquei meio decepcionado por encontrá-lo tão desprevenido, mas não estou aqui pra conversar com você.

— Não? E pra que diabos está?

— Apenas para vê-lo morrer.

— Morrer? E quem vai me matar? Você?

— Você já está morrendo. Alguém colocou alguma coisa na sua bebida que o deixou fora de combate e na sua cama — nem sei como ainda não percebeu — há também duas cobras, uma cascavel e uma jararaca, que já o picaram. Ou seja, é veneno demais até pra alguém safado como você.

Como se ouvissem que falavam delas, a cascavel chocalhou e a jararaca deslizou sobre o peito do apavorado Cabeça. Sua visão começou a falhar, e ele apelou:

— Você deve ser um sertanejo honrado. Ainda dá tempo de pegar o soro na farmácia. Por favor!

— Não daria mais tempo. Você pediu por favor? Quantas vezes, ao espancar a Sharlene, ela lhe pediu por favor para parar?

— A Sharlene Chorona? E por que isso te interessa? Ai! Quem é você? Ai! Tô morrendo...

— Quem sou eu? Apenas um caçador de safados de sua qualidade. Mas não fique triste, pois vou lhe fazer companhia até seu último instante. Agora você vai me dar licença, pois vou pegar o trancelim que pertencia ao vaqueiro Joacir Mateus.

Em um ato contínuo, o motoqueiro arrancou com violência o trancelim que Cabeça trazia pendurado no pescoço. Algum tempo depois, com partes do corpo gangrenadas pelas picadas, Cabeça arrancou forças de algum lugar desconhecido e desafiou:

— Quero saber seu nome pra, quando eu chegar ao inferno, começar a preparar um lugar pra você perto de mim. Seja homem e me diga seu nome!

— O inferno não existe, mas, se existisse, seria apenas pra gente safada da sua laia. Quer saber quem eu sou? Pra quê? Para me assombrar à noite? É melhor não me aparecer nem depois de morto, senão eu te mato novamente, já que desta vez alguém fez o serviço antes de mim. Apareça e me dê a chance de fazer o que planejei. Farei isso com prazer! Eu e quem envenenou sua bebida.

— Seu nome...

— Não! Morra sem saber o nome de quem iria te matar, mas não matou porque alguém chegou na frente.

— Mas...

E Eunaudo, o Cabeça, expirou sua vida de crueldades na face na Terra. O que ele não conseguira dizer ao seu executor, mas que o deixara impressionado, foi a forma como sua morte fora conduzida. Enquanto ele expirava, seu executor atrasado mantinha uma atitude fria, mecânica, impessoal, sem emoção, como se quem estivesse morrendo fosse apenas uma galinha ou um porco.

Na noite seguinte, todos deram pela falta de Cabeça, mas só descobriram o que acontecera ao saírem do cabaré, já na madrugada, ao darem de cara com seu cadáver encostado na porta do prostíbulo. Estabeleceu-se uma confusão dos diabos, e, em meio àquela balbúrdia, ninguém notou um homem vestido de preto, de capacete de motociclista, puxar Sharlene pelo braço, jogá-la na garupa de sua moto e levá-la até pertinho da casa de Joanilson.

— Desça. Vá abraçar seu pai e lhe entregue este trancelim e este pacote — ele disse.

Sharlene agradeceu e confessou-lhe que fora ela quem comprara a cachaça para Cabeça e colocara as cobras sobre ele.

O desconhecido nada disse, acelerou e foi embora. Sharlene chegou à sua casa e daí a instantes estava nos braços do velho pai. Depois que ela lhe contou tudo, principalmente como fora resgatada, entregou-lhe o trancelim, e o pacote enviado pelo motoqueiro foi aberto. Dentro dele havia um novo e lindo gibão de couro. Seu Joanilson, com os olhos brilhando, exclamou:

— Foi meu amigo Francisco Camilo! Aquele ali sempre foi um homem direito.

— Mas, pai, eu tive um pressentimento diferente...

— Como assim?

— Pra mim, era o Paulo Esdras.

— Quem? Paulo Esdras? De motocicleta? Não foi, não.

— Como o senhor sabe?

— Primeiro, porque eu proibi Esdras de vir aqui e...

— Mas, pai, o senhor vai me desculpar, mas desde quando Paulo Esdras lhe obedece?

— Você me respeite, *minina*! Eu *seio* que *num* foi ele, porque soube que esse motoqueiro desconhecido usa pulseira, e um filho de Joanilson Marinho jamais usaria pulseira, pois isso *num* é coisa pra homem. E ainda anda de motocicleta? Paulo Esdras chegaria montado num alazão! Motocicleta? *Num* é meu filho.

— Se o senhor tá dizendo...

Capítulo 20

Acerto Final

O acontecimento da noite anterior era o assunto do momento, e o que mais intrigava a todos era a identidade do motoqueiro desconhecido. Ele não fora visto por ninguém, mas muita gente ouvira o ronco de sua moto.

“Seria um fantasma?”, alguns pensavam.

“O doutor Francisco Camilo tinha uma moto, mas todo mundo já conhecia o veículo. Assim sendo, por que ele não se identificava?”, pensava a maioria.

O cabo Severino Oliveira, que parara de beber, virara evangélico e abominava a violência, e o soldado Morais, quando ficou momentaneamente sóbrio, concluíram que seria impossível descobrir o que acontecera com Cabeça e deram o caso por encerrado. Alguns dias depois, o assunto já nem era comentado, sendo apenas lastimado pela cafetina Elza Meira, que fazia as contas dos prejuízos que tomava com o sumiço de Sharlene Chorona.

A vidinha pacata começava a voltar ao seu normal, quando Fábio Cadengue, que voltava da casa de Joanilson, foi surpreendido pela chegada silenciosa de uma moto ao seu lado.

— Bom dia! — disse o motoqueiro, sem tirar o capacete.

— Bom dia...

— Tudo bem por aqui?

— Sim, senhor, principalmente depois que calaram o Cabeça pra sempre e levaram a menina Sharlene de volta pros braços do pai. Mas acho que o amigo deve saber bem disso, não é?

— Eu? Não. Não sei de nada. Andei viajando...

— Mas soube que foi um motoqueiro quem levou Sharlene para casa, não sabe?

— Foi?

— Foi sim, senhor. O velho Joanilson acha que foi Francisco Camilo, um amigo dele. Mas Sharlene pensou que se tratava do irmão, o tal de Paulo Esdras.

— O *amofinado*?

— Pois é. Mas seu Joanilson tratou de fazê-la entender que não era possível ter sido ele.

— E como ele fez isso?

— Ele apenas disse que o motoqueiro misterioso usa pulseira e que Paulo Esdras jamais faria uma afronta, uma desfeita dessa a ele.

— O velho e bom Joanilson... ele não mudou... — disse baixinho o motoqueiro.

— O que o moço acabou de falar?

— Nada. Apenas pensei em voz alta. Vamos falar de outra coisa? É mesmo verdade que você deixou de beber?

— É sim. Houve vários motivos, a maioria incluindo o que aconteceu aos Marinhos, mas a gota d'água foi o último porre que tomei.

— O que houve?

— Bem, eu havia tomado todas que eu aguentava e ia passando pela rua totalmente desnorteado, quando ouvi uma música. Aí me deu uma vontade danada de dançar. Entrei na casa com a maior cara de pau e me dirigi a uma senhora vestida toda de preto.

"— Madame! A senhora me dá o prazer desta dança? — convidei.

"— Não! — ela respondeu grosseiramente.

"— Não? Por quê não? — insisti.

"— Por quatro bons motivos — ela respondeu.

"— Quais são os motivos? — perguntei.

"— Primeiro, porque o senhor está bêbado — ela disse.

"Mesmo eu achando que era preconceito da parte dela, respondi:

"— Isso é verdade. Qual seria o segundo motivo? — questionei.

"— O segundo, porque isto aqui não é uma festa; é um velório!

"— Cruzes! Um velório! Eu não havia notado... qual seria o terceiro motivo?

"— O terceiro é porque não se dança o pai-nosso.

"— *Oxente*! E eu nem havia notado qual era a música... e qual seria o último motivo?

"— O último motivo é que não sou uma madame; sou um padre! Padre Cunha Neto!"

— Moço... eu saí dali correndo, envergonhado e milagrosamente refeito da *carraspana* que havia tomado.

O motoqueiro riu um pouco, mas depois retornou ao assunto.

— Voltando ao que interessa. E o coronel e seu pistoleiro? Eu soube que eles...

— Bem, é o seguinte...

***

Passaram-se mais alguns dias, e o assunto sobre o Cabeça, que agitara o pequeno povoado, parecia definitivamente esquecido. Tudo voltara àquela monotonia própria de uma região cujos moradores tinham como principal virtude a infinita paciência.

Afinal, viver esperando pelo choro das nuvens, as chuvas, naquela região, exigia exatamente isso: paciência! Mas estavam passando pela fase mais difícil, pois era verão, quando nem por milagre choveria, e aquele calorão infernal amolecia até os mais valentes sertanejos.

Quando chegava a noite e soprava uma aragem fria, todos tratavam de aproveitar pra dormir e descansar, pois sabiam que no dia seguinte a coisa voltaria a engrossar.

Na fazenda do coronel Paulo Roberto não era diferente. O que havia de diferente é que as coisas entre o coronel e seu braço direito Macena Gallindo já não eram tão boas. Estavam juntos havia mais de trinta anos e apenas isso impedia uma maior discussão entre os dois homens.

O problema era que, com o passar dos anos e depois dos atos violentos contra a família Marinho, o coronel começou a achar que exagerara, que cometera muitos erros, e já evitava repeti-los, diferentemente de Macena Gallindo, que parecia estar mais cruel do que nunca. Assim, alguns desentendimentos passaram a acontecer entre os dois homens, exatamente porque o coronel começou a impedir a expansão da índole má do velho pistoleiro.

Eram amigos, respeitavam-se, e, na frente dos outros, Macena Gallindo nunca contrariava uma ordem do patrão ou discutia suas ordens, mas, quando estavam apenas os dois, a sinceridade, um dos indispensáveis componentes de uma verdadeira amizade, falava mais alto.

— Coronel! O senhor tá ficando frouxo?

— Por quê?

— O safado do jagunço roubou uma galinha, e eu não posso nem lhe dar uma surra?

— A mulher dele estava muito doente...

— Mulher? E quem mandou se casar? É por isso que nunca me casei, pois isso afrouxa o homem, inclusive quando ele é coronel! Não é melhor ir ao Mandacaru Florido, despejar o óleo, queimar a lenha, pagar uma *merreca* de nada e depois vir pra casa dormir?

— O que você pretendeu dizer com "inclusive quando ele é coronel"?

— Patrão... o senhor sabe e sabe muito bem que, desde que a menina Jacira chegou aqui, o senhor começou a mudar.

— Seja mais direto, cabra!

— Eu tô sendo direto! Aos poucos, o senhor foi cortando os castigos, e isso começou depois que a gente acabou com a raça dos irmãos Marinhos. Até parece que o senhor se arrependeu!

O coronel não respondeu de imediato. Baixou a cabeça e pareceu até esquecer que Macena ainda estava ali. Passados alguns minutos, ele levantou a cabeça e disse:

— Talvez você esteja certo. Os anos estão passando, e estou cansado de tanta desgraça, de saber que, de dez pessoas do povoado, onze não gostam de mim, de saber que eu acabei com uma família pobre, mas direita, e formei uma nova pra mim. Sim, é possível que isso esteja mexendo comigo.

— Se o senhor mudou, isso não aconteceu comigo. Se o senhor não quer mais manter o punho de ferro na fazenda, não precisa, mas pelo menos deixe comigo esse setor.

— Está na hora de parar...

— Patrão! A gente tá rodeado de jagunço safado, que só conhece a lei do chicote! Se a gente começar a afrouxar, eles vão querer tomar conta de tudo! Não precisa se envolver; apenas me dê carta branca para eu manter essa jagunçada arrumada!

— Não sei, Macena Gallindo... Preciso pensar mais... vou conversar com minha mulher e...

— Conversar com sua mulher? Sobre como dirigir uma fazenda? Uma menina? O senhor pirou ou afrouxou de vez! Não posso ficar num lugar em que quem decide é uma mulher! Sou apenas um velho pistoleiro, mas tenho princípios! Vou dar um tempo pro senhor pensar.

— Pensar?

— Vou queimar minha lenha, despejar meu óleo no Mandacaru Florido da dona Elza e encher a cara. Quando eu voltar, quero uma resposta direta do senhor.

— Direta? Sobre o quê?

— Castigo e morte! Se eu posso continuar castigando jagunço atrevido e empacotando e mandando pros quintos do inferno quem eu achar que devo!

— Macena, você não está cansado de matar?!

— Cansado? Esse é meu ofício! Quando nasci, eu já pensava em como seria o gostinho de ver alguém morrer pelas minhas mãos. E, se eu não tô enganado, essa minha sina serviu ao senhor muito bem por longos anos. Ou não foi?

— Foi, mas talvez eu estivesse errado... Minha mulher diz que quem planta maldade não pode colher coisa boa!

— Sua mulher... não vou dizer o que penso dela em respeito ao senhor, mas homem que dá ouvido à mulher vai ficando acovardado com o passar do tempo e termina sendo conduzido por ela. Eu tenho pena do senhor! E fico com vontade de ir lá e dar um tiro nela!

— Macena! Antes disso, você vai ter de passar por cima do meu cadáver! Onde está o respeito, cabra?

Macena Gallindo baixou a cabeça, não por medo, que era algo que desconhecia, mas por respeito e amizade ao único amigo que tivera em toda a sua vida.

— Desculpe, coronel... eu falei sem pensar. Como lhe disse, vou até o cabaré. Até mais...

E o famigerado pistoleiro Macena Gallindo, matador profissional, saiu lentamente da presença do coronel Paulo Roberto, puxando a perna direita que tivera o joelho destruído por Barreto Vaqueiro Marinho.

Ao chegar ao Mandacaru Florido e entrar, um silêncio respeitoso instalou-se na expectativa de sua atitude. Ele apontou para uma mesa, e, como sempre acontecia, quem estivesse sentado à mesa que ele escolhesse tinha de sair rapidinho e deixá-la livre para o matador.

Macena sentou-se, e a velha cafetina aproximou-se, servil.

— Seu Macena! Quanta honra! Vai querer uma das minhas meninas?

— Mande botar uma garrafa na mesa, traga uma buchada completa e...

— Não tem buchada.

— Então, traga uma mão de vaca e saia daqui.

— O senhor manda...

— Macena Gallindo comeu, tomou sozinho duas garrafas e, quando todos pensavam que ele iria desabar sobre a mesa, o matador ergueu-se com algum esforço, deixou umas notas sobre a mesa e saiu.

Foi visível o suspiro de alívio com que os demais frequentadores do cabaré saudaram sua saída. Todos começaram a ficar mais descontraídos e a aproveitar melhor o ambiente. Todos, menos um, que também pagou sua conta e saiu depois de Macena Gallindo.

Ao chegar à fazenda, Macena foi reconhecido pelo jagunço que estava de vigia e ficara responsável por guardar seu cavalo. Macena foi até seu quarto, que ficava na parte de trás da casa-grande, e, sem ao menos tirar a roupa, atirou-se na cama.

Já amanhecia quando ele abriu os olhos em consequência da forte luz do sol batendo diretamente sobre ele.

— Ôxe! Não tô no meu quarto? — perguntou-se baixinho.

— Não — respondeu uma voz que ele não conhecia.

Macena tratou de orientar-se. Olhou em volta e descobriu que estava no curral. Seus braços e suas pernas estavam amarrados em quatro reses diferentes. Se elas debandassem, ele seria feito em pedaços. Depois de balançar a cabeça para ter certeza de que não estava sonhando, perguntou:

— Quem é que tá aí? Como me trouxe até aqui sem eu perceber? O que quer?

— São muitas perguntas, mas vou responder. Trazê-lo até aqui foi fácil, pois você estava bêbado. Apenas entrei no seu quarto e o trouxe para cá. Quem sou eu? Apenas alguém que vai vingar seu Joanilson Marinho, dona Guia Marinho, que você matou, e os irmãos Barreto Vaqueiro e Bastos Trovão, contra quem você armou uma emboscada depois de acertarem resolver a situação como homens!

— Faltou responder uma coisa: o que você deseja? — indagou Macena Gallindo, um péssimo exemplar de figura humana, mas dotado de pelo menos uma virtude: coragem!

— Nada! Eu já peguei tudo o que queria.

— E o que era?

— Sua vida. Você é uma pessoa que viveu à custa da dor e do luto das pessoas. Você não vale nada e, como não é nada, vai morrer.

— Quem vai me matar? Você?

— Não! Você não vale isso. Observe sua atual situação. Deitado em cima do esterco de gado e amarrado em quatro bois. Apenas vou deixar a porteira aberta, providenciar uns tiros pro alto, provocando um estouro da boiada, e aí terei a felicidade de vê-lo ser partido em milhares de pedacinhos. Nem cova você terá, porque não merece!

— Faça isso. Não me arrependo de nada, porque matar gente sempre foi meu ofício! Sempre fui respeitado por ser um matador!

— É uma pena que nem isso você conseguiu ser com honra. Você é um desastre como matador. Nunca agia sozinho nem cara a cara. No fundo, no fundo, você foi apenas um matador covarde, desonrado, safado, e é assim que morrerá: deitado na merda de gado e feito em pedaços.

— Pode ser, mas não vai ter a alegria de me ver pedir perdão.

— Não quero que me peça perdão, pois só quem perdoa é Deus. E, mesmo que pudesse, eu não iria te perdoar. Mas, como você pode ter um momento de fraqueza, vou te amordaçar. — Em um ato contínuo, ele amordaçou o velho pistoleiro, que parecia conformado.

Quando o homem desconhecido abriu e deixou aberta a porteira, o velho pistoleiro finalmente tomou consciência de que sua vida estava por um fio. Fechou os olhos e provavelmente entrou em contato com o diabo, agendando sua chegada em breve ao inferno!

— Agora, é chegado o momento de acordar o coronel Paulo Roberto! — disse em voz alta o motoqueiro.

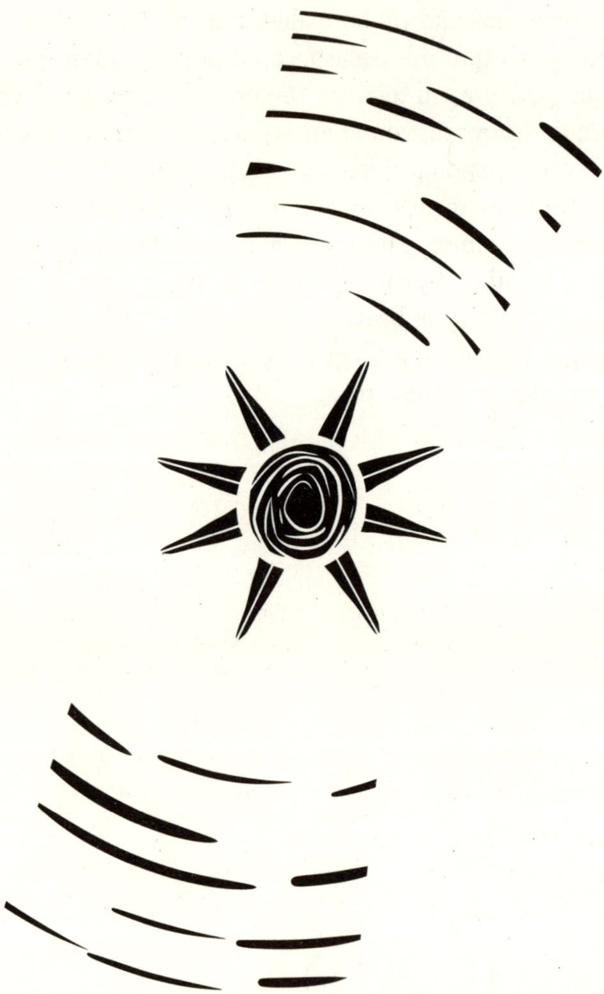

Capítulo 21

A Vez do Coronel

Quando abriu os olhos, o coronel sentiu o mundo dar voltas. Ele fora dopado com clorofórmio. O coronel levou alguns minutos até conseguir se orientar e verificar que havia alguém em seu quarto. Quem seria? Não o conhecia...

— Bom dia, coronel.

— Bom... espere! Quem é você? O que faz aqui no meu quarto? O que deseja de mim?

— É... Pelo visto, os homens desta fazenda gostam de fazer muitas perguntas... mas cada coisa na hora certa. Nós vamos fazer uma rápida viagem.

— Não vou a lugar nenhum com você! — O coronel Paulo Roberto tentou levantar-se, quando só então percebeu que estava amarrado.

— Tenha calma, coronel. Ficar nervoso nunca foi bom.

— Pelo amor de Deus! O que está acontecendo?

— Deus? O senhor falou de Deus? É interessante... nunca pensei que uma pessoa má como o senhor pudesse ainda apelar para Deus.

— O que você deseja?

— Eu já lhe disse: nós vamos fazer uma pequena viagem.

— Eu não vou a lugar nenhum com você.

— Lamento desapontá-lo, mas essa não é uma opção.

— Espere até Macena Gallindo descobrir que...

— Essa também não é uma opção. Neste momento, ele está agendando uma entrevista com o diabo, que é uma coisa que em breve o senhor também deverá fazer.

— Quando meus jagunços...

— Que tal calar a boca e deixar de lado essa banca de fanfarrão? Eu dou as ordens agora e vou lhe explicar o que vai acontecer. Vai ficar caladinho, apenas ouvindo? Ou terei de amordaçá-lo?

O coronel estava realmente assustado, porque não conseguia entender como aquele homem, dentro da sua fazenda, cercado por mais de trinta jagunços, parecia tão tranquilo como se estivesse em casa descansando na rede. De onde ele tirava tanta tranquilidade e frieza? Quem era ele?

— Vou ficar calado.

— Primeiro, vou levar o senhor e a Jacira até a cidade. Quero que todos vejam o grande coronel Paulo Roberto passear pela cidade! Depois, iremos até um certo sítio onde quero que o senhor conheça um homem de verdade. Estamos combinados?

— O que tem a ver Jacira? Ela nunca fez mal a ninguém!

— Eu sei disso, mas ela precisa vir junto para presenciar tudo. Algum problema?

— Eu faço qualquer coisa, mas deixe Jacira em paz. Por favor!

— Não atendo a pedidos nem faço favores a quem não presta. Agora ouça com atenção: vou colocar uma corda no seu pescoço, e vamos sair daqui levando Jacira conosco. Quando os jagunços se aproximarem, o senhor vai mandar que se afastem, pois, caso contrário, eu atiro na sua cabeça. Combinado?

— Não me importo de morrer...

— Ótimo! Então, eu atiro em Jacira. Fica melhor assim?

— Não! Por favor! Atire em mim, mas não nela.

— O quê? Não acredito... um safado da sua laia encontrou algo que valoriza? Que gosta? Que respeita? É até difícil de acreditar...

“Mas, para não haver dúvidas, se seus jagunços tentarem impedir nossa partida, eu atirarei nos dois, está bem?”

Sentindo, pela incrível frieza do desconhecido, que ele falava com sinceridade, Paulo Roberto respondeu:

— Eu controlo todos eles. Não vão tentar nada. Só temo se aparecer o Macena Gallindo...

— Fique tranquilo. Eu e o Macena já nos entendemos e, antes de partir, vou lhe dar a oportunidade de se despedir do seu parceiro de safadezas! Agora, se levante! Nós vamos acordar Jacira.

— Quem é você? — insistiu o Coronel, mas o estranho não respondeu.

Quando entraram no quarto, Jacira ainda dormia. Sem tirar os olhos do coronel, que estava amarrado e com uma corda no pescoço, o estranho chamou:

— Jacira? Acorde, Jacira!

Ela foi abrindo os olhos lentamente. Para surpresa do coronel Paulo Roberto, Jacira, acreditando que ainda estava sonhando, sorriu e estendeu os braços em direção ao estranho, como a pedir-lhe um abraço, no que foi correspondida.

Entretanto, antes de Jacira conscientizar-se de que aquilo era real e não um sonho, o homem amarrou suas mãos e lhe pôs uma mordaça. Ela, enfim, despertou de vez. Mas, como não podia falar, apenas seus olhos arregalados denunciaram sua surpresa.

Depois de o desconhecido também explicar a ela como as coisas iriam acontecer, eles foram até o grande alpendre da fazenda. O estranho acionou o sino, e, em pouco tempo, havia um grupo de jagunços um pouco abaixo dos degraus da casa, apontando suas armas para ele, que mantinha duas cordas amarradas nos seus pulsos e a espingarda apoiada no pescoço do coronel.

Uma corda prendia Jacira e a outra estava amarrada no pescoço do coronel. Além disso, em nenhum momento ele afastou, nem por um milímetro, a espingarda doze da nuca de Paulo Roberto.

Depois de explicar aos jagunços com uma tranquilidade impressionante, como se estivesse dando uma aula, o que iria acontecer em seguida, que ele sairia dali levando o coronel e a Jacira, o estranho mandou que Paulo Roberto confirmasse suas ordens com um balançar de cabeça. O coronel confirmou, e os jagunços baixaram suas armas.

— Preparem dois cavalos! — ordenou o desconhecido.

Quando os cavalos foram trazidos, ele mandou Jacira montar no primeiro e, sem afastar a espingarda da cabeça do coronel, subiu no segundo.

— O senhor vai andando na minha frente e, a qualquer movimento seu ou dos jagunços, o enforcarei ou arrancarei fora sua cabeça. Fui claro? Responda, coronel!

Paulo Roberto gesticulou que sim, ao mesmo tempo que Jacira tentava falar de todo jeito, mas a mordaça não permitia. Com a cabeça, o coronel mandou que a jagunçada abrisse caminho para eles passarem.

De forma relutante, empregados e jagunços abriram uma passagem por onde os três, sob a estreita vigilância do estranho, caminharam lentamente. Depois de avisar a todos que não deveriam segui-los, o desconhecido lançou a pergunta que deveria estar incomodando muitos dos presentes.

— Onde está o perigoso Macena Gallindo? Querem saber? Estão contando com ele para reverter a situação?

Um silêncio sepulcral parecia impedir as pessoas de falarem. A dúvida ali era quem era aquele maluco que entrara na fazenda e capturara o coronel. O que ele desejava?

Ele passou um rabo de olho para verificar se a porteira onde o rebanho e Macena Gallindo estavam ainda continuava aberta e, pela última vez, dirigiu a palavra aos jagunços:

— Quando eu chegar àquela elevação ali, vou parar e dar um tiro para cima. Em seguida, logo depois do meu tiro, vocês vão descarregar suas armas atirando para o alto. Entenderam? Só para confirmar, o coronel vai dizer sim ou não com a cabeça. Se eu achar que alguém apontou a arma para a elevação, eu matarei o safado do patrão de vocês. Estamos entendidos? Coronel?

O coronel Paulo Roberto confirmou com a cabeça, e lentamente, sem dar as costas para a fazenda, o desconhecido saiu levando seus prisioneiros. Uns quinze minutos depois, chegaram à elevação citada.

— Está curioso com o destino do seu capanga, coronel?

O coronel concordou com a cabeça.

— Pois bem! Ele resolveu dormir no lugar errado e agora pagará pelo seu erro. Hora de atirar! — E disparou um tiro.

A jagunçada, numa transferência de raiva impotente, fez o mesmo, e aconteceu o que o desconhecido planejara. O rebanho assustou-se, e, como a porteira estava aberta, houve um tremendo estouro da grande boiada.

Durante algum tempo, quatro reses ainda andaram mais ou menos juntas, porque algo as impedia de afastarem-se uma da outra. Mas, em dado momento, todos que estavam acompanhando o estranho comportamento das quatro vacas viram que um corpo, que parecia ser do pistoleiro Macena Gallindo e estava amarrado às reses, foi cedendo. O matador foi esquartejado violentamente e seu corpo foi espalhado para todos os lados.

Aquilo pareceu surpreender o estranho. Na realidade, ele queria apenas dar um grande susto em Macena Gallindo, um susto suficiente para ele nunca mais dar uma de valente. Prendera fortemente os quatro bois entre si, e não haveria como elas se afastarem uma das outras.

O que ele não sabia é que a jagunçada odiava Macena Gallindo, pois a maioria já fora castigada por ele, e que um deles, de nome Galileu Nascimento, fora escondido ao curral e praticamente deixara as reses soltas.

— Seu pistoleiro resolveu "espalhar-se" pelo campo. Agora, vamos à cidade — disse, embora lamentasse, intimamente, o destino violento do pistoleiro.

A cidade, que na realidade não passava de um povoado, ficou assustada com o que viu. O homem, que nos últimos anos mais atemorizara a cidade, estava andando com uma corda no pescoço, sendo puxado por um estranho em uma impensável humilhação.

Fábio Cadengue, que também estava presente, não escapou dos olhos atentos do estranho, que determinou:

— Fábio, tome este dinheiro e compre na bodega do Paulo Sérgio todo o estoque de querosene que houver. Rápido!

Fábio não demorou a voltar com um carrinho de mão cheio de latas de querosene e começou a acompanhar o estranho cortejo. Quando chegaram ao Mandacaru Florido, pararam, e o desconhecido determinou que Fábio acordasse todo mundo que estivesse dormindo.

Oliveira, o cabo da polícia, evangélico devotado, ao saber do que estava acontecendo, "lembrou-se" de que estava devendo o último dízimo e se mandou para bem longe. O soldado Morais ressonava tranquilo depois de um pileque homérico.

Aos poucos, todos saíram, e a última a aparecer, a velha cafetina Elza Meira, ainda tentou peitar o estranho.

— Quem você pensa que é, pra...

— Cale a boca! Fábio, arregimente mais dois cabras de confiança e jogue todo o querosene no cabaré.

Fábio não precisou ouvir duas vezes. Com um prazer inusitado, chamou dois garotos, e juntos despejaram todo o querosene nas paredes de madeira do cabaré.

O estranho acendeu um fósforo e disse à cafetina:

— Se você reconstruir outro cabaré aqui, eu voltarei e tacarei fogo com todo mundo dentro. — Em seguida, jogou o fósforo acesso, e um fogaréu enorme surgiu, consumindo em pouco tempo o cabaré.

Pouco depois, ele postou-se diante do coronel Paulo Roberto e de Jacira e disse:

— Meu nome é Paulo Esdras Marinho, filho de Joanilson Marinho e de Maria da Guia Marinho. Sou irmão de Joacir Mateus, Barreto Vaqueiro, Bastos Trovão, Jacira e de Sharlene. Estou cobrando tudo o que é devido à família Marinho. Agora, vou até o sítio dos Marinhos levando este coronel bandido.

Uma pequena multidão resolveu acompanhar a conclusão daquela história.

Recomeçaram a caminhada da mesma forma como chegaram ao povoado. Esdras e Jacira montados, e o coronel a pé à frente dos dois, com uma corda no pescoço.

Joanilson Marinho estava no seu alpendre olhando para a vastidão das terras e da seca. Como estava sozinho, pois Sharlene saíra para pegar água na cacimba, ele teve de se arrastar pelo chão empoeirado do velho casebre para, usando apenas a força dos braços, que já não eram tão fortes, conseguir sentar-se na cadeira de rodas que Camilo comprara. Estava triste e mais pensativo do que de costume e não sabia o porquê.

Algum tempo depois, percebeu pela poeira levantada ao longe que algumas pessoas se aproximavam. Mas, como sua visão já andava lhe pregando algumas peças, preferiu não se animar ante a perspectiva de poder falar com alguém. Pegou sua velha espingarda, que estava encostada na parede, cruzou-a sobre as pernas inertes e esperou.

Antes de reconhecer quem eram aquelas pessoas, o barulho de uma motocicleta assustou o velho vaqueiro. Era o doutor Francisco Camilo, que soubera do que estava acontecendo e que, temendo uma desgraça, correra até a casa do amigo Joanilson Marinho.

Capítulo 22

Hora da Decisão

Agora já dava para ver melhor, principalmente quem vinha à frente de um grupo de mais ou menos quarenta pessoas. Era seu filho Paulo Esdras! O velho vaqueiro sentiu um nó na garganta. Nunca se enganara com ele! E agora ele tinha a prova!

Esdras puxava pelo pescoço o temido coronel Paulo Roberto e mantinha presa pelo pulso sua irmã Jacira. Quando pararam diante de Joanilson, Esdras tirou as mordaças do coronel e da irmã. Deu uma coronhada nas costas de Paulo Roberto, fazendo-o cair de joelhos na frente do seu pai, e disse:

— Bênção, meu pai!

— Deus te abençoe, Paulo Esdras.

— Pai, aqui está o homem que permitiu a desonra da minha mãe e depois mandou matá-la; que mandou emboscar e assassinar meus irmãos Barreto Vaqueiro e Bastos Trovão; que desonrou Sharlene e Jacira; que, indiretamente, provocou a morte do mano Joacir Mateus e transformou o senhor em um paralítico com a dor que lhe causou. O senhor vai matá-lo ou eu mesmo farei isso?

Para espanto de todos os presentes e sem nem mesmo ele entender como aquilo fora possível, o velho sertanejo Joanilson Marinho soltou um urro, que pareceu brotar do mais profundo da caatinga cerrada, deu dois murros violentos nas pernas, apoiou as duas mãos nos braços da cadeira e ergueu-se, como se suas pernas, há muito tempo paralisadas e sem forças, tivessem sido abençoadas por algum milagre inexplicável!

Fábio Cadengue, o antigo e agora recuperado Pudim de Cachaça, ao ver aquilo gritou:

— Milagre! Milagre!

Algumas pessoas, que acompanhavam o desfecho daquele doloroso caso, místicas por excelência, começaram a se ajoelhar, não o fazendo por completo porque a voz forte de Joanilson as impediu:

— Não se ajoelhem, pois aqui não aconteceu nenhum milagre, a não ser que o ódio que tem envenenado meu sangue há tanto tempo possa ser chamado de milagre. Não esperei viver tanto pra conseguir ver esse safado ajoelhado na minha frente.

— Pai? Quem vai matá-lo? Eu ou o senhor?

— Tô em dúvida...

— A decisão é sua, meu pai — disse Esdras.

De repente, Joanilson pareceu lembrar-se de alguma coisa, olhou pra dentro do seu casebre e estranhamente determinou:

— Esperem aqui que eu já volto.

Ele entrou na casa. O silêncio era sepulcral. Alguns minutos depois, Joanilson reapareceu vestido com seu novo gibão, que o filho lhe dera.

Joanilson Marinho aproximou-se do coronel. Suas feições deixavam claro que o que se prenunciava não era nada bom. Na testa do velho vaqueiro surgiu uma veia forte, meio azulada, que ninguém nunca vira antes. O ódio parecia bombear seu sangue numa velocidade inimaginável.

Afinal, à sua frente, indefeso como um calango velho, estava um violentador de donzelas, o assassino de sua Guia e dos seus dois filhos Vaqueiro e Trovão. Lentamente, Joanilson levantou sua espingarda já engatilhada e apoiou o cano embaixo do queixo do coronel. Mais lentamente ainda, colocou o dedo indicador no gatilho. Olhou o trêmulo assassino bem dentro dos olhos e preparava-se para atirar quando...

— O senhor quer mesmo fazer isso? — Era Francisco Camilo.

— Quero! *Dotô* Camilo, eu esperei boa parte da minha vida por este momento.

— E fará isso mesmo sabendo que, se matá-lo, se tornará igual a ele?

— O quê? O *sinhô* tá ficando doido, *dotô*? Ele é um assassino!

— Se matá-lo, o senhor também será!

— Ôxe! Eu tô no meu direito, pois tô apenas me vingando!

— Mas continuará sendo um assassino. Quer ser maior e melhor que ele?

— Eu sou melhor que ele!

— É, mas, se matá-lo, matará também essa diferença.

— E que *diacho* o *sinhô* quer que eu faça?

— Para ser maior e melhor que ele? Só perdoando.

— Perdoando? Endoidou?

— Nunca estive tão lúcido.

— Pois *num* tá parecendo!

— Seu Joanilson, quem revida o mal com o mal é igual ao ofensor; quem perdoa está em melhor condição. Todo agressor já sofre muito, pois é um espírito envenenado, que espalha ódio, fazendo dele sua primeira vítima.

— Ele matou três pessoas muito queridas pra mim! Sem vingança, *num* existe honra!

— Seu Joanilson, tem certeza de que, se o senhor o matar, será realmente por conta de dona Guia e dos meninos?

— Ôxe! E qual é a dúvida?

— Será que não é mais por orgulho?

— Tá doido?

— Eu sei que o senhor amava sua mulher e seus filhos, mas sei também que o senhor é uma pessoa boa, direita, honrada e que dá muito valor à honra. Isso é verdade?

— É sim.

— E há honra em atirar em um homem amarrado?

— Mas ele não emboscou meus *filho*?

— Exatamente, e é por esse motivo que o senhor é melhor que ele. Vai se igualar ao coronel?

— O *sinhô* tá dando nó na minha cabeça...

— Há quanto tempo o senhor sofre devido à força do ódio? Ela está o consumindo. É tanto ódio que o senhor pensa mais no coronel do que na sua família. Estou certo?

— É... mas que diabo é isso? O *sinhô* tá querendo me fraquejar?

— Não. Quero fazer o senhor mais forte ainda e um exemplo de dignidade para o sertão.

— E como se faz isso?

— Perdoando, seu Joanilson, pois quem perdoa adquire paz. Lembra-se do nosso Mestre Jesus? Que, sem dever absolutamente nada a ninguém, foi chicoteado, crucificado, morto e, antes de voltar para o mundo espiritual, ainda foi grande o suficiente para pedir a Deus que perdoasse os que o agrediam porque eles não sabiam o que faziam?

— Só que eu sou Joanilson Marinho, não Jesus!

— Na Terra, ninguém chega nem perto dele, mas temos que ter em Jesus um modelo a ser alcançado. Para isso, é preciso que nos esforcemos para fazer parecido um dia.

— *Num* posso decepcionar meu filho Esdras...

— E pode decepcionar Deus?

— Esdras tá aqui, mas onde tá Deus?

— Ele deveria estar no seu coração, mas seu ódio está empurrando--O para longe. Olhe para o Esdras. Acha mesmo que ele deseja que o senhor se torne um assassino?

— Paulo Esdras, diga ao *dotô* aqui que você...

— Pai... eu estou cumprindo minha função de filho... Mas, desde que saí daqui, quando ainda era uma criança, eu me tornei espírita depois de ouvir o doutor Francisco Camilo. E, como espírita, aprendi que a gente deve repelir com todas as forças do nosso espírito a ideia de vingança alimentada pelo ódio, porque o ódio é um dos mais baixos sentimentos que um espírito pode abrigar.

— Mas você trouxe o cabra pra eu matar!

— Não. Eu não tinha o direito de lhe dizer o que fazer, mas esperava de todo o coração que o senhor mostrasse ao sertão o quanto o é melhor que ele, pois o ódio nos afasta da caridade e do amor. O ódio, meu pai, leva à vingança, que é um ato mesquinho e indigno.

— Ele *num* presta! Ele agrediu de morte a minha família!

— Pai, Chico Xavier disse em uma palestra que "é doloroso ser agredido, mas pior, muito pior, é ser o agressor".

— Danou-se! Esse tal de Chico deve ser meio frouxo!

— Pai, o coronel vai pagar muito caro pelo que fez. O doutor Camilo lhe disse várias vezes que a morte é uma ilusão e que mamãe e os manos estão vivos. Provavelmente, eles estão nos assistindo e muito preocupados com sua decisão.

— Vocês tão querendo que eu solte essa víbora sertão afora? Sem sofrer nada?

— Pai, o coronel terá de enfrentar séculos de sofrimento. Reencarnações dolorosas o esperam até que ele aprenda a transformar o ódio em amor e a vingança em perdão.

— Paulo Esdras! *Dotô* Camilo! Ele vai escapar sem pagar nada?

— Seu Joanilson, ele pode até escapar da justiça dos homens, mas da justiça de Deus eu duvido que escape!

— *Dotô* Francisco Camilo, ele é um monstro!

— Talvez, mas também é um irmão nosso, pois é filho do mesmo Deus que nos criou.

— Então Deus errou na construção desse aí!

— Pai, se o senhor apertar o gatilho, seu espírito será levado para lugares ruins, onde ficará preso por muito tempo e bem longe de minha mãe Guia e dos seus outros filhos. É isso o que o senhor deseja? — perguntou Paulo Esdras.

— Não! Mas ainda *num intendi* por que você trouxe o coronel até aqui!

— Se eu não fizesse isso, o senhor iria morrer amargurado, triste e sem ter a oportunidade de mostrar ao coronel que é melhor que ele.

— Meu dedo tá coçando, porque *home* que é *home*...

— Homem que é homem sabe a hora de perdoar. Seu Joanilson, os espíritos superiores dizem que perdoar requer muito mais coragem do que se vingar.

— Danou-se! Pra perdoar é preciso ser mais valente do que puxar o gatilho e acabar com essa lenga-lenga?

— Apertar o gatilho fará do senhor um assassino igual ao coronel. Perdoando-o, o senhor dará um passo em direção a Deus, e fazer isso não é pra todo mundo. Tem que ser muito macho, muito homem, para abdicar da vingança e generosamente dizer: “Eu te perdoo!”.

— É complicado...

— Seu Joanilson...

— Poeta Daslan? Eu *num* tinha te visto. O que você quer?

— Eu sei que o momento é difícil, mas lhe peço... Me deixe recitar uma poesia de...

— Poesia? Eu tô pra matar um cabra de *pêia* e você quer fazer poesia?

— É só um minutinho, e ele não vai escapar...

— Vá, diga logo sua prosa.

— A poesia chama-se “Perdoar” e quem a escreveu foi meu conterrâneo. O senhor o conhece.

— Conheço?

— Sim. É Dydha Lyra. Posso?

— Se é do Dydha é coisa boa. Pode.

Quando Daslan terminou, o velho Joanilson disse:

— Eu *num* entendi muita coisa, mas acho que sua ideia foi me fazer perdoar. Não! Eu nunca vou...

— Pai! Nunca diga que jamais perdoará, porque o senhor vai estar dizendo sua própria condenação! Quem sabe se, em outras vidas, não fomos nós os agressores do coronel?

— Pode ser, Paulo Esdras. Eu até acredito em outras vidas, porque o *dotô* Francisco Camilo é *home* sério, mas, como *num* tenho certeza se fiz alguma coisa com esse traste, vou acabar com isso agora!

Joanilson ergueu novamente a espingarda, apoiou o cano na testa do coronel Paulo Roberto e começou a pressionar o gatilho. Um, dois, no máximo três segundos antes do tiro final, um grito suspendeu a execução.

Capítulo 23

A Família Aumenta

— Não! Não atire, pai. Deixe-o viver! Eu lhe peço! Por favor...

— Jacira! O quê? Deixá-lo viver depois de tudo o que ele fez à nossa família? À sua mãe? À sua irmã, aos seus irmãos, a você? Eu ouvi bem?

— Pai... por favor...

— Jacira, de que você tem medo, *minina*? Eu *num* vou ser preso! Ninguém aqui vai testemunhar contra mim...

— Pai...

— Você tem um minuto pra me explicar por que eu deveria deixar esse infeliz viver. Fale!

— Eu... eu não quero ser filha de um assassino, embora seja mulher de um!

— Então...

— Mas o Paulo Roberto se arrependeu, e nós...

— Isso não muda nada, pois o arrependimento dele chegou muito tarde, tarde demais...

— Um dia, e ele sabe disso, Paulo vai pagar pelo que fez. Se ele conseguir escapar da justiça dos homens, vai estar pronto pra pagar dobrado à justiça de Deus.

— Que bom que você pense assim, mas vou lhe dar uma boa notícia. Ele *num* vai escapar da justiça dos homens, e eu vou aliviar o encargo de Deus. Graças ao meu filho Paulo Esdras, sou o escolhido para fazer o coronel pagar o que deve — e vai pagar agora! Apenas saia da frente, pois a hora dele chegou.

O coronel Paulo Roberto, que, até então, mantivera a cabeça abaixada, sempre fitando o chão, num gesto inequívoco de submissão ao seu destino, ergueu a cabeça preparando-se para morrer com o mínimo de dignidade.

— Não faça isso, meu pai. Não aumente minha desgraça!

— Desgraça? De que desgraça você tá falando, Jacira? Olhe que eu *num* tô entendendo mais nadinha de nada!

— Se esse homem mandou matar minha mãe, meus irmãos e desonrou a mim e à minha irmã, por outro lado...

— O quê? Fale, *minina*! Pelo que sei, esse safado nunca fez nada de bom pra ninguém!

— O senhor tá enganado... ele... bem... ele se casou comigo!

— O quê?! E aquela *tribufu* dele? Morreu? E você aceitou se casar com um assassino e violentador de donzelas?

— Como lhe disse, pai, ele se arrependeu... a esposa dele morreu...

— Ele se arrependeu? Então, por que não se apresentou à justiça?

— Ele ia fazer isso... Só não fez porque eu lhe pedi que não se apresentasse.

— Você? E por que fez isso? Explique esse troço direitinho porque eu *num* tô *intendendo* mais nada!

— Eu pedi porque ele se arrependeu, mandou destruir todos os pés de maconha da propriedade, começou a impedir Macena Gallindo de fazer maldades... porque nós nos casamos, porque gosto dele e...

— Gosta? Como alguém pode gostar de um traste assassino?

— Ele é meu marido, gosto dele e não quero que meu filho nasça e cresça sem pai.

— Espere aí... você tá...

— Eu tô *buchuda*, e ele é o pai. O pai do seu neto.

— Meu...

— Neto. A não ser que o senhor queira que, um dia, eu tenha que dizer ao meu filho que ele não tem pai porque o avô o matou.

— Meu neto? Seu filho e do safado...

— De comum acordo com Paulo, se meu filho for homem, ele se chamará Joanilson Marinho Neto e, se for mulher, se chamará Maria da Guia. Resolva, pai, pois preciso saber o que vou ter que dizer ao meu filho.

Naquele momento, as forças pareceram abandonar Joanilson novamente. Ele não caiu porque foi amparado discretamente por Paulo Esdras e Francisco Camilo.

O velho sertanejo sentiu o peito oprimido por um mar de dúvidas. Olhou alternativamente para os filhos Esdras, Sharlene e Jacira, para seu "genro" Paulo Roberto e para Francisco Camilo, mas depois voltou a buscar o olhar solidário, forte e sábio de Paulo Esdras, que seria aquele que realmente decidiria a sina do coronel.

Enquanto os dois se olhavam, se acumpliciavam e se entendiam, o poeta Daslan Lima, emocionado com aquela cena quase épica, tirava suas conclusões e escrevia discretamente:

> *Joanilson Marinho e sua família representam a luta do homem sofrido, que vencia não apenas a seca da caatinga, com sua indomável vontade de viver e de sobreviver, mas também a opressão, a humilhação e a morte com o indispensável apoio no sentimento de honra e dignidade.*
>
> *A pujança daquela família é grande pelo fato de ser uma família simples, de pobres trabalhadores rurais de uma das regiões mais inóspitas e primitivas do Brasil.*
>
> *Joanilson Marinho é o protótipo de um homem condenado à morte, à inanição, mas que renasceu porque nunca aceitou morrer humilhado. Não chamou, mas sabia que o mais valente dos seus filhos ouviria o apelo do sertão e viria para colocar as coisas nos devidos eixos.*
>
> *Seu Joanilson renasceu da raiva que arrancou do peito, dos gritos lancinantes que feriram sua garganta ressequida pela sede e machucaram seu peito ofegante pela dor que lhe causaram.*
>
> *Mas era exatamente na dor que estava toda a força do velho sertanejo, que lutava sem tréguas contra a indignidade do sacrifício sangrento que Paulo Roberto, ao lhe assassinar esposa, filhos e violentar suas meninas, lhe impusera.*
>
> *Que grande crime Marinho teria cometido para merecer um castigo tão doloroso? Teria sido o único e terrível crime de existir e insistir em sobreviver? Ou era coisa de outras vidas, como o doutor Francisco Camilo dizia?*
>
> *Mas agora surgia um tremendo paradoxo que unia, como nunca, o vaqueiro Joanilson e seu filho Paulo Esdras: a mesma dor que os agigantava agora também abrandava seus temperamentos. Eu os amo pelo exemplo de dignidade.*

Daslan concluiu suas anotações, enquanto Joanilson Marinho pensava. O dedo tremia no gatilho. O ódio contra Paulo Roberto salvara-o da paralisia, mas despertara nele uma incontida violência. Por outro lado, os pedidos do filho, do amigo Camilo e da filha, amada e grávida, conseguiram despertar sua adormecida religiosidade e fizeram-no pensar claramente.

"Não! Não vou ficar prisioneiro de uma vingança violenta contra um traste que nem merece uma bala!", pensou.

Lentamente, a espingarda, que fora erguida algumas vezes até o pescoço do coronel e depois baixada, foi afastada definitivamente. Joanilson procurou novamente os olhos de Paulo Esdras e lhe disse:

— Esdras, eu tomei uma decisão. Resta saber se você vai me apoiar.

— Pai, já está apoiado. O senhor decide, e eu cumpro!

O coronel, que estava novamente com os olhos fixos no chão, tomou um susto quando sentiu novamente o cano da espingarda de Joanilson sob seu queixo, erguendo-lhe a cabeça.

— *Coroné*, olhe bem dentro do meu olho e preste atenção no que vou lhe dizer. Tá ouvindo?

— Sim...

— Você tem um mês pra se desfazer dos seus pertences e ir *imbora* daqui levando sua *mulé* prenhe. Aconteça o que acontecer, nunca mais em sua vida cruze meu caminho, o de Paulo Esdras ou de Sharlene.

"Você sabe que hoje é um homem *dismoralizado* por essas bandas e que será um *home* morto se eu *disconfiar* que você *num* tá cuidando bem da minha filha ou do meu neto. Um mês. Um mês a partir de hoje. Concorda com essa decisão, Paulo Esdras?"

— Concordo, meu pai. Dando-lhe liberdade, deixando-o viver, nós também ficaremos livres, pois só renunciando à vingança, só perdoando, conseguiremos mostrar que somos melhores que ele e pessoas realmente livres.

Paulo Esdras olhou firmemente para o cunhado e lhe disse:

— Paulo Roberto de Oliveira, não preciso nem saber ou desconfiar... basta eu sonhar que você maltratou minha irmã ou meu sobrinho para que seja morto! Agora, saiam daqui! — Esdras tirou as cordas que prendiam o coronel e lhe deu as costas, numa total e clara demonstração de desprezo, numa atitude que aos poucos foi sendo seguida por todas as pessoas presentes.

Quando todas as pessoas lhes deram as costas, o coronel Paulo Roberto gritou em voz alta:

— Eu confesso e assumo toda a responsabilidade por meus crimes e erros! Agradeço a segunda chance e dou minha palavra que tudo farei para reconquistá-la ao lado da minha família! Eu prometo!

— É bom que faça isso! — disse Joanilson, sem se voltar, firme como uma aroeira antiga, presa ao solo!

— Eu farei. Venderei tudo e irei embora. Quando meu filho nascer, mandarei Jacira vir aqui mostrar nosso filho à sua família. Adeus...

Joanilson e Esdras não responderam, mas retribuíram o abraço carinhoso que receberam de Jacira, que antes de partir pediu a bênção ao pai.

— Deus te abençoe e não se preocupe comigo. Esse homem que você arranjou pra marido precisa muito mais de você do que eu, até porque tenho a Sharlene, embora eu ache que será por pouco tempo... Tem um vaqueiro de nome Pablo que só vive rondando aqui desde que ela retornou pra casa. Mas parece que ela tem mais duas *concorrente*.

— Quem são?

— É a *minina* Maryon, filha da dona Carminha e do seu Cardoso. Ela *num* vai sossegar enquanto *num* se casar.

— E a outra?

— É a *minina* Beatriz Rodrigues, a Bia, uma *adevogada*. *Vamo* ver quem vai ganhar. De qualquer jeito, ainda tenho meu amigo Fábio e a dona Melissa, que cuidam muito bem de mim. Pode ir, Jacira!

— Adeus, pai... mano, Sharlene, doutor Camilo, Daslan... Que Deus os abençoe — disse Jacira, afastando-se e chorando.

Subitamente, Joanilson Marinho deu um leve grito.

— *Dotô* Camilo! Esdras! Tá acontecendo uma coisa esquisita...

— De que se trata?

— Sabe aquela dor de cabeça que *num* passava? O peito cansado e o estômago pesado? Passou tudinho. É um milagre?

— Não, seu Joanilson, não é milagre. Aquelas eram as dores do ódio. Ao perdoar o coronel, o senhor também expulsou suas dores. Foi por isso que Esdras disse que o perdão liberta mais a quem perdoa do que ao próprio perdoado. O senhor é um novo ser.

— Novo ser?

— Outra pessoa...

— É pai, seu Camilo está certo. — Completou Esdras.

— Então, *vamo* comemorar, pois o Fábio *num* bebe mais e eu tô cansado de beber sozinho.

Depois de algum tempo, Joanilson perguntou a Francisco Camilo:

— Como é *mermo* aquela história de que o perdão liberta o *cabra*?

— Seu Joanilson, se formos analisar seriamente, todos os envolvidos nesses acontecimentos aprenderam várias lições, mas algumas delas eram realmente indiscutíveis, como o fato de que perdoar requer muito mais coragem do que se vingar! Todos aprenderam também que as pessoas podem ser cruéis perdoando e misericordiosas se vingando!

"No futuro, o sertão ouvirá falar que Joanilson Marinho, cujos sentimentos de dignidade, honra e amor à família não foram aprendidos nos bancos escolares, mas esculpidos na dureza da caatinga, se tornou um grande homem, maior do que já era, quando teve a grandeza de perdoar, que exige, conforme já foi dito, muito mais coragem do que alguém precisa para vingar-se. A vingança é um sentimento menor, mesquinho, que animaliza e iguala bons homens a homens maus!"

— *Num intendi* tudo, mas *seio* que foi bom e *bunito*! — disse Joanilson Marinho.

Era chegada a hora de mais uma despedida para o velho Joanilson. Depois de ouvir do amigo Francisco Camilo que ele iria embora, o velho sertanejo perguntou:

— E o centro espírita? Vai fechar?

— Vai não, meu amigo Joanilson. O Rene Marques agora é espírita e assumirá nossa casa com Dimas, Geraldo, Mônica e Fatinha. Sempre que puder, virei visitar todos vocês. Aliás, posso até vir morar aqui. Tudo depende de uma pessoa que conheci...

— Quem? — Todos, quase em uníssono, perguntaram.

— Será que daria certo um espírita e uma benzedeira?

— Está falando de quem? — perguntou Joanilson.

— Bem... como vocês dizem aqui, eu botei o olho na Marília Martins e parece que ela também botou o olho em mim."

Todos se abraçaram contentes e só pararam quando Esdras disse:

— Pai, eu também preciso voltar para a cidade e vou levando a Maria — disse Esdras.

— De novo? Vai *imbora* de novo?

Paulo Esdras, vendo que o pai continuava sem entender como alguém poderia preferir viver na cidade a viver no sertão, a título de consolo, mas com sinceridade, lhe disse:

— Pai, eu irei, mas voltarei sempre. Quando a jurema começar sua floração, exalando seu cheiro inconfundível; quando se ouvir no tabuleiro o grito da siriema e o umbuzeiro pelado começar a se vestir e florescer; e quando eu ouvir alguém comentar que começou a chover no sertão, sei que vai me bater uma saudade danada e aí, meu pai, eu vou voltar e ficar aqui por um algum tempo.

"Sabe por quê, meu pai? Porque tenho dois grandes amores na minha vida: meu pai e meu sertão! Eu te amo e te respeito, Joanilson Marinho, o maior vaqueiro do sertão!"

Joanilson, pela segunda vez na vida e sem se envergonhar que o vissem, deu livre curso às suas abundantes lágrimas, que desciam velozes pelas evidenciadas rugas do seu rosto. Aquelas lágrimas denunciavam que até um sertanejo valente, nascido, criado e sobrevivido entre os espinhos da caatinga também podia chorar e nem por isso se tornaria menos homem.

— Seu Joanilson, eu... — ia falando Francisco Camilo, que teve de parar porque, naquele momento e para espanto dos presentes, se ouviu o ronco assustador de um trovão. Aquilo era impossível! Estavam no Raso da Catarina e em pleno verão! Trovão era prenúncio de chuva. Mas no verão? No Raso? E não era um verãozinho safado; era verão de sertão.

Joanilson não se conteve.

— Ôxe! Tá tudo ficando doido. Quem já viu...

Pingos esparsos, inicialmente lentos, depois mais rápidos, mais constantes, começavam a cair. Era chuva! O choro das nuvens! As nuvens estavam chorando! O cheiro da terra molhada não deixava dúvidas. Chovia! O sertão chorava chuva!

Todos os presentes tiraram seus chapéus, pois não havia nada de mais agradável do que sentir a chuva sobre suas cabeças. Chuva e lágrimas de agradecimento misturavam-se. Mais uma vez, Joanilson gritou:

— Agora é milagre na certa! Tô certo, *dotô* Camilo?

Francisco Camilo, sabedor de que não existiam milagres, mas apenas situações que ainda fugiam ao conhecimento dos homens, ia começar suas explicações, quando Joanilson interrompeu-o, deixando-o sem argumentos.

— O *sinhô num* precisa responder, pois eu *seio* que é *mêrmo* um milagre. E sabe por quê?

— Não.

— Paulo Esdras, você sabe?

— Sei não, pai.

— Vou ensinar aos dois que são *dotô*, mas lá na cidade grande. Aqui, das *coisa* do sertão, o *dotô* sou eu. Tão lembrado que Jesus disse que "a fé tira as *montanha* do lugar"? Tô certo? Ele disse isso?

— Disse. Mais ou menos isso... — responderam os dois.

— E então! Se "a fé tira as *montanha* do lugar", por que o perdão, um perdão grande como de minha família a um assassino, *num* pode fazer chover? Ou o perdão é mais fraco que a fé?

Francisco Camilo e Esdras olharam-se admirados. O analfabeto Joanilson acabara de lhes dar uma belíssima lição de vida, afinal, não havia como saber e muitas vezes entender os reais desígnios de Deus. Como se tivessem ensaiado, os dois responderam em uníssono:

— O senhor está mais do que certo.

— Eu *seio* que tô!

Depois dos abraços e das promessas de retornar outras vezes ao sertão, Esdras já se distanciava, quando o velho Joanilson ainda o interpelou:

— Filho, obrigado pelo gibão!

Antes de Esdras responder, o incontrolável falador Fábio Cadengue perguntou:

— *Oxente*! O senhor não disse que achava que tinha sido Francisco Camilo?

— Dizer eu disse, mas, sem desfeita ao *dotô* Camilo, que é meu amigo, eu tava era *cum* medo de *num* ter sido o Esdras!

— Assim tá certo...

— Esdras, eu ainda tenho uma pergunta...

— Pode perguntar, meu pai.

— Você usa pulseira?

Paulo Esdras olhou de soslaio para Fábio Cadengue e, sem tremer a voz nem pestanejar, respondeu:

— Que conversa é essa, pai? Eu sou homem! Sou seu filho! Sou um Marinho! Sou macho! Eu tenho lá cara de homem que usa uma porcaria dessa?

— Ah! Eu sabia! Graças a Deus! Eu não te disse, Fábio?

Fábio sorriu e acompanhou Paulo Esdras até sua moto que ficara mais afastada. Os dois se abraçaram, pois haviam se tornado amigos, e, para surpresa de Fábio, Esdras lhe disse:

— Eu tenho um presente pra você...

— Pra mim? O que é?

— Abra a mão e feche os olhos.

Fábio atendeu e só os abriu quando ouviu o ronco da moto que já se afastava. Ao olhou para sua mão, viu que lá estava a pulseira de Esdras. Ele sorriu e acenou em agradecimento. Seria um segredo dos dois!

Joanilson Marinho filosofava em voz alta:

— *Num* tem, *num* existe, só se inventar, alguma coisa mais *bunita* no sertão do que o choro das nuvens!

Capítulo 24

A Revelação

— Bem, era essa a história que eu precisava contar. — Concluiu o estranho aluno que resolvera falar sobre o sertão.

Antes que Luiz Santana reassumisse o controle da sala, o estranho aluno foi interpelado.

— Com licença, colega, posso lhe fazer uma pergunta?

— Você é... ah, lembrei. Edinha, a solteira. Pode perguntar.

— Bem, eu fiquei curiosa sobre a concorrência que Sharlene enfrentava a respeito do jovem vaqueiro Pablo. Quem desencalhou e quem permaneceu sozinha?

Enquanto a turma ria alto, o aluno esboçou um leve e discreto sorriso e respondeu:

— Bem, ele se casou com Sharlene com quem teve dois filhos.

— Ótimo! Maravilhoso! E eu tenho um encontro com o professor Luiz Augusto...

— Espero que vocês se acertem — respondeu o aluno, que ainda indagou: — Mais alguma pergunta? — Desta feita, ele dirigiu-se aos demais alunos.

O silêncio da turma de sociologia parecia inundar a sala onde todos os alunos, sem exceção, ficaram embevecidos pela história contada pelo colega que ainda não dissera seu nome. Ele concluiu dizendo:

— Bem, meu caro professor Luiz Santana, como o senhor ouviu, a...

Neste momento, a porta da sala foi aberta, e o doutor Paulo Tavares, vice-reitor da universidade, entrou. O professor ficou nervoso e tentou interromper o que o aluno conhecedor do sertão estava falando, mas um gesto do doutor Tavares o fez parar. O vice-reitor apenas se sentou e ficou ouvindo o encerramento da história ministrada pelo estranho aluno, que não pareceu ficar intimidado com a presença da segunda maior autoridade da universidade.

— Como eu dizia, professor Luiz Santana, é impossível afirmar que já se falou tudo a respeito do sertão. Eu lhes contei apenas uma história, mas há muitas outras. Eu gostaria de encerrar, contudo, afirmando que quem tem o privilégio de conhecer o sertão termina se apaixonando. E, quem não o conhece, o mínimo que lhe deve é respeito. Muito e merecido respeito! Obrigado.

Palmas quebraram o encantamento a que o estranho aluno levara a turma. Quando ele se preparava para sair, o professor Luiz Santana o interpelou:

— Entre outras coisas, como sou meio espírita, eu fiquei muito feliz em saber que a doutrina dos espíritos foi muito bem representada no sertão pelos doutores Francisco Camilo e Paulo Esdras. Mas, se você me permite, eu gostaria de lhe fazer uma pergunta. Posso?

Ele concordou com apenas um tímido movimento de cabeça. Luiz Santana lhe perguntou:

— A história... essa belíssima história que você contou... aconteceu mesmo? Ou é apenas ficção?

— O que o senhor acha?

— Acho que aconteceu. Senti muita emoção, muita sinceridade em suas palavras. Era como se você tivesse presenciado... É... pra mim, ela aconteceu mesmo. Estou certo?

O estranho aluno sorriu, levantou-se e, enquanto dava mais um passo em direção à porta, respondeu à indagação do professor:

— Aconteceu sim, há mais de trinta anos.

Neste momento, o doutor Paulo Tavares também se levantou e se dirigiu rapidamente à turma:

— Vocês são uns privilegiados. Acabaram de ter uma aula com nosso novo reitor!

— Novo reitor? Quem é o novo reitor? — indagou Luiz Santana.

Depois de apontar para o estranho aluno contador de histórias, o doutor Paulo Tavares disse:

— Ele! E eu notei que todos estavam boquiabertos, sinal de que a aula foi mesmo muito agradável. Sei que ele não se apresentou, pois não gosta de falar de si mesmo, mas no Brasil poucas pessoas têm três doutorados conquistados em Harvard, Lyon e Coimbra; dois pós-doutorados na Alemanha, sem falar nos mestrados e nas especializações. Nossa universidade está mesmo de parabéns. Até a próxima.

Os alunos e o professor estavam espantados. O estranho aluno que lhes falara do sertão era, na realidade, o novo reitor da universidade, que, sem se identificar, entrara, se sentara, assistira um pouco à aula sobre o sertão e depois dera uma verdadeira e grande aula. De repente, o professor Luiz Santana teve um estranho pressentimento e, para espanto dos seus alunos, gritou:

— Reitor!

O reitor, que já se afastava conversando com seu vice, parou e sorridente indagou:

— Sim?

— Reitor... Doutor... qual é seu nome?

— Meu nome?

— Por favor...

Ele puxou o doutor Tavares pelo braço, e juntos recomeçaram a se afastar, dando a impressão de que não responderia à pergunta. Mas, de repente, parou, voltou-se para onde Luiz Santana e os alunos aguardavam ansiosos e repetiu:

— Meu nome?

— Sim...

— Sou filho de Joanilson Marinho e de dona Guia. Meu nome é Paulo Esdras!

FIM

Referências

CASCUDO, Luís da Câmara. **Dicionário do Folclore Brasileiro**. Global Editora, 2002.

CUNHA, Euclides da. **Os Sertões**: Campanha de Canudos. São Paulo: Abril Cultural, 1982.

FONTES, Oleone Coelho. **Lampião na Bahia**.

FREYRE, Gilberto. **Casa-Grande & Senzala**. Rio de Janeiro: Maia e Schmidt Ltda., 1933.

KARDEC, Allan. **O Evangelho Segundo o Espiritismo**. 305 ed. IDE, 2004.

KARDEC, Allan. **O Livro dos Espíritos**. 4. ed. EME, 2004.

KARDEC, Allan. O **Céu e o Inferno**. 61 ed. FEB, 2013.

KARDEC, Allan. **O que é o Espiritismo**. 2018. *Ebook*. Disponível em: https://www.luzespirita.org.br/leitura/pdf/l6.pdf.

Glossário

A pulso	*À força; na marra*
Abestalhado	*Bobo; besta; pateta*
Amofinado	*Acovardado*
Aperreado	*Preocupado; com problemas; agoniado*
Arapuca	*Armadilha*
Araque	*Mentira*
Arengar	*Brigar*
Arengazinha	*Briguinha*
Arengueiro	*Briguento*
Arrasta-pé	*Dança*
Arribar	*Sair; ir embora*
Arrochar	*Apertar; "pôr pra quebrar"*
Avexado	*Apressado*
Barriguda	*Paineira; árvore*
Bater fofo	*Não cumprir o prometido; se acovardar*

Bebum	*Bêbado*
Boa bisca	*Indivíduo ruim; mau-caráter; patife; tratante*
Bodega	*Pequena venda*
Botar	*Colocar*
Bruaca	*Mulher feia; "tribufu"*
Bucho	*Barriga*
Buchuda	*Grávida*
Bufete	*Bofetada; tapa*
Cabra de pêia	*Malandro*
Caçuá	*Cesto de vime ou cipó, que serve para carregar mantimentos*
Cafundó do Judas	*Muito longe; "nos quintos dos infernos"; "onde o vento faz a curva"*
Cambão	*Madeira que se amarra ao pescoço de um animal, impedindo-o de correr*
Cambito	*Perna fina*
Cão chupando manga	*O bom; o cara que sabe tudo; o "tal"*
Capenga	*Manco*
Carpideira	*Mulher que cobra dinheiro para prantear os mortos durante os funerais*
Carraspana	*Bebedeira; pileque*
Catinga	*Fedor; "inhaca"; mau cheiro*
Catirina	*Prostituta*
Catota	*Meleca do nariz*

Chamegar	*Namorar; se esfregar no(a) namorado(a)*
Concriz	*Ave de rara beleza, com um canto inconfundível, que alegra as manhãs sertanejas*
Cotoquinho	*Pedacinho*
Desembestar	*Põe-se a correr*
Donzelo	*Virgem*
Encher o bucho	*Comer; alimentar-se*
Enfezado	*Com raiva*
Enxerido	*Quem é metido a conquistador; namorador*
Espinhaço	*Coluna vertebral*
Estar com a bexiga lixa	*Estar com o "diabo no couro"; estar com tudo*
Estar com a gota serena	*Igual a estar com a "bexiga lixa"*
Estar/ficar cum a mulesta	*Apressado; com raiva*
Estorricado	*Seco; queimado; quase queimado*
Estribado	*Rico; cheio de dinheiro*
Fiado	*Dívida*
Flô	*Flor*
Fuleiro	*O que não tem valor, que é medíocre, reles*
Gabolice	*Contar vantagem*
Home	*Homem*
Infeliz das costas oca	*Má pessoa*

Inhaca	*Mau cheiro; fedor; "catinga"*
Jeito manêra	*De jeito nenhum; de nenhuma forma*
Leseira	*"Abestalhamento"; idiotice*
Lida	*Trabalho*
Mandingueiro	*Enfeitiçado*
Mangar	*Zombar*
Matutar	*Pensar*
Mêrmo	*Mesmo*
Merreca	*Insignificante*
Mixuruquinha	*Sem valor ou qualidade, barato, pobre, ruim*
Mucumbu	*Osso na parte final da coluna vertebral*
Na jaca	*Na cara*
Oratório	*Capela doméstica; nicho onde são dispostas imagens de santos para veneração*
Ôxe; Oxente	*Interjeições de espanto. Corruptelas de "Oh, gente!"*
Papa-figo	*Também chamado de Velho do Saco. É uma lenda do folclore brasileiro*
Peado	*Amarrado pelas patas*
Pendenga	*Questão; confusão, discussão*
Pereba	*Pequena ferida*
Pessoa às direitas	*Pessoa correta*
Pirangueiro	*Sovina; mão-fechada*
Pisa	*Surra, sova*

Quartinha	*Recipiente de barro para água potável; moringa*
Raparigueiro	*Mulherengo*
Rela-bucho	*Festa onde se pode dançar; forró*
Remela	*Sujeira no olho*
Roncha	*Mancha de pancada na pele*
Seboso	*Com sebo; sujo; nojento; mal feito*
Sentar a mãozada	*Bater com a mão*
Solêra	*Sol quente*
Talagada	*Gole de bebida alcoólica que se toma de uma vez*
Tiquinho	*Pouquinho*
Tiririca	*Com raiva*
Toitiço	*Toutiço; parte de trás do pescoço e início da coluna*
Trancelim	*Corrente com pingente*
Tribufu	*Mulher feia; "bruaca"*
Vexado	*Chateado*
Vixi Maria	*Expressão de espanto*
Vôte	*Sinal de espanto*
Xexêro	*Que não paga suas dívidas*

GRANDES SUCESSOS DE
ZIBIA GASPARETTO

Com 20 milhões de títulos vendidos, a autora tem contribuído para o fortalecimento da literatura espiritualista no mercado editorial e para a popularização da espiritualidade. Conheça os sucessos da escritora.

Romances
pelo espírito Lucius

A força da vida
A verdade de cada um
A vida sabe o que faz
Ela confiou na vida
Entre o amor e a guerra
Esmeralda
Espinhos do tempo
Laços eternos
Nada é por acaso
Ninguém é de ninguém
O advogado de Deus
O amanhã a Deus pertence
O amor venceu
O encontro inesperado
O fio do destino
O poder da escolha
O matuto
O morro das ilusões
Onde está Teresa?
Pelas portas do coração
Quando a vida escolhe
Quando chega a hora
Quando é preciso voltar
Se abrindo pra vida
Sem medo de viver
Só o amor consegue
Somos todos inocentes
Tudo tem seu preço
Tudo valeu a pena
Um amor de verdade
Vencendo o passado

Crônicas

A hora é agora!

Bate-papo com o Além

Contos do dia a dia

Conversando Contigo!

Pare de sofrer

Pedaços do cotidiano

O mundo em que eu vivo

Voltas que a vida dá

Você sempre ganha!

Coletânea

Eu comigo!

Recados de Zibia Gasparetto

Reflexões diárias

Desenvolvimento pessoal

Em busca de respostas

Grandes frases

O poder da vida

Vá em frente!

Fatos e estudos

Eles continuam entre nós vol. 1

Eles continuam entre nós vol. 2

ZIBIA GASPARETTO
A força da vida
ROMANCE INÉDITO
A força da vida
ZIBIA GASPARETTO
Romance ditado pelo espírito Lucius

A força da vida

As sábias leis da vida sempre nos colocam diante da verdade, forçando-nos a enxergar nossas fraquezas para que, assim, aprendamos a trabalhar em favor do nosso progresso.

Assim aconteceu com Marlene, uma linda jovem da alta sociedade carioca, que, acostumada a ter todos os seus caprichos atendidos, se deixou levar pela vaidade, atraindo para si situações mal resolvidas do passado e causando dor e arrependimento em todos que a cercavam.

Sempre utilizando o livre-arbítrio, a moça enfrentou os desafios que se interpuseram em seu caminho e aprendeu que cada escolha envolve uma consequência.

Auxiliada pela espiritualidade, Marlene terá de buscar as verdadeiras aspirações do seu espírito para encontrar em si a força da vida.

Sucessos
Editora Vida & Consciência

Amadeu Ribeiro

A herança
A visita da verdade
Depois do fim
Juntos na eternidade
Laços de amor
Mãe além da vida
O amor não tem limites
O amor nunca diz adeus
O preço da conquista
Reencontros
Segredos que a vida oculta vol.1
A beleza e seus mistérios vol.2
Amores escondidos vol. 3
Seguindo em frente vol. 4
Doce ilusão vol. 5

Amarilis de Oliveira

Além da razão (pelo espírito Maria Amélia)
Do outro lado da porta (pelo espírito Elizabeth)
Nem tudo que reluz é ouro (pelo espírito Carlos Augusto dos Anjos)
Nunca é pra sempre (pelo espírito Carlos Alberto Guerreiro)

Ana Cristina Vargas
pelos espíritos Layla e José Antônio

A morte é uma farsa
Almas de aço
As aparências enganam
Código vermelho
Em busca de uma nova vida
Em tempos de liberdade
Encontrando a paz
Escravo da ilusão
Ídolos de barro
Intensa como o mar
Loucuras da alma
O bispo
O quarto crescente
Sinfonia da alma

Carlos Torres

A mão amiga
Passageiros da eternidade
Querido Joseph (pelos espírito Jon)
Uma razão para viver

Cristina Cimminiello

A voz do coração (pelo espírito Lauro)
Além da espera (pelo espírito Lauro)
As joias de Rovena (pelo espírito Amira)
O segredo do anjo de pedra (pelo espírito Amadeu)

Eduardo França

A escolha
A força do perdão
Do fundo do coração
Enfim, a felicidade
Um canto de liberdade
Vestindo a verdade
Vidas entrelaçadas

Floriano Serra

A grande mudança
A outra face
Amar é para sempre
A menina do lago
Almas gêmeas
Marcado pelo passado
Ninguém tira o que é seu
Nunca é tarde
O mistério do reencontro
Quando menos se espera...

Gilvanize Balbino

De volta pra vida (pelo espírito Saul)
Horizonte das cotovias (pelo espírito Ferdinando)
O homem que viveu demais (pelo espírito Pedro)
O símbolo da vida (pelos espíritos Ferdinando e Bernard)
Salmos de redenção (pelo espírito Ferdinando)

Jeaney Calabria

Uma nova chance (pelo espírito Benedito)

Juliano Fagundes

Nos bastidores da alma (pelo espírito Célia)
O símbolo da felicidade (pelo espírito Aires)

Lucimara Gallicia

pelo espírito Moacyr

Ao encontro do destino

Márcio Fiorillo

pelo espírito Madalena

Lições do coração
Nas esquinas da vida

Maurício de Castro

A outra (pelos espíritos Hermes e Saulo)
Caminhos cruzados (pelo espírito Hermes)
O jogo da vida (pelo espírito Saulo)
Sangue do meu sangue (pelo espírito Hermes)

CO

CALU

Calunga
O MELHOR DA VIDA
Calunga
gasparetto
Calunga
fique com a luz...
luiz gasparetto
calunga
verdades do espírito
CALUNGA REVELA
AS LEIS DA VIDA
Luiz Gasparetto e Lúcio Morigi

LEÇÃO
NGA

Nosso amigo Calunga presenteia-nos com uma cativante coleção de livros e mostra, por meio de sua maneira carinhosa, sábia e simples de abordar a vida, verdades profundas, que tocam nosso espírito, possibilitando uma transformação positiva de nossas realidades.

Livros que ensinam você a viver com os recursos de sua fonte interior

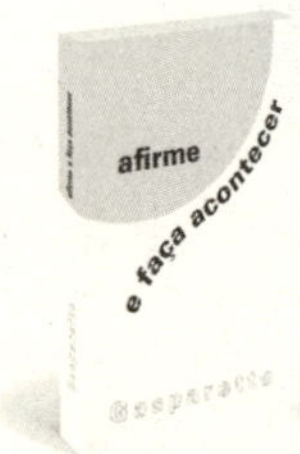

Afirme e faça acontecer

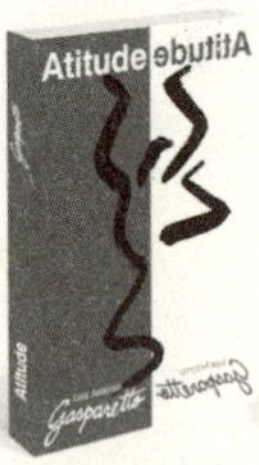

Atitude

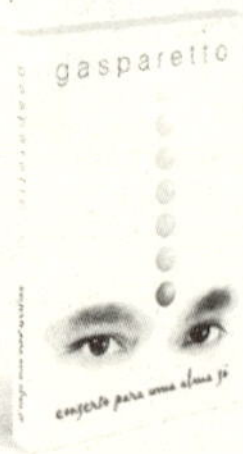

Conserto para uma alma só

Cure sua mente agora!

Faça dar certo

Gasparetto responde!

O corpo – Seu bicho inteligente

Para viver sem sofrer

Prosperidade profissional

Revelação da luz e das sombras

Se ligue em você

Segredos da prosperidade

Coleção Amplitude

Você está onde se põe

Você é seu carro

A vida lhe trata como você se trata

A coragem de se ver

A vida oferece possibilidades infinitas. Explorar-se é ampliar--se. Uma coleção de livros que ensina o leitor a conquistar o seu espaço e a viver além de seus limites.

Coleção Metafísica da Saúde

Sistemas respiratório e digestivo

Sistemas circulatório, urinário e reprodutor

Sistemas endócrino e muscular

Sistema nervoso

Sistemas ósseo e articular

Luiz Gasparetto e Valcapelli explicam, de forma direta e clara, como funciona o corpo humano e mostram que as dificuldades e o desencadeamento de doenças são sinais de que a pessoa não está fazendo uso adequado de seus poderes naturais.

Livros infantis

A vaidade da Lolita

Se ligue em você

Se ligue em você 2

Se ligue em você 3

O universo infantil apresentado de forma simples e atraente para a criançada. Nos livros do Tio Gaspa, os pequenos aprendem a lidar com várias situações e diversos sentimentos, como alegria, medo, frustração e orgulho, e entendem a importância da autoestima e da autoaceitação na vida.

VIDA & CONSCIÊNCIA
EDITORA

Rua das Oiticicas, 75 – SP
55 11 2613-4777

contato@vidaeconsciencia.com.br
www.vidaeconsciencia.com.br